东 | 湖 | 书 | 坊

童书评论集

下 册

徐 鲁/著

WUHAN UNIVERSITY PRESS
武汉大学出版社

图书在版编目(CIP)数据

童书评论集.下册/徐鲁著.—武汉:武汉大学出版社,2017.6
东湖书坊
ISBN 978-7-307-12766-1

Ⅰ.童…　Ⅱ.徐…　Ⅲ.儿童文学—文学评论—中国—当代—文集　Ⅳ.I207.8-53

中国版本图书馆 CIP 数据核字(2017)第 025327 号

责任编辑:黄　殊　　责任校对:李孟潇　　装帧设计:李　菁

出版发行:**武汉大学出版社**　(430072　武昌　珞珈山)
(电子邮件:cbs22@whu.edu.cn 网址:www.wdp.com.cn)
印刷:武汉精一佳印刷有限公司
开本:850×1168　1/32　印张:13.375　字数:276 千字　插页:2
版次:2017 年 6 月第 1 版　　2017 年 6 月第 1 次印刷
ISBN 978-7-307-12766-1　　定价:68.00 元

前　言

我尝试写儿童文学评论，比儿童文学创作稍晚几年。目前能找到的第一篇印成铅字的儿童文学评论短文，是写于一九八六年春天的《野菊花正在盛开》，刊登在湖北省阳新县人民文化馆编印的文学小报《富河》上，是为一位小学女教师写的一组校园诗写的短评。后来我调到省里，进入出版界，做了童书编辑，同时也慢慢地成为了“书评人”。从时间上算来，不知不觉地，我写书评也已走过了三十年的历程。

我写书评最多的时期，应该是在进入新世纪之后，一直到今天这十几年的时间里。新世纪的第一个十年里，我有幸被《中华读书报》邀约为“本报书评人”；同时也是《中国图书商报》（现已改名为《中国出版传媒商报》）“特约书评人”。除了经常为这两家图书行业的报纸撰写书评，每年岁末时，我还会应邀为这两家报纸做年度童书出版与阅读的“年终盘点”。“读书报”的陈香，“商报”的郑杨，是我多年来的直接约稿人与合作编辑。我十分感谢这两位敬业的女编辑，如果没有她们不断地约稿和催稿，我可能成为不了一个书评人。只要翻翻这部童书评论集，看看每篇文章最初刊登的出处，就会发现，其中大部分文章都是发表在这两家报纸的童书评论版上。此外就是我时常为之撰稿的《文艺报》《文学报》《中国教育报》《博览群书》《文汇读书周报》《中国新闻出版报》等报刊。《中国图书商报》庆祝创办十周年时，我被评为“十年优秀书评人”；庆祝创办二十周年时，我又荣幸地成为该报特邀的“与商报合作二十年”的二十名专家之一，撰写了回忆短文《客子光阴书卷里，杏花消息雨声中——商报与我二十年》。

现在回过头来整理和编选自己的童书评论集，感到真是一个不小的编辑工程。文稿繁多且不说，有些文字因为发表年代较早，寻找起来已是相当麻烦了。尤其还要查对和注明每篇书评最初发表的出处，实在是很费工夫。

编选这部童书评论集的文字，我给自己定了这样几个编选“原则”：

一是之前已经编入了六册《二十四堂经典文学阅读课》（同心出版社）、《湖北儿童文学评论集》（武汉大学出版社）、《三十年阅读小说记》（武汉大学出版社）、《温暖的书缘》（上海辞书出版社）、《重返经典阅读之乡》（上海教育出版社）、《在午夜的书房里》（河北人民出版社）等书评集和读书散文集中的童书评论文章，一般不再重复编入。

二是有些文章最初在报刊发表时，媒体编辑因为主题需要或版面所限等原因，对文本有所删节和改动的，我视删改的情况择善而从之；大部分文章尽可能根据保留下来的原稿，恢复了本来的面貌；个别没有留下原稿的，只好采用已发表的文本。包括一些文章的标题也是择善而从。

三是在每一篇文末尽可能注明最初发表的报刊出处。个别没有查到出处的，暂付阙如。大多数文章因为没有保留原发的报刊，只能依据网络上的一些论文索引，大致注明其发表的年月，其中或有不确之处，只好有待来日校正了。还有少数文章当初不曾发表过，则依据原稿发排。每一篇文章大多保留写作时间。

四是需要特别说明的，我曾应一些出版社邀约，为杨红樱的作品写过不少书评、赏析、点评文字，粗略算来，大约有五六万字之多，这部分文章拟单独结集为一本小书。因此，这部书评集里只收录了为杨红樱童话选集写的一篇序言，以保持我为那套中国名家童话丛书”（共有十本）所写的十篇序言的“完整性”。

这部童书评论集分为上、下两册。上册主要是序跋文字，已在上册“前记”中有所说明；下册主要是评论文字，分为以下五辑：

辑一：分辨与关怀，是几篇带有综述性的评论文章；辑二：遥望与抵达，是有关儿童小说、尤其是一些类型化小说的评论；辑三：大地的花宴，是有关儿童散文之类的评论；辑四：相信童话，是一些童话作品和图画书的评论与导读；辑五：秋空爽朗，是几篇与儿童文学作家有关的回忆和纪念性质的短文。

本册最后，我选用了一篇《寻找独立书评人的空间》，代为全书“压卷”。那是二〇〇七年春天，《中华读书报》“书评周刊”约我写的一篇谈书评写作感想的短文，其中谈到了我对“书评”和“书评人”的观点，也谈到了我在书评写作上的一些希求与梦想，算是我作为一个书评人的“文心告白”。

最后，要再次向武汉大学出版社的郭静女士致谢，感谢她将此书仍然列入“东湖书坊”付梓出版。

2016年霜降时节，于东湖梨园

下册目录

辑一　分辨与关怀

辑二　遥望与抵达

辑三　大地的花宴

辑四 相信童话

辑五　秋空爽朗

辑　一

分辨与关怀

新时期以来的儿童散文和报告文学

——《二十世纪中国儿童文学史》之一章

概　述

本文所要谈论的是“新时期”以来，即从一九七八年起一直到二十世纪结束这二十余年间的中国儿童文学中的儿童散文与报告文学。

“新时期”以来的二十多年，是中国儿童散文和儿童报告文学得到了长足进步与发展、完成了整体艺术嬗变和飞跃、取得了前所未有的辉煌成就的一个时期。这期间，中国大地上所发生的一切：思想解放、拨乱反正、实事求是、改革开放、经济转轨、文化转型……都为儿童散文和儿童报告文学健康、自由的发展，营造了全新的空间和良好的氛围。由于汇集在这一时期的近乎四代作家们的共同努力，儿童散文和儿童报告文学也和其他门类的文学作品一样,放射出夺目的思想和艺术的光芒。

与二十世纪五十年代，尤其是六十、七十年代相比，这一时期的儿童散文和儿童报告文学创作的主要特征表现在这样几个方面：

首先，儿童散文和儿童报告文学终于走出了长期以来无法摆脱的“政治化”的阴影，冲出了简单而庸俗的“工具论”的樊篱，逐渐地，直至真正回归到了文学的本位上。检视八十年代和九十年代的儿童散文和报告文学，我们几乎再难找到那种一味突出某一类即时性的政治道德律令而忽视文学审美的“假大空”、模式化和教条主义的东西了，儿童散文观念得以蜕变。

这一时期，我们有了如《作家与少年犯》（胡景芳）、《哭与笑》（田野）、《心上的河流》（王一地）、《母亲远去》（刘保法）、《外婆你好吗》（梅子涵）、《岁末寄小玲》（傅天琳）等注重情感深度、尽情地抒写至爱亲情和人性之美的作品；有了像《从一个孩子看中国》（柯岩）、《中国少女》（陈丹燕）、《我们与你们》（孟晓云）、《少女梭梭》（鹿子）、《神秘少女》（张成新）等张扬独立和自由的个性、文思翩然的作品；我们还欣喜地看到了一批并非刻意表现崇高主题，而是贴近儿童的精神需求、充满纯粹的幻想特点和游戏精神的作品，如《孙悟空和外国朋友哈尔马》（郭风）、《悄悄话》（高洪波）、《某夜梦境剪辑》（庄大伟），等等。尤其是进入九十年代之后，每一位作家都能做到用自己独特的眼睛和心灵去观察生活、感知世界，用具有个性特征的文字来表达自己的所见所知、所思所感。同时，不同的创作个性受到了应有的尊重，创作风格多元纷呈的局面已经形成。这既是四代中国儿童散文作家在挤压下抗争和在逆境中坚守与探寻的结果，也是健康、开放和正常的儿童散文向前发展的必然趋势。

其次，儿童散文作家们打破了长期以来片面强调教育功能而轻视审美和娱乐作用、过分尊崇共性而排斥个性、简单地强调理念先行而抑制丰富性情的狭隘格局，以无限广阔的审美视野，以忠实于童心、忠实于文学的坚实的创作实践，使儿童散文回到了儿童本位和文学本位，推动儿童散文进入了一个真正的多元并存的“百花时代”。

单一和狭隘的文学观念一旦突破，儿童散文和儿童报告文学在题材的拓宽、主题的深化、样式的完备、风格的多元等方面的探索也就随之接踵而来。综观这一时期的儿童散文和报告文学，不仅作品题材有较大的丰富和拓宽，举凡校园生活、家庭伦理、社会问题、人生际遇、民间习俗、儿时记忆、大自然风景、宇宙奇观、异域风情、科技探索、历史文化以及融合在大时代之中的充满欢乐、忧伤、梦幻、孤独、渴望、秘密的万花筒般的儿童情感世界等领域，都进入了作家的视野，得到了充分的表现，而且作品的数量、样式和整体艺术水准，都超过了此前的任何一个时期。

我们看到，这一时期的散文不仅在题材内容上丰富多彩、无所不包，而且在体裁样式上也不拘一格、形态各异。既有《小小的世界》（于宗信）、《外婆的红山楂》（圣野）、《红菰们的旅行》（郭风）、《小伐木人的歌》（文牧）、《豆花庄的小家伙们》（吴城）等散文诗式的轻歌短笛，也有《一朵云》（乔传藻）、《中国孩子的梦》（谷应）、《远处无数山》

（赵丽宏）、《我们的母亲叫中国》（苏叔阳）这样的长篇系列散文巨制。辛勤的作家们献给这一时期的美丽、斑斓和繁复的文本，不仅标志着这个时期儿童散文和儿童报告文学整体观念和品位的突破和提升，而且也充分显示了作家们在追求和张扬艺术个性上的收获与胜利。

第三，一批具有先锋、实验和探索性质的儿童散文和报告文学作家作品的出现，为这一时期和这一领域平添了一道鲜亮的异彩，成为世纪末叶一种引人瞩目的文学现象。如班马的《星球的细语》《江南，有一座永不忘的小屋》《最后一座红冰山》等充满未来意识、星球意识和现代艺术表现手法的作品；陈丹燕的《我的手风琴伙伴》《心事真多》等注重少女细腻的心理感觉的散文；殷健灵的展现青春期少女独特的成长体验和最隐秘的生命发现的《纯真季节》等；张洁的张扬纯粹的个人性情、带有明显的意识流风格的《月光之舞》等。

这些被冠以“新潮”标识的作品的出现，不仅为儿童散文园地带来了新的艺术精神和审美趣味，同时也把一个艰巨的文学课题，即中国儿童散文如何突破传统观念和手法，进而创造既具有现代精神又符合现代审美需求，既不乏古典美，又富有现代美，而且足以获得广阔的世界性认同的文学样式，摆到了儿童文学作家、理论家和文学史家的面前。

儿童文学界虽然有对这类作品不以为然者，但是，“探索性少儿文学是一种新的创作方式，它在美学理想上反映着以生命意识的强化为主要特征的审美思潮的崛起，在艺术表现上反映着具有时代特征的艺术意识的复归。”[①]包括探索性儿童散文在内的所有探索性作品的这种评价，应该说是中肯的。

从这一时期儿童散文和报告文学创作队伍来看，可以说是四代作家济济一堂，仿佛无数座冰山汇聚在二十一世纪的出海口，相互碰撞、整合之声，轧轧作响。

第一代是以冰心、陈伯吹、郭风等为代表的，在一九四九年以前就开始儿童文学创作的老作家（严格地说，他们并非是一代人。为了叙述的方便，我们且把他们统归为一代）。这一代作家大多阅历丰富、学养深厚。他们不仅曾饱受中国传统文化濡染，而且也接受过西方民主自由思想文化、文学思潮的影响，其作品富有自由精神和人道情怀，富有爱心、童心；注重作品的艺术品位，从整体上承传和弘扬着“五四”新文学的传统，有较强的生命力和长久的艺术影响力。

冰心在“新时期”之初就向孩子们献上了《三寄小读者》。这些书信体散文承接了她在半个多世纪前所写的《寄小读者》的亲切、清丽和细腻的风格，而在思想感情上又注入了更多的热诚和理想色彩。陈伯吹也是一位终生都在为孩子们工作的老作家。进入“新时期”，他的主要精力虽然不是放在散文创作上，但他仍然勤勉执笔，写下了上百篇儿童散文，出版了《摘颗星星下来》《海堤上遇见一群水

① 吴其南．他们开辟了少儿文学的新边疆——“探索性”少儿文学之探索 [J]．温州师范学院学报，1991，2.

孩子》等儿童散文集。这些作品以小见大，通过一些日常小事，从不同角度表现了“新时期”的孩子们幸福美好的生活。在艺术上也实践着他的“儿童散文必须构思谨严巧妙，语言深入浅出，思想藏而不露，篇幅短小精警，却具有动人的故事情节，决不言之无物地空谈”[①]的原则。

这一代老作家中还有郭风、秦牧、袁鹰、峻青、田野、鲁兵、圣野、陈模等。秦牧的儿童散文以知识性、趣味性见长，出版于二十世纪八十年代初的《秦牧作品选》是他的儿童文学作品选集，其中《童年十忆》等散文在朴素的叙事中阐释着哲理和识见，同时给人以文学上的感染。袁鹰在“新时期”写下了《校园寻梦》等回忆少年时代的散文，这些作品清新温婉，传达着一种真善美的情怀。峻青在“新时期”出版了《秋色赋》《雄关赋》等散文集，其中有不少属儿童散文，有的被选入中学教科书。他的散文骨力苍劲，意境舒阔，善于在描述中抒发豪情。田野在“新时期”出版了《挂在树梢上的风筝》《少年漂泊者》等散文集，前者曾在全国优秀散文集评奖中获奖。他的散文清丽而真切，善于通过娓娓动听的故事展现人间悲欢离合的真情。《少年漂泊者》带有真实的自传色彩。鲁兵在“新时期”的主要成就不在儿童散文，却也出版了《绿色的回忆》等散文集，其文淳朴敦厚、语重心长，显示着作家丰富的人生经历和深厚的传统文化修养。圣野以儿童诗名世，在“新

---

① 陈伯吹. 海堤上遇见一群孩子·我与散文创作（代后记）[M]. 合肥：安徽少年儿童出版社，1996.

时期”也出版了《银亮的大树》《外婆的红山楂》等儿童散文集和散文诗集。这些作品形制短小却饶有童趣，充满天真、拙稚的儿童情味。陈模在“新时期”出版了《把阳光留给他》等散文集，其散文朴素无华，注重故事性和教化作用，其中也常常带有自传色彩。

第二代是二十世纪五十年代成长起来的，到八十年代正当中年的一代作家，以任大霖、任大星、柯岩、浩然、胡景芳、刘真、韩少华、乔传藻、吴然、张岐、王一地、吴继路、杨羽仪、文牧、谢璞等为代表。这代作家最突出的精神特征是对信仰的忠诚，对五十年代理想主义的恪守，对昔日所接受的一种规范化的文化信念的眷恋。所谓尊崇群体而排斥个性、注重功利而轻视审美、理念先行而压抑性情等文学缺憾，在这一代作家的早期作品里，表现得尤为明显。幸运的是，进入“新时期”后，他们的观念也都相应地发生了蜕变，虽然这种蜕变对他们来说相对艰难，甚至要异常痛苦一些。但所幸他们都先后挣脱了那种政治文化的摆布，而让自己的心灵进入了广阔和自由的艺术的原野，其中大部分作品呈现出相当稳健和成熟的风度。这一代中年作家还有许琪、郁茹、庄之明、陈慧瑛、李楚城、施雁冰、木青、佟希仁、谷斯涌、王路遥、阎纯德、山曼、陈志泽、韦苇、赵翼如、张昆华、孙震、李昆纯、梁泊，等等。

第三代作家主要是成长于“文化大革命”时期，几乎与“新时期”同步开始文学写作的一批“知青作家”，以肖复兴、孟晓云、陈丹燕、秦文君、高洪波、孙云晓、庄大伟、刘保法、陈丽、班马等为代表。这一代作家和上一代相比，显然没有成为一种规范化的精神流水线的产物，倒是“文化大革命”中的狂热与“文化大革命”结束后的幻灭，使他们成了思想史和文学史上的又一代觉醒者和探索者。他们是二十世纪七十年代末和八十年代初期的思想解放运动的受惠者和紧接着的“文化热”的积极参与者。而整个八十年代里，也是这一代作家的思想资源、知识结构和创作风格充实、调整和形成的时期。他们由最初的激情奔涌、渴求嬗变而走向沉稳和成熟；他们由怀疑、觉醒、批判、解构而最终完成了重建和铸造，各自找到了相应的坐标。他们和上一代中年作家一起，成为本时期儿童散文和儿童报告文学创作的两大主体。而这两大主体的人生阅历、文化背景及精神特征，也直接决定了这二十年的散文和报告文学的品格和实绩。这代“知青作家”中还有赵丽宏、刘先平、张寄寒、陈满平、董宏猷、赵敏、陈益、金曾豪、王慧琪、朱述新、王文顺、谢华、晏苏、袁丽娟等。

第四代作家则是出生于二十世纪六十年代和七十年代，于九十年代浮出海面的一批年轻的创作者，以韦伶、徐鲁、庞敏、张洁、殷健灵等为代表。这是一个值得重视的创作群体，也是二十世纪中国儿童散文界一群姗姗来迟的主角。他们大多是在二十世纪八十年代改革开放的氛围里完成大学学业，在世纪末叶东西方文化的交流碰撞空前活跃、文化空气相对自由的大背景下成长起来的。他们的精神资源一方面来自于对中国传统文化的纵的承传，但更多的是来自于对世界现代文化资讯的横的吸纳。他们敢于向旧的观念挑战，比“知青作家”们更敢于“解构”。他们以扬厉的姿态、新颖的视角、敏锐的感觉、灵通的信息和无拘无束的叙述方式，努力拓展着自己的话语空间，为世纪末的中国儿童散文创作注入了一泓清新的活水。这批新生代作家还有孙梅、萧萍、王蔚、陆梅、谢倩霓、郁雨君、张弘、刘第红、章红、肖铁等。

儿童报告文学作为一种成熟的文体而在儿童文学领域获得独立地位并取得较大的成就，是“新时期”儿童文学领域里一个非常值得研究的文学现象。儿童报告文学的异军突起，既是“新时期”以来整个中国文学界出现的“报告文学热”直接传导的结果，也是因为这种直接反映少年儿童真实的生活和心灵世界，甚至直接参与和干预儿童生活的纪实性文体，正好应和了二十世纪八十、九十年代少年儿童的某种精神需求和阅读趣味。周晓曾经把儿童报告文学按内容和风格的异同划分为“调查报告式”、“人物报告式”、“抒情散文式”三种类型，并分析说，“新时期”以来的儿童报告文学之所以能拥有为数可观的少年读者群，是因为“这样的作品，与小说相比较，是理重于情；与社会科学读物比较，则是充分情感化的。作家创作这类作品时和创作小说时的审美感受有所不同，主要是伦理的和道德的关注。少年读者可以从这类报告文学中得到许多从小说里得不到的东西，也可以得到许多从课本或其他读物里得不到的东西。“我想甚至可以说，他们有时并不是审美的阅读，引起他们强烈共鸣的激动点每每也是非文学的，激动点在报告”[①]。这种说法虽然只是针对近几年的以“问题”

---

① 周晓. 少年文学与人生 [M]. 贵阳：贵州人民出版社，1998.

为中心的所谓“调查报告式”儿童报告文学而言，但其实也适合“新时期”以来所有的儿童报告文学。

正因为儿童报告文学有这些长处，所以它吸引了更多的作家投身到这一领域里，写出了许多足可与同时期的小说、诗歌、散文、童话、戏剧文学等相媲美的作品。一九八八年、一九八九年京、沪、穗等五城市八家报刊联合举办的儿童报告文学大奖赛，就集中推出了一大批优秀作品，成为“新时期”儿童报告文学的一次大规模的展示。“新时期”儿童报告文学作家队伍包括孙云晓、庄大伟、刘保法、陈丹燕、秦文君、孟晓云、胡景芳、肖复兴、董宏猷、张成新、思羽、韩静霆、宗介华、黄修纪、罗达成、许金华、蔡玉明、李国伟、沈碧娟，等等。其中以孙云晓、庄大伟、刘保法、孟晓云、肖复兴、胡景芳等人的成就最大，收获最为丰厚。

郭风的文学资源与精神气质

进入“新时期”以后，郭风在艺术道路上继续探索和实验，使自己的散文创作再次形成高潮。《鲜花的早晨》《早晨的钟声》和曾荣获中国作协第二届（一九八六—一九九一年）全国优秀儿童文学奖的《孙悟空在我们村里》等集子，可视为他此间的标志性作品，其中包括《红菰们的旅行》《雏菊和蒲公英》《草丛间的童话》《松坊村纪事》等几个著名的系列作品。

和二十世纪五十、六十年代的创作相比，郭风此间的作品更具儿童本位意识和文体自觉性。他在《孙悟空在我们村里》的序言中说过这样一段话："我开始从事文学创作（包括为孩子们写作）以来，这数十年间，实际上都是认识自己、发现自己乃至扬弃自己的漫长的过程。或者，简约地说，在整个文学生活历程中，我逐渐明白了自己的文学气质。……我逐渐明白自己较于能够从客观世界捕捉某种情绪、意趣，而不善于抓住情节；我逐渐明白自己较易于捕捉世界的善良部分、真纯部分，较能理解儿童；甚至喜欢把世界的某些事物注入儿童趣味和幻想；等等。这使我在文学世界中容易接近散文，以及容易让散文童话化，或把童话这一文体予以散文化。"[①]这段话有利于我们从作家个人气质角度去解读和欣赏他此间的作品。

如果说郭风在五十、六十年代尚有不少作品仅止于对客观世界的表面描述，给人以一种单纯的美感的话，那么郭风在第二个创作高潮期所写的作品，则进一步向内心走去，更注重用自己的心灵去感受花朵和土地的世界，感受他们的心灵。这一时期，他的题材更趋向心灵化和意绪化，他的文体更趋向个性化和自由化，他的描述也更趋向意象化和写意化，而语言文字也特别注重情绪化和主观抒情色彩。出现在他笔下的《红菰们的旅行》《鲜花的早晨》《松坊村的冬天》《雏菊和蒲公英》以及其他花、树、鸟、兽等，都不再仅仅是一页页明朗和写实的风景画，而是一幅幅带

① 郭风.孙悟空在我们村里[M].福州：福建少年儿童出版社，1991.

着鲜明的地域色彩和强烈的个性特征，偏重于儿童趣味和幻想色彩的“印象画”、写意画了。他自觉而又自然地以儿童趣味和幻想注入大自然的物象和社会生活的细节之中，或者说是善于从自然物象中提炼和掘取能与自己的思想、情绪、感觉相吻合的东西，努力做到自然物象与“心象”的和谐统一，从而创造出一种特殊、生动而有韵致的艺术美感。试读“松坊村”系列中的一些篇章如《松坊溪》《松坊溪的冬天》（包括之二、之三）《乡情》《秋暮》《松坊村初雪》《雪白的辛夷花》，等等，我们感到，在一个特殊的年代里，作家所旅居的这个“民情醇厚，其地山水甚美，雪甚美，花草树木甚美，雀鸟蝴蝶甚美……”的小山村里，一切皆因作家心境的平静而变得那么和谐和宁静。不仅仅是小山村本身，而是主要由于作家细腻的观察和真切的感知，才赋予了这个小山村以无限的宁静、和谐和美丽，赋予了这个小山村一种仿佛巴比松式的情调。例如，“四面是山。是树林。是岩石。有两条山涧从东、西两面的山垅里流出来，在村前汇合起来，又向南流。这便是松坊溪”。（《松坊溪》）寥寥几笔便把松坊溪周围的地理特征交代得清清楚楚，让人感觉到它是一条和谐的欢快的小溪。松坊溪的冬天，则更是富有诗情画意：“雪降落下来了，像柳絮一般的雪，像芦花一般的雪，像蒲公英的带绒毛的种子在风中飞，雪降落下来了。”（《松坊溪的冬天（之二）》）

然而，当我们再联想到作家旅居时的特殊年代和时代氛围，想到当时整个中国的大环境，我们似乎又可以透过松坊村的宁静，去感知作家对一些被损害与被践踏的宁静与美丽的强烈的眷恋与呼唤，虽然这种眷恋和呼唤是默默无声的。例如在《窗及其他》中作者如此写道：“我不时听到这种传说（关于书仓巷的传说——引者注），一再追寻、采访，怎么也找不到书坊或藏书楼的遗迹。”“儿时果园土墙的洞孔里所看到的昆虫、禽鸟以及野花的生活，留在我的心中很久、很久。到我晚年时，这些情景经常像童话一般浮现于我眼前。”几乎不加一字点评，但在字里行间却深深渗透着作者的感情。

《孙悟空在我们村里》则发挥了作者四十年代写童话诗的艺术特长、尝试着把童话的情节引进散文和散文诗的结构之中，创造了一种舒展自如的、更富儿童阅读趣味和明显的美学特征的叙述文体，作为“散文化的童话范本”[①]，从而成为当代儿童散文园地里的一束奇葩。

郭风的文学资源和个人文学气质与风格的形成，来自多方面的影响。首先，他的故乡莆田的人文环境、乡土习俗以及氤氲其间的宁静、和谐和醇厚的文化气息，一直贯穿着他创作的各个时期。秀丽、明媚的南国风光和散发着龙眼树与荔枝林芬芳气息的莆田景物，以及莆田外围的壶公山、芳坚馆、书仓巷等人文景观，常常出现在他不同时期的作品里，成了他的作品特有的印记，以至于曾使另一位散文作家产生过这样的感觉：“有一次我乘汽车从郭风的故乡穿过，目睹那里的山水田舍，不知怎么，我头脑中蓦

---

① 方户. 童话与散文的美的交融——读郭风的童话集《孙悟空在我们村里》[J]. 书与人，1995（3）.

地腾起一个无声的发现：‘这就是郭风’。”[1]其次，郭风在童年时代读过私塾，受过较严格的古典文学训练，有着深厚的传统文化根底；青年时代又接受了“五四”新文学的影响，尤其深受鲁迅、叶圣陶、冰心等作家散文的濡染。接着，他又读到并且深深喜欢上了如阿左林、果尔蒙、凡尔哈仑、波特莱尔等西方诗人和散文作家的作品，尤其是戴望舒翻译的法国诗人果尔蒙的《西茉纳集》、卞之琳翻译的西班牙散文家阿左林的《阿左林小集》，对他后来在散文文体上的忠实和执著的探索，起到了很大的启示性作用。关于阿左林，郭风曾说：“我阅读他的作品，有时在早晨，有时在中午时分。我阅读他的作品，有时心中不觉出现一种想法，以为他有一种力求使作品写得简洁的习惯，有种对于散文这种文体持着极端负责的固执态度。”[2]

阿左林对于散文的这种“极端负责的固执态度”，直接影响了郭风一生对散文的态度。关于果尔蒙，郭风曾说：“诗人的奇异的、大胆的想象和联想；诗歌中新鲜的形象和幻想；诗人通过他自己特有的艺术手段所强烈地而又似乎是朦胧地表达出来的情绪、某种欲念和召唤以及某种哲学思想，所有这些……一开始便有一种吸引我的特殊力量。”[3]我们从郭风作品意象的单纯与明朗、个人情绪的微妙与真挚等特色上，不难看出他与果尔蒙的“师承”关系。

---

① 石英. 散文之乡，群星荟萃 [N]. 文学报，1986-08-07.
② 郭风. 你是普通的花 [M]. 北京：人民文学出版社，1981.
③ 郭风. 你是普通的花 [M]. 北京：人民文学出版社，1981.

孙建江对于郭风的散文作过这样的评价："郭风的作品很少去刻意追求什么重大的'主题'或'思想意义'，明显有别于那些受'文以载道'思想影响的作品。这也是郭风作品最为明显的一个特征。郭风的散文自然、清新，极富儿童品格，无论是内在的思维规范，还是外在的表现形式，都极易为少年所接受。郭风的少年散文又具有明显的创意性。他的少年散文既有童话的故事情节、诗的韵味，又有散文的笔调方式，融童话、诗、散文为一体。"①可以说，郭风的童话散文在二十世纪中国儿童文学史上占有重要位置。儿童散文这一独特的文体，也正是由于郭风和郭风的追随者们"独创性的劳动和淋漓尽致的发挥，而绽放了净洁可爱的花朵，清纯芬芳，独具魅力"②。

孙云晓、庄大伟、刘保法等的儿童报告文学

在"新时期"儿童报告文学创作中，以孙云晓、庄大伟、刘保法、孟晓云、肖复兴等人的成就最大，收获最为丰厚。

孙云晓（1955— ），山东青岛人。原名孙运孝，曾用笔名小岛、天海等。现任职于中国青少年研究中心和《少年儿童研究》杂志社。他的儿童报告文学创作几乎与"新

---

① 孙建江. 20世纪中国儿童文学导论 [M]. 南京：江苏少年儿童出版社，1995：343.

② 吴然. 郭风和《郭风儿童文学文集》[J]. 书摘，1997，7.

时期”同步开始，迄今已出版了儿童报告文学集《少年巨人》《十六岁的思索》《成功者的秘诀》《青春阶梯——孙云晓获奖报告文学选》以及长篇纪实小说《赖宁的世界》《孩子，抬起头》《握手在十六岁》《金猴小队》《解放孩子》等。此外，他还主编了《百年中国儿童》《向孩子学习》《培养独生子女健康人格》等书。《十六岁的思索》曾获中国作协第二届全国优秀儿童文学奖。

孙云晓的报告文学常以能够敏锐地发现和大胆地提出少年成长中存在的种种“问题”并进行真实有力的调查而取胜。他是一位敏于观察和思考、勇于干预生活、勤于调查研究的“少年儿童问题专家”型的作家。他早期的《给一个山村女孩的信》《奇怪的感觉》《命运在敲门》《青春社会场——当代中学生社团活动纪实》《一个少女和三千封信》等，都是敏感地抓住了在时代大背景下涉及少年儿童生存与成长的种种沉重的社会问题，予以真实的披露和剖析。这些问题的提出是振聋发聩的，表现出了作家积极的社会责任感和深沉的民族忧患意识。像《一个少女和三千封信》，通过农村少女郝红梅因为“名声”而招致的种种不公，向积习难返、沉重如山的陈旧伦理道德对少年儿童所带来的心灵压迫提出了忧愤的抗议。《“邪门大队长”的冤屈》则把一个富有个性、思维敏捷而活跃、敢于思考和提问、有较强的反叛和独立意识的孩子在学校、班级所受到的不合理、不公正的对待，展示到了世人面前。在这个领受着种种堂而皇之的压力和训斥的冤屈的孩子身上，作家敏锐地看到了传统的教育观念、简单而陈旧的教育方式的种种弊端，进而就教育究竟该如何去培养具有现代素质的一代新人，教育究竟该怎样去更新观念、怎样去尊重和开发被教育者的个性和创造才能等重大问题，向世人提出了严正的警示。孙云晓还有一篇曾经引起轰动的社会调查式的作品《中学“第三世界”的女生》，用人物口述实录体讲述了四个中学女生如何在畸形的世俗教育观念的阴影下承受着种种压力，依然保持着自尊、乐观和自强、自信的品性的故事。这篇作品看似一首献给这几个女孩子的赞美诗，实则仍然是一篇关于中国教育改革的忧思录。

进入九十年代之后，孙云晓作品的“问题”成分更有所加重了。其中最具代表性的是那篇一度掀起轩然大波的关于中日儿童素质问题的《夏令营中的较量》。可以说，正是《较量》引发出来的关于中国独生子女素质教育问题的全国性讨论，才奏响了中国少年儿童教育由应试教育向素质教育转轨的先声。这个时期的孙云晓，与其说是一位儿童报告文学作家，不如说是一位社会学家、教育学家或青少年问题研究专家更为恰当。实际也正是这样，对于一位擅长写作社会问题调查式的儿童报告文学作家来说，文学固然重要，但了解少年儿童、了解社会问题却是写作的前提。敏于发现问题，勇于提出问题，借以警世和醒世，这正是孙云晓儿童报告文学最大的特色。

庄大伟（1951—　），浙江镇海人。一九七四年开始儿童文学创作。现任职于上海人民广播电台音乐部。“新时期”以来，他先后出版了儿童报告文学集《当代少年心态录》

《公民从这里诞生》《渴望潇洒》《当代少年热门话题》《早恋的热线对话》，童话集《庄大伟幽默故事集》《庄大伟童话精选》《大头蟋蟀自述》《食品店大战》，儿童散文集《校园林阴道》等。

庄大伟最有影响的儿童报告文学当归属“当代少年心态录”为总题的四十多篇系列作品。浦漫汀在分析了庄大伟报告文学之后，认为庄大伟的报告文学的特点是“背景不拘于家庭、校园，而涉及广阔的社会现实中，着重刻画的是孩子们发展中的复杂的内心世界”[①]。如果说孙云晓的报告文学更多的是审视少年儿童生存和成长环境中属于“社会”的那一部分，那么庄大伟的报告文学则对少年儿童“自身”予以了更多的关注。他所捕捉的题材也多是少年儿童当下生活经历和较为秘密的心灵、情感世界。他的作品与孙云晓的“社会调查式”不同，而是以“人物特写式”为主。他用一幅幅精描细绘的个体人物特写或群像组画，多侧面、全方位地层示了当代少年儿童生活面临的人生课题和心态。如《竞争时代的少年》展示了诸多少年的竞争意识，《崇拜》描绘了一群少男少女“明星意识”的萌发与转移、《微弱的承担》展现了当代少年为国分忧的成人意识和公民意识，等等。这些作品以丰富的校园信息、真实的新闻效应和新颖的表现视角在少年读者中赢得了很大反响。《出路》以组合式人物特写形式，讲述了上海郊区五个乡村少年在理想和职业选择上的早熟与务实的心理：赵大明想

① 浦漫汀. 中国儿童文学大系 [M]. 太原：希望出版社，1990.

做一名出色的农艺专家，并正在为此而努力；费一翔的理想是考入名牌大学的建筑系，成为一名建筑大师，他在心中不断地为自己加油；杜娟憧憬着成为一位钢琴演奏家，她虽然遇到了父母离异的不幸，但仍然自强不息，不坠青云之志；张小青长得美丽，因此对服饰特别敏感，决定学习裁缝，将来当一名服装设计师；阿根的想法比较现实，要么继续上学，要么休学去帮助哥哥贩鱼赚钱……故事讲述的是少年们自己的成长故事，却也折射着改革开放年代里，人们的社会价值观念在孩子们心灵上投下的光影与波澜。

庄大伟还有一类作品擅长思辨与分析，并且善于选择最有代表性的个体形象来揭示群体的意识和追求，如同让读者面对一枚草叶而想象整片草原，透过一粒沙子而看到整个沙漠。在表现手法上，庄大伟也作过多种尝试，如写《出名》用了类似交响音乐的起伏和变奏的气势，《神枪手小传》借用了中国传统话本的形式，《PMT 行动》则使用了电影分镜头的笔法。

刘保法（1945—　），笔名梦捷，上海市人。任职于少年报社。一九八〇年开始发表儿童文学作品，已出版了儿童报告文学集《美属于她》《特殊儿童的特殊故事》《女中学生的感情世界》《迷恋》《多梦季节》《送你一束紫罗兰》《中国神童》《中学生圆舞曲》等。

刘保法的报告文学以“人物特写式”为主。他的足迹深入到了上海的大街小巷，采访了许多“少年明星”的成长经历，如《迷恋》讲述的是一个十五岁还在上小学，却获得了全国第二届“科学小园地”优秀作品个人奖的少年迷恋生物的故事；《冬天里的红苹果》讲述的是一个名叫胡怡闻的少女如何在疾病中与死神搏斗，自强不息，终于在绘画方面有所成就，让弱小的生命放射出了璀璨的光芒的故事，讴歌了新一代少年身上所具有的热爱生命、热爱世界、自尊自强的可贵素质。类似题材的作品还有写一个酷爱音乐、刻苦练琴的盲女孩敏敏的《弹奏自己》等。同时刘保法也把目光和深情倾注到了那些普通的，甚至是生活在社会底层和不被关注的角落里的孩子身上，写了许多“另类”少年如留级生、后进生、失学生、调皮大王等鲜为人知的成长故事。《星期日的苦恼》用自白式的日记体道出了一个少年在陈旧的教育范式下的失望、苦恼、迷惘和无奈；《穷街的孩子》讲述了身处底层的普通少年在艰辛的环境和条件下，如何面对种种社会不公而自尊自强，乐观地拥抱生活、追求理想的故事，其中也透出了作家对普通孩子深切的关怀和理解。《想念紫风铃》里的小女孩沈漱舟也是一个令人同情的孩子，她的父母都是盲人，不久又离异，她只好和母亲一起相依为命，而母亲不幸又患了绝症……就是在这样一连串的遭遇面前，小女孩却没有被吓倒，她用柔嫩的双肩挑起家庭的重负，而且顽强奋进，历年被评为三好学生，最终考取了上海市重点中学交大附中……作家自己也被这个小女孩深深地感动着。他在作品里写道：“无疑，沈漱舟给同龄人上了生动的一课，同龄人从沈漱舟身上悟出了一个真谛：烈火炼真金，苦难是能磨炼出生命的力度的！”他在最后引用一首小诗寄语所有在艰难中行进的少年："不要放弃你的梦想，／如果你有胆量／堂皇高贵地做梦，／这梦／会成为预言。"

于普通的成长故事中挖掘和发现少年儿童的卓越品质，以饱含感情的文笔抒写童心世界的喜怒哀乐，而隐藏在每一篇作品背后的，则是一种强烈的平民关怀意识，这是刘保法报告文学区别于其他作品的显著特点。

孙云晓、庄大伟和刘保法等儿童报告文学作家所取得的引人瞩目的成就，可以作为"新时期"以来儿童报告文学创作总体成绩的代表，然而他们的作品中所存在的明显的不足，也是这个时期儿童报告文学整体的缺憾和通病。一方面，他们都不约而同地在作品中突出新闻性、报告性以及由此而带来的社会效应，其作品在很大程度上都是以一些振聋发聩的题材和大刀阔斧、大开大合的凌厉风格呈现在世人面前；另一方面，儿童报告文学作为一种独立存在的文学样式，其"文学性"却也因为他们写作时的匆忙而相对减弱和忽略了。因此，检阅这一时期的报告文学，我们看到了很多振聋发聩却不免粗糙的"急就章"，鲜见分量十足、耐人回味、艺术上臻于无瑕的传世杰作。如何把握种种非文学因素在儿童报告文学中的度量，而不单单以追求"报告性"和社会功效为满足，是报告文学作家都应省察的课题。

孟晓云、肖复兴等的儿童报告文学

孟晓云、肖复兴等也是"新时期"以来在儿童报告文学领域里引人瞩目的作家。和孙云晓、庄大伟、刘保法不同的是，他们并非专注于儿童报告文学这一种文体的写作，而是在其他领域也另有建树。

孟晓云（1946— ）女，湖北石首人，长于北京。一九七〇年毕业于中国人民大学新闻系，一九八一年毕业于中国社会科学院研究生院新闻系。现任职于《人民日报》社。二十世纪八十年代初开始报告文学创作，著有报告文学集《胡杨泪》《你生命中那时光》《中学生三部曲》《流行色》《青春期躁动》《走出混沌》等。主编有《中国孩子在海外》《我和我的孩子在海外》。其中报告文学《还是那双眼睛》（与人合著）、《胡杨泪》、《多思的年华》分别获得全国第二、三、四届优秀报告文学奖。《天空与大地之间》曾获首届青年文学创作奖。

孟晓云的主要文学成就是在成人报告文学领域里，然而她的《春城的一场暴风雪》《多思的年华——中学生心理学》等儿童报告文学作品，也都在读者中引起过较大反响。《春城的一场暴风雪》写的是发生在二十世纪八十年代初期春城昆明的一个事件：十四岁的女中学生王佳，在上学路上遇到一位摔倒在路边的老奶奶并送她回了家，结果却被老奶奶的家人诬为肇事者。王佳忍受委屈和羞愤，仍然同当医生的爸爸一起，先救护老人，为老奶奶的康复护理了两个星期。此间，由于学校和社会的介入，人们弄清了真相，王佳一家的善良举动与美好心地终于大白于天下，并且赢得了社会的肯定与赞美。作家针对这个题材有两句自白："我想写一名女中学生在特殊经历中的心理变化，一个长大了的孩子。"作家对这位心地善良的女中学生所蒙受的冤屈是怀着深切的同情和义愤的，对长期以来所形成的人心的冷漠、猜忌和人与人之间的缺少信任，是抱着深重的忧虑的。但作家的思想并不止于此，而是透过对这位正处成长期的少女在这场事件中的真实的感受和心灵历程的抒写，一边审视着社会和人生的复杂性，一边展示着一颗单纯和脆弱的心如何在磨炼中变得成熟和坚韧。当压在少女心上的一场暴风雪终于消失，我们看到的已经是一个足以承受更大的暴风雪的长大的孩子了。这是“新时期”儿童报告文学中一篇激动人心的佳作。

孟晓云的《中学生三部曲》包括《多思的年华——中学生心理学》《我们与你们》《你在哪里失去了他？》三篇报告文学。其中《多思的年华——中学生心理学》发表后曾引起巨大轰动。这是一篇力图比较全面地绘出中学生的心理世界的作品，作者试图在一些心理素材的基础上，构建她心目中的“中学生心理学”，提出一些带普遍性的、需要整个社会认真考虑和加以理解的中学生特殊的心理问题及灵魂问题。在“题记”中作家道明了她写“三部曲”的真实动机：“五千万中学生是一个最彩色斑斓、最生气勃勃的世界。他们不仅需要教育，需要爱，也需要理解。我试图描绘出他们对人生和世界的看法，不是因为它们都正确（也不应该要求它们都正确），而是因为它们真实地存在着。”这部作品从多个角度和深层次上剖析了当代中学生在学校、家庭、社会中的复杂心理和生活特点，深入地探索了他们在求知、择友、道德观、价值观等方面的种种思索、认识、感受与追求，写出了他们与社会、与老师、与家长、与同学之间的微妙和特异的关系。这个“三部曲”也传达出了作家本人的一种现代教育观和对现代心理学、社会文化学等方面的认知与追求，整个作品充满现代意识和现代表现手法，思想和艺术冲击力强，读来令人耳目一新，是“新时期”儿童报告文学中不可多得的佳作。

肖复兴（1947—　），河北沧县人，自幼长于北京。一九八二年毕业于中央戏剧学院。现任职于《人民文学》杂志社。一九七八年开始发表作品，主要作品有长篇小说《早恋》《青春三部曲》，中短篇小说集《北大荒奇遇》，报告文学集《国际大师和他的妻子》《多梦时节——肖复兴报告文学集》，散文集《复兴散文》《复兴随笔》《和当代中学生对话》等。报告文学《海河边的一间小屋》《生当作人杰》曾获第二、第三届全国优秀报告文学奖。

和孟晓云相似，肖复兴的主要文学成就是在成人小说和散文创作方面。但他的《和当代中学生对话》及姐妹篇《和当代中学生的通信——少男少女风情录》等一系列儿童报告文学，因为真实地抒写了二十世纪八十年代少男少女的欢乐、忧伤，困惑、追求、思索，反映了这一代中学生多元的精神个性与不同的心灵渴求，所以也很受中学生读者的欢迎。他的报告文学作品以抒情散文式为主，作家的主观介入性很强，可以说是作家与少男少女的倾心交流、相互碰撞和理解的结晶，也是一代人与另一代人努力沟通、相互发现和欣赏的果实。书信体报告文学《少年心事——致晓洁》无论是从思想深度还是从文学上所达到的高度来看，都可视为肖复兴儿童报告文学的代表性作品之一。在这篇作品里，既有对知青那一代少年人的北大荒插队故事的追忆，也有对生活在九十年代的“新新人类”的精神渴求的抒写，而在两代人之间架起了一道理解与赞美的虹桥的，是作家默默的深情。如在“忧郁的龟背竹”一章中，当那位远离了爸爸妈妈，缺少亲情，从小生活在北京的小布来克去过了柴达木油田，亲眼见到了辛劳的建设者们的生活与工作情景后，尤其是当他终于明白了在工作中不幸殉职的爸爸这一代人是把祖国的利益看作比自己的生命还要宝贵，假如祖国需要，他们是不惜献出自己一切的时候，作家写道：“他（指小布来克）年龄那么小，本应该保持少年的天真和欢乐，一下子像个小大人一样了，还没有完全迈过鲜花烂漫的春天，却已经过早地踏入夏天的门槛。有时候，望着放学时涌出校门的小鸟归巢般的孩子，我常常想对这些无忧无虑的孩子说：你们知道吗？为了我们这个国家，也为了你们这一代的幸福，你们的父辈付出了多少艰辛的代价，你们同时知道吗？这代价中包括像小布来克一样与你们同龄甚至年龄更小的孩子一并付出的感情与心血呀！”

两代人之间的爱与理解，是肖复兴儿童报告文学作品中一个反复咏叹的主题。他似乎不太愿意在作品中去做全景式大场面的描绘，而是善于对人物的心理、感情和平凡的小事做精描细绘，使之闪出动人的光彩。肖复兴的报告文学，语言清新朴素而又带着强烈的抒情性。他的许多报告文学可以当作叙事散文来读，然而它又确乎是一种个性特征十分明显的抒情散文式的报告文学。

“新时期”以来还有不少作家，并非以儿童报告文学为主业，然而他们偶尔涉足这个领域，却也为“新时期”儿童文学留下了许多值得珍视的篇章。如柯岩的《从一个孩子看中国》，胡景芳的《作家与少年犯》，理由的《访“神童”》，李楚城的《生活的斗士》，陈祖芬的《只不过是一刹那》，王安忆的《小松树，轻轻地响》，韩静霆的《摔倒了自己的冠军》，许金华的《“小爱迪生”的失落》、《七月的思索》，董宏猷的《王江旋风》，赵丽宏的《胜者与败者》，思羽的《泅出海面》，陈丹燕的《请你牵着我的手》，董天柚的《鬼地》，王仲儒的《墓，静静地诉说》，王慧骐、曹义田的《流、流、流，明流暗流“意识流”》，秦文君的《母亲的受难日 · 关于父亲》《失群的中学生》《中学生的情感世界》，谷应的《危险的年龄》，张成新的《老汪才七岁》，李凤杰的《香烟与少年犯罪》，沈碧娟的《阳光照进小屋》、《渴求生命》，蔡玉明的《创造一个新自己》《在那希望的山野上》，东缨的《金亮的小星》，等等。这些作品有的从社会问题调查人手，面对少年儿童生存、成长环境中存在的许多紧迫和沉重的社会课题，如应试教育中的弊端、少年犯罪、商品经济条件下的社会不正之风对孩子心灵的影响等等，作家们积极干预生活，勇于披露社会真相，以期早日解决这些问题；有的作品则瞄准富有个性特征的少年儿童个体或群体，着重写“人”，写一个个真实的成长故事，通过故事而完成对于个性鲜明的人物形象的刻画；还有的则是深入当代少年儿童的心灵与情感世界，以发现、理解、剖析、展现少年儿童们的心理变化为己任，从而写出“这一代人”的心灵的“传记”……虽然这些作品风格样式各有不同，表现手法也各有千秋，但它们相互借鉴，相互映照，自成同一阵线的盟友，共同承担着透过生活表象来真实地报告着少年儿童们的生态与心态的大任，出色地完成了对于“新时期”以来中国少年儿童们的生活追求和心灵世界的采访与报告。在艺术上，这些作品也真正地使儿童报告文学回归到了儿童和文学的本位，做到了真、善、美的统一，社会功能与审美价值的统一，显示了“新时期”以来儿童报告文学这一文体在探索、追求艺术个性化道路上一步步向前迈进的轨迹。

吴然的《小鸟在歌唱》
和乔传藻的《醉麂》等儿童散文

“新时期”儿童散文的两大创作主体之一，是和新中国一同成长起来的，文学创作起步于二十世纪六十、七十年代，而在八十、九十年代进入创作高潮期的那一代中年作家。吴然、乔传藻、韩少华、张岐、任大霖、吴继路等是其代表性作家。

吴然（1945—　），云南宣威人。原名吴兴然，曾用笔名曲敏、霜天等。一九六五年高中毕业后当工人和厂矿小学教师。二十世纪八十年代开始编辑《春城晚报》儿童文学副刊《小橘灯》。已出版的儿童散文集有《歌溪》《小鸟在歌唱》《风雨花集》《一碗水》《珍珠雨》《我的小马》和长篇散文《小霞客游记》等。其中《小鸟在歌唱》获中国作协第二届全国优秀儿童文学奖，《我的小马》获台湾第九届杨唤儿童文学奖。

吴然是“新时期”以来专注于儿童散文写作而心无旁骛的少数作家之一。在儿童散文观念和创作实践上，他师承郭风却又扬长避短，在某些方面甚至有所发挥和突破。孙建江曾把吴然作品和郭风作品进行比较：“取材上，吴然作品也常出现一个具体的回忆场景‘大理’，一如郭风之于‘松坊村’；风格上，吴然也追求自然、清新；形式上，也讲究诗的韵味和散文的笔调方式……总起来说，吴然的少年散文，前期多少带点模仿的痕迹；中后期进入佳境，变‘模仿’、‘师承’为‘综合’。他中期的作品，像《走月亮》等显示了属于自己的‘自然’和‘清新’，而后期的作品，像《遥远的风筝》等则在‘自然’、‘清新’的同时，有意识地对特定的情境（特别是童年情境）进行文化和历史的反思，平添了作品内在的生活厚重感——显然，后期的吴然，与初、中期郭风型的吴然已有所不同。吴然正是以他的这种执着的探求精神，来创造他儿童的艺术世界的。”[①]

在吴然所创造的艺术世界里，我们首先看到的是一种独具特色的地域文化风貌和瑰丽多彩的自然景观。吴然长期生活在“美丽、神奇、丰富”的云南，足迹踏遍了苍山洱海和西南边陲的许多角落。西南高原云遮雾罩、气象万

① 孙建江. 20 世纪中国儿童文学导论 [M]. 南京：江苏少年儿童出版社，1995：344.

千的自然景观，以及众多的少数民族瑰丽多姿、赏心悦目的文化风情，让吴然（以及生活在云南的许多作家和艺术家）情有独钟，亦各得其灵秀之先。读吴然的作品，我们会不由自主地为他笔下的地域文化风情和瑰丽多姿的大自然景色所吸引。他在这些作品里有机地融入了诸如民族、民俗、物候、气象、园林、农艺、地质、动物、植物等方面的知识与见闻，使大自然的万般美景化为一个个生动可感的形象，有助于把个人的感觉与感情付诸可以触摸和描述的细节。他就像西南高原的一个“导游者”一样，牵引着我们去游历大理、苍山、玉龙雪山、大小流山、高黎贡山以及怒江边、西双版纳等许多瑰丽多姿的地方，并且用他对家乡文化与土地的爱恋与自豪感染着我们，唤起我们的理解与热爱之情。《清碧溪》《歌溪》《杨梅会》《洱海》《大理石》《泼水节》《珍珠雨》《太阳鸟》《一碗水》《牛恋乡》《鲜花节》，等等，都是这类散文的名篇。

在艺术上，吴然追求清淡与明朗，力避铺陈堆砌与镂金错彩，但也并不拒绝色彩鲜艳和缤纷多姿。他说过：“我想在儿童散文中融入诗的意境和旋律。我想写得富有儿童情趣，写得有色彩和富有音乐感，我想用一颗纯真的童心去写作。我还想写得美一点，力求把美化为形象；力求把诗情融合在养育我的芬芳的土地上，融合在我们的校园里，融合在孩子们的生活中，让小读者用心灵去感受。”[①]检视吴然的全部散文，可以说他的创作实绩已然实现了他的美学

① 浦漫汀．散文十家 [M]. 郑州：海燕出版社，1989：303.

主张。他的《歌溪》《小鸟在歌唱》两部集子，正是“在儿童散文中融入诗的意境和旋律”、“写得富有儿童情趣”的典范之作。

乔传藻（1939— ），云南宣威人。一九六四年毕业于云南大学后留校任教。现为云南大学中文系教授。主要作品有儿童散文集《星星寨》《野象的路》《太阳鸟》《守林人的小屋》《一朵云》以及儿童小说集《哨猴》等。其中儿童散文《醉麂》获中国作协首届全国优秀儿童文学奖，散文集《太阳鸟》获台湾少年儿童读物佳作奖。作为一个长期生活在云南的又一位风格独具的儿童散文作家，乔传藻和吴然堪称新时期儿童散文星空的“双子座”。

乔传藻是以擅长写森林、写动物而引人注目的。他长期生活在云南，心灵中有一种深远的“红土地情结”。他的散文大都以滇东北的自然景观和乡村生活为题材，在作品中尤其注重有关森林野趣和动物生活情趣的知识性描写。而这些有关森林和动物的知识，并非来自现成的典籍或出于作家的想象，而是得之于作家足迹所至的守林人的小屋里，狩猎人的火塘边，野象、野鹿和野麂们出入的丛林中。数十年来，他抒写了大西南丛林中上百种动物的生存状态和生命史传，也精描细刻下众多的花草树木的生命花期和生长年轮。他的散文名篇《醉麂》，写一只金色的小麂生活和奔跑在美丽的大森林里，如同一个天真可爱的孩子生活在慈母温暖的怀抱里，自由、快乐，充满幻想和灵性，最后它竟追随着山村孩子朗朗的歌声而进入了快乐的小学校，迷醉在孩子们浓浓的好奇和关爱之中。作家笔下的这只可爱的小麂子，是新时期儿童文学里最迷人、最令人难忘的艺术形象之一。另一篇曾被多次选入各种散文选本里的《三棵树》，以拟人化的手法和童话般的想象，分别写了大西南丛林中的三种独具特点的树："绞杀树"（油棕）、"大象树"（菩提）和岩棕。三棵树被作家赋予了既合乎规律又极为鲜明的个性品质，成为众多的植物题材散文中最有个性的三棵树。乔传藻儿童散文中的名篇还有《太阳鸟》《哨猴》《山野之魂》《野猴》《森林黑土》及系列散文《一朵云》等。

乔传藻善写森林和动物，却并不简单地停留在有关森林和动物的知识性描写上。他的作品并不是单纯地在宣扬"回归自然"的主题。他是通过对动物世界和植物世界的认识与发现，通过人与自然这个广阔而古老的题材，传达着自己对当代人类生存处境与生命本源的理解与思考。他曾在一篇自述文中谈到，他很喜欢普里什文的两句话："要知道我笔下写的是大自然，自己心中想的却是人。"他说："我写的尽管是'无人之境'，我寻访的尽管是一些没有闻见过炊烟气味的'森林居民'，但我的心是和时代相通的，在人与自然这一古老的艺术命题中，准确地把握住当代人的生存情绪，这是我的意愿。"还有，"在山水中写出人情美，在人情中写出山水美，这是我对自己的要求。"[①]从表面上看，乔传藻是在写动植物的生态习性和生存环境，其实他笔下的自然世界无不折射着人类社会、漾动和传递着当代人类

① 乔传藻. 我写少年散文 [J]. 中国少儿出版社，1998，2.

的生存霸权以及由此而正在形成的生存危机。从作家的笔下，我们既看到了人与自然相谐的一面，也看到了人类砍伐森林、猎捕动物、污染环境、霸占土地、蚕食山林的那一面。而后者，其实正是人类粗暴地对待生命、间接地在毁灭地球和生命的表现。对这一关乎人类最后命运主题的开掘，体现了作家对生命本源所思考的深度，体现了一个儿童文学作家对于世界的终极关怀。这是“新时期”儿童散文创作中鲜见的个例。乔传藻的森林和动物题材散文，代表了“新时期”儿童散文在这些方面所达到的思想深度和文学高度。

乔传藻是一位注重文学品位、追求醇厚、隽永风格的美文作家。他长期从事汉语写作的教学工作，对于散文语言的美学要求比一般作家更显苛刻。他使用的是一种既缜密、精当、规范，而又独具灵异的色彩和动态的文学语言。细节的真实密集，文学感觉的醇厚质朴，语言的鲜活灵动，字词的准确工稳，都是他作品的特色。从数量上讲，乔传藻也许是“新时期”儿童散文作家中作品篇目较少的一位，但或许正是这种创作上的精心锤炼、提炼和打磨，以少胜多，才使他的作品在质量上追求最大限度的艺术化成为可能。他的不少散文名篇是可以作为文学写作课上的“范文”来阅读和评析的。

自二十世纪五十、六十年代开始创作直到“新时期”，还在儿童散文园地里辛勤耕耘、并留下了较为丰硕的成果的中年作家，还有任大星、韩少华、王一地、杨羽仪、文牧、谢璞等。

任大星对于当代儿童文学的主要贡献在短篇小说。他的儿童散文集《寻找布谷鸟》等，以自己童年和少年时代的生活经历为题材，朝花夕拾，真实地反映了二十世纪三十、四十年代里一个中国乡村孩子眼中的世界和人生，如《难忘的最后一课》《寻找布谷鸟》《九头鸟飞过的夜晚》等，都是极为质朴感人、颇富文学性的篇章。

韩少华在“新时期”出版了《古往今来话北京》《韩少华散文选》《暖晴》等散文集，其成就并不限于儿童文学领域，但《序曲》《寒冬，我记忆的摇篮》等却是儿童散文的名篇，其中《序曲》还被选入了中学课本。他的散文常常从较大的时代背景中选取个人所经历的具体而又记忆深刻的小事件，以小见大，再现整个时代气氛，抒发自己最深刻的体验和感受。他擅长在叙事中抒发动人的情思，善于发掘人间的真善美，其作品往往情思充沛，诗意盎然。

王一地在“新时期”出版了《心上的河流》《画中游记》两本儿童散文集。他的散文题材有两类：一是童年和少年生活经历的回忆，如系列散文《心上的河流》；一为国内外尤其是域外题材的游记，如《海乡风情》《群星的摇篮——佛罗伦萨散记》等。他的儿童散文追求真实和朴素之美、真诚和善良之美，因此写情真挚、写景鲜明，给人一种流畅、健康、引人向上的感觉。

杨羽仪在“新时期”出版了散文集《古海里的北斗星》《南风的微笑》《水乡茶居》和《羊城的彩翼》等。其儿童散文名篇有《知春鸟》《野菊》《蓬莱的童话》等。他善于撷取当代生活中具有新的内涵的童趣，从而折射出生活美、时代美。同时，他的散文也极富南国地域风味。在散文语言上他追求恬淡亲切、朴素无华的风格。

文牧自二十世纪六十年代初就开始发表儿童散文，“新时期”出版了《绿色的边境》《小伐木人的歌》《走向白桦林》等散文诗集。文牧的作品多以北国林区生活和瑰丽的长白山自然景观为题材。

谢璞在“新时期”出版了《忆怪集》《珍珠赋·谢璞散文选》等散文集。他的《忆怪集》采用一种介乎散文和小说之间的叙事性文体，再现了自己童年时代所经历的奇事异趣，反映了勤劳善良、勇敢刚毅的乡土人物的奇特经历。这种叙事散文，似乎更适合儿童阅读。

张岐的《俺们家前的海》和鹿子的《沉默的旅伴》等儿童散文

张岐（1929—　），原名张乐儒，山东长岛人。现为山东省作家协会专业作家。一九五三年开始文学创作，以儿童散文为主，已出版的儿童散文和散文诗集有《螺号》《渔火》《向阳屿》《蓝色摇篮曲》《彩色的贝》《蓝色的足迹》等。儿童散文《俺们家前的海》曾获中国作协首届全国优秀儿童文学奖。他的创作生涯开始较早，但其创作特色直到“新时期”后才凸显出来，并以其创作实绩成为“新时期”重要的儿童散文作家之一。

张岐是祖国东海岸的那片蔚蓝色的大海的歌手。到目前为止，他的全部作品都带着海风的气息和海涛的韵律。在散文诗《书》中，他这样写道："大海是一本书，一本最厚最厚的，永远读不完的书。"其实，大海也是张岐笔下一部永远写不完的书。生活在大海边的渔民们的生活，起伏在波涛中的大海的欢乐与痛苦、温柔与壮丽……构成了张岐儿童散文的主旋律。这源于作家长期的心灵感受和生活体验。他曾说："我是抱着浪花，枕着潮声，玩着贝壳长大的。大海教我在松软的沙滩上学步，领我走上了生活。我生活的课程的第一章，就是认识海。大海开阔了我的胸襟，锻铸了我的骨骼，并净化了我的灵魂。我深深地爱着海。我觉得海就是一幅背景恢弘广阔、气韵饱满生动的画。动的海是写意画。静的海是工笔画。我就是画中人。我不仅爱大海富有奇趣的景色，更爱大海剽悍的主人——渔人。我觉得大海的每一条弧纹，每一朵浪花，乃至撇在滩岸上的每一枚贝壳、每一颗卵石都是美的。我感受到了这种美，于是，我就把它写出来。"[①]这可以使我们看到作家与大海生死相依的精神联系。

他在许多描写大海的篇章里，视大海为自己的精神故乡，为自己的"母亲"。他在《呵，蓝色的摇篮》一文里这样描述了自己的童年：他来到世界不久，妈妈就丢下他离开了人间，是自己的姐姐代替母亲，用高粱粥代替乳汁，使他在艰难中长大。离他家门口不远的大海，成了他童年唯

① 张岐．蓝色的足迹·代后记［M］//浦漫汀．散文十家．郑州：海燕出版社，1989.

一的去处。他常常因为孤独而独自躺在那柔软的沙滩上。这时候，“我闻着头下海苔草的咸味，听着大海有节奏的潮声，感受到一种莫可名状的温情。我觉得是躺在妈妈身边。那海苔草的咸味是妈妈的汗味，那有节奏的潮声是妈妈心脏的搏动声，那柔软的海风，就是妈妈轻拂我的手。”对于自己的精神故乡和心灵上的母亲——大海的依恋与缱绻之情的抒发，是张岐散文的一个重要主题。他的散文名篇《俺们家前的海》从不同的角度歌咏和赞美了大海这个“给了俺不尽的兴趣，给了俺永远张开的遐思的羽翼，给了俺永恒不泯的童心……”的“蓝色的透明的世界”。这个世界里有宁静、安恬和温柔，也有严肃、冷峻甚至狂暴。但是，那一切都是大海“深沉的爱”。正是这有着丰富感情的大海，使得作家正确地认识了人生，认识了世界。

张岐曾在《我对儿童散文的浅见》里写道：他所追求的儿童散文个性大致包括情真、情趣、短小、情节、意境、文采这样几个方面。其中的“意境”，他解释说：“我理解就是散文的主题思想和所描写的景物的有机结合，从而构成一种引人入胜的艺术境界。”①对于儿童散文意境的开掘与追求，又使得张岐作品常常表现出明显的哲理性。除了具有真情实感、鲜活的情趣、和谐的意境、简洁短小的篇幅以及纯朴清新的文采外，理趣之美在他的作品里也尤为显明，如《书》《探求》《珍珠》《海边观感之二》等篇。

张岐散文的不足也是明显的：题材的单一似乎阻碍了

① 浦漫汀. 散文十家 [M]. 郑州：海燕出版社，1989：198.

作家思想更广阔的发挥；而过分追求形式与篇幅的简洁与短小，也局限了他的美学视野。当然，这种局限在儿童散文界也不独张岐所有。

"新时期"里，真正把儿童散文从一种总体气度不够扩大、形式上又失之于单薄和狭窄的局面引向更加舒阔、雄放的领域，并且为少儿散文创作注入了一种阳刚、冒险精神和浩荡大气的，则是女作家鹿子。

鹿子（1936— ），女，原名陈丽，江苏丹徒人。一九六一年毕业于中国人民大学新闻系。现任职于海燕出版社。一九六二年开始发表作品，主要作品有散文集《冰恋》《孤帆》《闯死亡之海》《少女梭梭》《沉默的旅伴》《梦了千百年》等，儿童小说集《陌生的来客》《少女与死神》《水无涯情无涯》等。

在"新时期"儿童散文作家队伍中，鹿子是一位一直在大河上下和西部高原"行走"着和探寻着的"独行客"。她曾自述："生在长江边，命运却将我抛到了黄河岸边，于是和黄河结下了不解之缘。从黄河源到黄河尾，走马观花（当然不乏下马的时候）地跑了一趟又一趟。独行中有惊吓有忧愁，更多的是寻找中的惊喜和快乐。"[①] "我走过黄河大漠草原高原，并不是为了去采风和猎奇，而是为了体验人类和其他生命的融合和差异，感受大自然的伟力，然后让

① 宗介华，李树权. 中华儿童文学作品精选 · 散文卷 [M]. 沈阳：沈阳出版社，1992：424.

我回到喧嚣的世界里可以更好地反顾人生。"因为在她看来，"一切都可以变成过眼烟云，都可以淡忘，唯有存于天地间的生命和浩荡之气，才具有震撼力，才会给人以勇气。"因此，她在生活中和写作上"追求生命的本真"，"希望那些触动过我心灵的感受能够从我心里流淌到笔端，能够传递给少年朋友。"[①]追寻和探索生命的本源，将个人的人生理想、生命价值和精神追求融入长远、浩荡的天地之间，从敢与时间抗衡的大自然中汲取力量和精华，从而以短暂的生命完成一次次伟大的梦寻和体验，这正是鹿子散文的主旨和特质。

鹿子惯于在荒原、大漠、冰川和戈壁上仰天长啸。正如她自己所言："我的血管里的血红细胞一旦呼吸到来自大漠、黄河略带土腥味儿的气息，先辈们渴望冒险渴望西征的豪气便苏醒过来。"甚至"只要一到黄河边，一看到河边的沙漠、草原、黄土地，心就激荡起来，音符跳动着……所有的文字，似乎都是写的黄河和人生，都是献给黄河的"[②]。她写得最动人的篇章如《冰恋》，写天山一号冰川之旅，读来仿佛使人听见了"在冷寂的冰谷里发出连绵不断的雪的泪的回声"；《梦中楼兰》，写一种破碎与远逝的文明，充满了伤逝之痛和追怀之美；在《生命的旋律》的最后，作者写到她从沙漠中带回了一束胡杨叶，夹在笔记本里。但她时时感受到一种流动的东西，那是坚强和悲壮的生命的

① 鹿子. 梦了千百年 [M]. 杭州：浙江少年儿童出版社，1999.
② 鹿子. 沉默的旅伴 [M]. 武汉：湖北少年儿童出版社，1996.

旋律，“于是我的身边便时时响起胡杨叶子沙啦啦的声音，它们似乎在召唤着我，让我神游于超乎人类社会的更为浩茫的天地间。”

鹿子是激情充沛、充满浪漫和冒险精神的一位儿童散文作家。她的作品给“新时期”儿童文学作家们送来了这样的启示：一种锲而不舍的追寻和游历，可能使他们失去了许多俗念意义上的安宁与逸乐，但同时一种真正的、独立的生命的诗篇，一种生命本真的体验，一种让短暂的生命与浩气长存的天地同在的可能，得以完成。而在文学的意义上，鹿子的儿童散文也随着她跋涉的脚步与身影进入了一个大气磅礴、视野开阔、文采雄健和豪放的境界。这一切，都源自鹿子的“我以我的心来感悟，以我的血脉来创作”[①]的执著追求。

陈丹燕、班马、谷应的儿童散文

陈丹燕、班马、谷应等在创作之初就开始坚守的那些崭新的儿童文学美学原则，他们在作品里所凸显的鲜明的艺术个性和独立的儿童文学理念，也是“新时期”新潮儿童散文作家共同的艺术追求。

陈丹燕（1958—　），女，广西平乐人。一九八二年毕业于华东师大中文系。二十世纪八十年代初开始儿童文学创作。其创作领域涉及小说、报告文学、评论等多方面，而

① 鹿子. 梦了千百年 [M]. 杭州：浙江少年儿童出版社，1999.

以少年散文创作成就最丰。已出版的作品有儿童小说集《少女们》《女中学生三部曲》《青春三部曲》，儿童散文集《写给女孩的私人往事》《心事真多》《于是有了一朵玫瑰》以及《陈丹燕青春作品集》（三卷）等。近几年，她涉足成人文学创作，著有长篇小说和长篇散文多部。散文《中国少女》曾获得中国作协首届全国优秀儿童文学奖。

陈丹燕是“新时期”青年作家中在张扬少年这个特殊人生阶段的苦闷、幻想和追求方面，做出了极大的努力，并以这一方面的作品赢得了少年读者的欢迎和肯定的重要作家之一。与此同时，她也通过这些作品自由和充分地表现了自己的艺术气质和文学个性。发表二十世纪八十年代中期的散文《中国少女》曾被多种选本选入，也获得过多个奖项，成为公认的“新时期”儿童散文名篇之一。作品讲述的是作者自己陪一个美国中学生访华团回母校参观的经历与感受。出现在作者和外国朋友面前的新一代中国少女，有着爽朗、自信、美好和舒阔的精神风采，这不禁使作者联想到了自己那一代人所经历的“压抑而且绵绵不断地在没歌没舞和想歌想舞里煎熬”的少女时代。这两种不同时代背景下的精神风貌的对比，正好使我们，也使外国友人感受到了中国当代日常生活的巨大变化，感受到了在这种巨变中所呈现出来的一代人的全新的“生命的美，青春伊始的美”。

陈丹燕在九十年代做过电台青少年节目主持人，收到过成千上万封少男少女倾吐心声的书信。她的《心事真多》等散文集即是以书信体的形式在和当代少男少女进行心灵沟通和精神交流。作品表现了当代少年特别是少女们的所思所想、所恨所爱，努力捕捉改革开放年代里的“新新人类”微妙的心理变化，反映她们不同的个性以及群体的精神风貌。陈丹燕另一类作品是沿着记忆的小路，依依追寻着自己童年和少年时代美丽闪光的点点滴滴。如《我的手风琴伙伴》用深情和细腻的笔触，追忆着少年时代的一位难忘的友伴，字里行间弥漫着一种淡淡的惆怅和忧郁，使人在痛惜着时光远逝的同时，又不由地萌生出善待青春和友谊的美好情愫。

陈丹燕曾在《少年文学中是否还有新的需要》一文中这样写道：“少年的文学，是一个广阔的概念，它是不应该仅局限于某一方面，特别是当某一方面的内容受到热烈的欢迎的时候，另外一些广阔的大路就显得格外的寂静无声了。”为此，她说：“我想将一部分成年人在生活中对人生、生命、生活和情感生活的思考以及由此而产生的故事引入少年文学之中。”[①]她写于九十年代的以域外生活见闻为题材的散文集《于是有了一朵玫瑰》便是这方面的尝试。

在更大限度地开发和拓展儿童散文美学的新边疆，丰富和扩充儿童散文的审美功能和艺术表现力，乃至更自由地通过文本而张扬个性、表现个人化情绪和经验等方面，班马和陈丹燕的追求是一致的，只不过班马比陈丹燕走得更

① 周基亭，郭累锋. 眼中有孩子心中有未来——’90 上海儿童文学研讨会论文集 [M]. 上海：少年儿童出版社，1991：270.

远，更具探索姿态。

班马（1951—　），原名班会文。上海人。一九八二年毕业于上海戏剧学院编剧专业。现在广州师范学院儿童文学研究所任教。一九八四年开始发表作品，著有长篇小说《六年级大逃亡》，文论集《游戏精神与文化基因》，童话集《现代梦幻童话》，散文集《星球细语》，小说集《那个夜，迷失在深夏古镇中》，专著《中国儿童文学理论批评与构想》《前艺术思想》。《星球细语》获全国第二届优秀儿童文学奖。对“新时期”儿童文学的首要贡献在于对以探索性、实验性为标识的先锋主义的张扬，无论是理论研究还是创作实践，他都以先锋的姿态出现，其中固然有开辟和“构建”新的儿童美学体系的努力，更多的则是在“解构”一些陈旧的文学意识和创作方法，其文学思维常常远出原有的体系之外。

班马的获奖散文集《星球细语》较之一般散文，其独特性表现在：一是一种宏大的星球观，以及由此而引发的一种严肃的人类生存意识，弥漫在作家的创作幻思之中。像《只有一个地球》中的“他在空中看地球如悲故乡”，“他在空中悲喜交集：只有一个地球！”像《那个男孩的那个梦》所写到的：当地球笼罩在黑夜里，男孩感到，身底下的这一颗地球正带着他在翻转过去，翻转过去……《最后一座红冰山》里讲到的“一个无法复述的恐怖事件”即地球的毁弃——当“人类把这颗老地球丢弃了”的时候，“我站在冰山上，漂浮在血红的热海中，冰山正在融化，这最后一座红冰山，就这样在血红的地球上，融化，融化——我死了。地球也死了……”作者发挥了自己最大的想象力，超越一切狭隘的民族意识，从整个人类的生命来源和生存境地的高度来打量我们所居住的这颗星球。从班马的笔下，我们透过一些地球生命史迹的片断而感到了一种可怕的生态危机，感到了一种真实的生存恐惧，仿佛那把可怕的达摩克利斯之剑就悬在我们头顶。班马也常常沉迷于古朴的怀旧和还乡的幻梦之中。他的散文名篇《江南，有一座永不忘的小屋》即是这类主题的代表作。

班马本质上是一位诗人，这就决定了他的散文在艺术上也总是充满诗的幻想与灵逸，情绪和感觉飘荡不羁，甚至有点如同梦幻般的支离破碎。在表达上，由于他的实验性和创新意识，从而使得这种情绪上的幻美特征得到了强化，所以语言上又常常逸出常规，闪烁其词，使多数作品呈现一种朦胧之美和“无主题变奏”之态。

谷应（1937—　），女，祖籍贵州安顺，生于北京。一九五八年毕业于四川美术学院工艺美术系。现为天津作家协会专业作家。主要作品有长篇《从滇池飞出的旋律》《白魔祭坛的童男童女》，中短篇集《海豚号在起锚》《危险的年龄》，中篇小说《太空总督和他的小兵》《空心孩子》，散文集《中国孩子的梦》等。

谷应早期的作品偏重于纪实性。《从滇池飞出的旋律》是以音乐家聂耳的童年少年生活和成长过程为题材的长篇传记小说，在刻画人物形象的同时还注意展示具有地方色彩的民风民情民乐。根据这部小说改编的电影《人之初》

获得一九九二年中国儿童影片“童牛奖”。《危险的年龄》则通过社会调查揭示少年们在生理和心理上存在的问题，并由此揭示现象背后的社会历史文化的因素。该书分成三个组成部分，即：困惑——青春期感情问题调查笔记；无常——“危险年龄”少年心态调查笔记；涩果——破碎家庭子女状况调查笔记。它在成人世界和青少年世界之间架起了一座沟通心灵的桥梁。

谷应在为少年儿童进行文学创作的同时并没有将自己的工艺美术特长丢掉。她花了十几年时间，到五十六个民族中进行采风，了解各民族的风土人情、儿童手工艺，这样就形成了她特殊的散文集《中国孩子的梦》。这部作品融优美的散文和精美的摄影（儿童手工艺）于一身，出版后产生了较强的反响，获得中国作协第五届全国优秀儿童文学奖。钟敬文曾如此评价：“它充分展示出当代我国各族儿童、少年的智慧、审美情趣和创作能力，同时也表现了这些民族传统工艺美术的继承和发展。”“对于民族学、民俗学、儿童学、心理学等学科的学者，它还能提供学术研究的珍贵资料。”[①]

作为儿童手工艺品的摄影作品和文学美文的结合，《中国孩子的梦》包容性极大。在作品中我们可以看到一系列鲜活的形象，这形象中有少年儿童形象，例如坚持抵制食物诱惑，自愿参加“把斋”的而沙（《小白帽》）；快要入寺当“小佛爷”却仍然顽皮的岩弄（《绿版纳》）；也有让人难

① 引自钟敬文给作者谷应的信。

忘的成人形象，如时刻不忘“民族的委托”的“人大老胡”（《民族的委托》）；自愿为山沟百姓行医看病的藏族医生图迪桑（《祥云》），等等。作者并不专为写人物而作，但是这些人物的出场却是恰到好处又让人难以忘记。

在谷应的行文以及她用心发掘出的儿童工艺品中，我们可以充分了解各民族的风土人情、世情民俗，以及由此而显现的民族创造力。她不刻意追求作品的儿童视角，只是平实却又十分自然深情地将儿童世界表现出来，从而折射出各民族民俗风情和文化底蕴。作者在采风的过程中体验生活，进而获得重要感受：“不会动手的人就不会生活，也不会懂得生活中的美。”（《老教师》）我们大为惊叹的儿童手工艺品却只是少年儿童们不经意的作品。面对这样富有想象力和创造力的孩子，我们只会感到他们的纯真与质朴。

谷应的散文富有诗情画意，有的偏重叙事，有的倾向于抒情，有的短章像精美的散文诗，都可以当作美文进行玩赏。更为重要的是，谷应作品中的文字与摄影作品是不可分割的。但是，书中的散文并不是摄影作品的解说词或说明书，而是将源于多姿多彩的生活的文字与所发掘的工艺品在气韵上很好地统一起来，从而将散文的语言美同摄影艺术的色彩美、造型美很好地结合起来。因此谷应的作品可以说是“诗中有画，画中有诗”。

谷应以自己的创作实践证明了儿童散文创作的新出路：即不要仅仅将目光盯在孩子们生活的表面，只有深入了解孩子们，才能写出他们的神韵，显示出他们的时代特色。同时，文学创作也是一种开放的工作，它与其他艺术门类有着密不可分的关系。

二十世纪九十年代以来，儿童文学界出现了一批更年轻的散文作家，如韦伶、徐鲁、庞敏、张洁、殷健灵等。这是二十世纪儿童散文领域里最为年轻的一个创作群体。

韦伶在九十年代浮出海面，出版了小说集《那个夜，迷失在深夏古镇中》（与班马合著）、散文集《少女迷点》等。韦伶散文注重少女内心世界的发现与开掘，有细腻和敏感的少女体验，文字清新温婉而又带有幻美的特征。

徐鲁于八十年代初开始创作，其主要成就在儿童诗，但也出版了《飞翔的蝉声》《青梅竹马时节》《与十六岁对话》和《童年的小路》等散文集。孙建江曾如是评价说："（他的散文）情感力度把握得颇为得当，自然、不夸张。没有浮躁气，没有惊乍，没有矫情。沉于其间，又适时超于其外。调度从容，叙述游刃有余，显示出一种成熟的风度与智慧。"①

庞敏的小说散文合集《淡淡的白梅》曾获中国作协第三届全国优秀儿童文学奖。她的散文注重叙事性，而于叙事之中透出诗意和美感，文中也常用象征手法。此外，她的作品也不时显示一种淡淡的湘楚地域风味，有沈从文散文的遗韵。

---

① 孙建江. 光荣与梦想——孙建江华文儿童文学论文集 [M]. 济南：明天出版社，1999：157.

张洁以小说创作引人注目，作为新生代儿童文学创作队伍中的代表性作家之一，同时也创作出版了《永远的白鸽》《月光之舞》等散文集。她感觉灵敏而想象力卓异，她善于体会和发现女孩子生命和心灵深处的一些隐秘的东西，然后以轻逸、清丽和极富美感的文字予以表达。

殷健灵是新生代中另一位卓有才华的女作家。她写诗，写小说，也涉足散文和报告文学，出版的散文集有《纯真季节》和《青春密码》等。她的散文也注重揭示少女生存与成长过程中的隐秘心事，表达一些独特的个体生命体验。对生命的礼赞，对爱的理解与呼唤，对父母之爱的依恋与感恩等，是她的散文常见的主题。她的散文语言平和、自然，于优雅的叙述中透出真切的抒情意味。

江边是一九七九年开始儿童散文诗写作的。他的散文诗集《星星・月亮的梦》表现了少年儿童的心理、情绪，充满了天真活泼的童趣，真实地反映了少年儿童的生活，“写得十分通俗，而且口语化，这对写少年儿童散文诗来说，是很难能可贵的优点。”①

中国儿童散文的火炬在二十世纪最后的十年里，已经传递到了在六十、七十年代里出生的这一代年轻的作家手中。这一代青年作家身上所因袭的负担不多，也几乎没有受到往昔陈旧文学观念的束缚。他们思想活跃，感觉敏锐，对待新鲜的文学潮流，更多的是报以拥纳和投入的姿态。他

---

① 柯蓝.《星星・月亮的梦》・序 [M] //江边・星星・月亮的梦. 杭州：浙江少年儿童出版社，1999.

们的文学训练时间不算长，但整体文学起点却不低。在二十世纪的最后十年里，他们悄悄地完成了各自的文学预备期，并相继跃出海面，登上文坛。

原载《20 世纪中国儿童文学史》“第四编：80—90 年代的儿童文学”，张永健主编，辽宁少年儿童出版社 2006 年 12 月第 1 版；《中国新时期儿童文学研究》，王泉根主编，河北少年儿童出版社 2004 年第 1 版

华文儿童文学研究的新视野

“华文儿童文学”这一概念应该是早已存在了，但国内外学者对这一课题的研究却似乎是滞后的，一直未见其规模性和实质性进展。

一九九四年十一月份，在马来西亚首府吉隆坡曾召开过一次较具规模的“亚洲华文儿童文学研讨会”，这个会议不仅标志着亚洲地区的华文儿童文学的推展与研究工作已经迈出了开拓性的一步，而且对全球范围内的华文儿童文学研究与拓展，起到了推动和“示范”性的作用。孙建江作为大陆儿童文学理论研究学者之一，应邀出席了这次大会，并在会上发表了他那篇著名的论文《光荣与梦想——从中国大陆新时期少年文学的崛起看亚洲华文儿童文学的曙光》。

在这篇论文中，他从内容和形式两个方面深入考察了自“文化大革命”结束后的二十世纪七十年代后期到中国大陆开始步入市场经济后的九十年代初期这一特殊的历史时期

（即所谓“新时期”）里，由于现代文化意识的普遍觉醒而带来作家艺术选择的多样化，进而导致大陆少年文学的全部崛起的不争事实，然后向华文儿童文学界传达了一个“黎明的通知”，即他在论文结尾时的预言：“毫无疑问，少年文学的崛起是新时期中国文学的一个骄傲。而中国文学作为亚洲华文文学的主体，它的崛起和繁荣也将带来亚洲华文儿童文学的崛起和繁荣。光荣与梦想——这已不是遥远的期待。”

也正是从这篇文章和这次大会为起点，孙建江开始把“华文儿童文学”这个概念以及它所蕴含的丰富的学术资源，纳入了自己的研究领域。

新的视野与新的疆域的拓展，给这位风头正健的青年学者的学术生命注入了新一轮创造的灵性与激情，同时也预示着一种广阔的前景和崭新的收获。果然，几年之后，他勤恳而自觉的、颇具拓荒性质的劳作终于有了第一批沉甸甸的成果，这便是由明天出版社出版的《光荣与梦想——孙建江华文儿童文学论文集》这部新书。就我的阅读视野所及，大陆学术界对于“华文儿童文学”这个课题的研究成果，并不见。这本书也许是这个领域里的“第一部”，具有筚路蓝缕的开山意义。

这部论文集的正文由两部分内容构成。其一为综合性的研究。作者以一种较为开阔和宏大的视野，对华文学儿童文学创作最为集中的文学实绩予以观照和分析，一方面探寻了作为同一语言背景下的“华文儿童文学”整体格局和风貌，另一方面又着重对不同区域、不同意识形态下的文学状况进行了细致的廓别、辨析和比较，从而使我们对

“当代世界儿童文学”、“华文儿童文学”、“亚洲华文儿童文学”、“中国儿童文学”等概念下的文学观念、创作范式、作品与理论实绩、相互的影响与参照、各自的发展形态等，都有了一些感性的和比较深入的认识与了解。

这一部分中，比较重要的文章除了前面提到的他在“亚洲华文儿童文学研讨会”上发表的那篇论文，还有一九九六年他向“海峡两岸儿童文学研究会”提交的论文《从海峡两岸儿童文学整体格局的消长演变看中国儿童文学的未来可能》，一九九七年他在汉城召开的“世界儿童文学大会”所作的主题发言《艺术的儿童文学与大众的儿童文学》以及《台湾儿童文学整体观》《两岸儿童散文创作现状分析》《传承与超越——论台湾新生代作家童话创作》等。此外，这一部分里的研究文章还有几篇专论中国（大陆地区）近代以来的儿童文学发展与演变的研究文章，如《中国童话的发展演变一瞥》《时代的应允与制约——探析“文革”前中国儿童文学的游戏品格及其发展》等，乃是孙建江在九十年代中期出版的学术专著《二十世纪中国儿童文学导论》的余韵与“回放”，有的则是“续补”之作。舍此当不足以使读者观看到“华文儿童文学”的全貌。

其二则是华文儿童文学作家与作品的“个案”评析。作者对分散在不同国家或地区、而共同使用汉语从事儿童文学写作的一些重要的、在某些方面具有代表性或独特意义的作家，进行了细致入微的评论。只有透过这些具体的、反射着不同的光彩的浪花，我们才能立体地、多侧面地认识“华文儿童文学”这片浩瀚的大洋的风度。这些评论所涉及的作家有美国的木子，中国台湾地区的桂文亚、李潼、管家琪、陈木城、蔡宜容、林世仁等，马来西亚的年红、马汉、陈淑彦等，中国大陆的葛翠琳、程玮、冰波等。这些文章大多是从具体的作品入手，由此及彼，从而寻找和发掘出一些独特的和值得注意的文学现象。往往是，这些现象隐含和分散在不同作家的创作事例和文本资料之中，甚至作家本人也未必知晓。而经过理论家的提取、归纳与升华之后，才使得作家们恍然大悟而欣然接受了他的指导与提醒。

建江的这本书除了上面所说的正文部分，另有三组“附录”。其一为诸如“儿童文学的‘深’与‘浅’”、“青少年文学”、“中国儿童文学发展战略”、“新体验小说”、“少年散文”等专门话题的对话录；其二为部分亚华儿童文学作家的印象速写和创作花絮；其三为关于“亚洲华文儿童文学研讨会”和汉城“世界儿童文学大会”等几个重要会议的访谈与纪事。

这三组“附录”虽然不是正规的学术文章，却也为华文儿童文学研究提供了一些第一手的资讯。这些散文随笔式的记录比那些正规的学术文章更具有感性和独到的个人色彩，不仅有助于我们认识和了解“华文儿童文学”，而且也有助于我们认识和了解学者本人的心情与文字风神。

理论是灰色的，而生命之树常绿。儿童文学理论却和生命之树一样，总是常青常绿，生机勃勃的。这是因为，儿童文学是爱与美的文学，是童心与成长的文学。

如果说孙建江是由大陆新时期少年文学的崛起看到了

整个亚华儿童文学的曙光，进而将一种较为开阔和宏大的视野引进了当代儿童文学领域，那么，我们从这部《光荣与梦想》似乎也望见了华文儿童文学研究这条崭新的地平线正在移动。

1999 年冬，写于武汉

网络时代儿童文学的多维视界

——儿童文学与语文教育研讨会（香港）侧记

早春时节，二〇〇三年元月十六日至十九日，我应邀请前往香港，参加了由香港教育学院、香港儿童文学研究会等机构举办的“儿童文学与语文教育研讨会”。此次研讨会邀请了中国内地、香港、台湾的知名儿童文学作家、学者、教育人士、编辑出版人约三十人参加。来自大陆地区的作家有金波、曹文轩、徐鲁，儿童文学理论家和学者有蒋风、朱自强、陈子典；来自香港地区的有作家黄庆云（老作家）、潘明珠（香港儿童文艺协会会长）、严吴婵霞（“新雅文化”总编辑）、韦娅（香港演艺学院语文导师），儿童文学研究学者霍玉英（香港教育学院）、孙爱玲（香港教育学院）、刘凤鸾（香港儿童文学研究学会）等；来自台湾地区的有林文宝（台东师院）、桂文亚（《民生报》社）、刘凤芯博士（中兴大学）、杜荣琛（诗人）、陈木城（童书作家）、林武宪（诗人）、蔡清波（高雄市儿童写作学会会长）、陈卫平（“天卫文化”总编辑）等。台湾著名少年小说家李潼先生因病未能与会，大会上播放了他的演讲录音。霍玉英博士担任大会主席，香港教育学院院长致开幕词。香港地区的一些大专院校的师生、中小学语文老师、幼儿园的老师两百多人，在教育学院的大阶梯教室里聆听了部分与会专家的论文演讲。

这次研讨会所发表的论文质量非常高，可以说代表了目前华语世界里的儿童文学及其教学研究、语文教学研究所达到的最高水平与最新成果。这些论文都是从最具体的个案入手，在网络时代、数字化生存时代、读图时代、快餐消费时代、全球经济文化相互影响与制约等大背景下，讨论了如何在大学和中小学加强儿童文学的渗透、儿童参与网络童书的创作、儿童文学作家究竟是否适合编写语文课本、少年小说写作、童诗创作与教学、中外图画书艺术、儿童文学的朗读活动、儿童图书馆的作用等问题。

大会带给我的感受和启示有很多。其中最深的有两点：一是台湾和香港地区的中小学教育中，儿童文学（童诗、图画书、幻想类的童话……）所占比重很大，许多学校开设有专门的“童诗写作与朗读教室”、“幻想教室”等。一些来自台湾、香港的直接从事这方面的试验、教学与研究的老师和专家在大会上介绍了经验与成果。相比之下，内地更多的还是在追求“升学率”，并没有让少年儿童真正地从文学、幻想和美的出发点去热爱和阅读严格意义上的儿童文学作品，儿童文学作品只是孩子们学习语文的“道具”。二是在网络时代的背景之下，倡导和推动儿童文学的教学与阅读，无疑将为我们这些从事童书编辑与出版工作的人扩充和拓展出版空间提供了可能。

会议期间，我向与会的一些作家、学者朋友介绍了就我所知的一些内地的出版社，在儿童文学原创书的编辑出版方面的新的出版趋势，还抽空去香港中央图书馆和数家书店徜徉了一番，并接受了香港《文汇报》记者马鼎盛先生的专题采访，主要是谈自己的读书生活和内地的“新青春写作”等问题。香港《文汇报》不日就以一个整版的篇幅，刊载了马鼎盛先生对我的采访。

大会期间，台湾《民生报》社、天卫文化，香港新雅文化、木棉树出版社，还有法国巴亚出版社等出版机构，都将自己近年出版的童书摆在会场之外的走廊上，各自办起了小型的书展和推介会。我在与一些同行的交谈中，觉得大家有一个共同的感受：儿童文学阅读与教学的推展，将会为儿童读物出版带来一些机会和空间。

2003 年 1 月 28 日，武昌

儿童文学必须提升自身的写作难度

——从《中国儿童文学走向世界精品书系》谈起

诺贝尔文学奖获奖作家奈保尔说过这样一句话：好的或有价值的写作，不单单是一种文学技巧，它还有赖于作家身上的某种道德完整。

儿童文学面对的是真纯和稚嫩的童心，正如惠特曼诗中写到的那个每天向前走路的孩子，他只要看到某一个东西，他也许就会变成那个东西。看到的是杂草和阴影，他长大了，心里就会有杂草和阴影；看到的是玫瑰和光明，他长大了，心里就会有玫瑰和光明。总有某一天或某一个时候，他所看到的一切，都将成为他生命的一部分。顾念及此，儿童文学作家，敢不慎乎？

像中国文化如何"走向世界"一样，中国儿童文学怎样"走向世界"，也是近些年来一个热点话题。随着全球"一体化"的进程，尤其是中国近些年经济腾飞的奇迹所引起的"中国热"、"汉学热"的升温，使已逾百年历史的中国儿童文学与世界文学的融合，不仅获得了良机，而且显得更加必要。

遗憾的是，相比我们的经济和科技，中国儿童文学在“走向世界”的道途上却并没有出现什么壮观的奇迹。或者说，我们还没有向世界贡献出与我们的时代相匹配的儿童文学大师级人物。我们的作品输出，相对于引进来说，还是非常不成比例的。在全球几个顶级的儿童文学奖项，例如安徒生奖、林格伦奖、凯迪克奖、纽伯瑞奖、纽斯塔特奖的获奖作家名单中，还找不到中国作家的名字。我们的作家和作品，偶尔只能在提名作家和作品行列里止步。究其原因，固然与作品输出渠道的不畅通、汉语作品翻译为外文的数量和水准失衡等因素相关，但最根本的原因，只能归结到我们的儿童文学原创能力和原创精神、我们的儿童文学作品在世界文坛上的影响力，是比较弱小和缺失的。我们应该清醒地看到，能够和我们的国家、民族、时代相匹配的伟大和杰出的儿童文学作品，还寥寥无几。

从二〇一二年一月开始，作为全国唯一一家以对外译介中国儿童读物为立社使命的国家外文局旗下的海豚出版社，依托自身的外文翻译优势，调动了中国儿童文学创作界、理论界、出版界的各种资源，陆续推出了一套集合了当下中国儿童文学界最具原创力和影响力的作家作品自选集，命名为《中国儿童文学走向世界精品书系》，分别以中文、英文、简体、繁体、精装、平装等多种版本形式，推向包括中国台湾、新加坡等东南亚华语地区和欧美市场，为中国儿童文学作品“走出去”铺设了多种通道。这套书系的问世，既是新中国出版史上第一次大规模的儿童文学译介工程，也承续了中国外文局六十年来以推介中国儿童读物为己任的“外宣传统”。入选的作家包括葛翠琳、孙幼军、金波、秦文君、曹文轩、张之路、黄蓓佳、沈石溪、高洪波、汤素兰、董宏猷、郑春华、周锐等。我很感荣幸，以一本自选集《小鹿吃过的萩花》忝列其中。

使我感到欣慰的是这套书的出版者所锁定的“品质标准”：“入选的作家作品能够代表当下中国儿童文学审美艺术创造的最高水平和成就；能够用‘共通性的语言’写作，一方面是基于童心的写作，另一方面是既有全球视野，又有民族特色；富有时代精神，真实反映正面的中国形象、价值观，反映当今中国儿童的生活状态、生命状态，贴近儿童生活现实和心理现实；具有普世性与真善美，坚守儿童文学的价值理念，为未来一代打下良好的人性基础。”

应该说，这是一个门槛颇高的“世界性标准”。非常好。瞄准星星，总会比瞄准树梢要打得高些。让我感慨的是，假如这不仅仅是一套书的入选标准，而是所有中国儿童文学写作者的“职业标准”，该有多么好。

然而必须承认，在当下，中国的童书作家，离这个标准还有很长的距离。如果说，儿童文学是一场跨栏比赛，那么，我们目前的栏杆都还是“低栏”。这样就导致了大量的无难度作品的产生。作家写得太快、太容易，终究还是作家投入其中的才华、智慧和心血太少。书中没有多少文学创造的含量，因此注定也是短命和无法走得更远的。杰出的儿童文学作品必须是有难度和高度的。我们看诺贝尔奖作品也好，安徒生奖、凯迪克奖和纽伯瑞奖作品也好，都能感觉到那种文学的难度和高度的存在。那才是具有“全球视野”、“普世性”与真善美的文学。我们也常常从那些高贵的授奖辞里，看到对那些作家和作品的写作难度、写作高度的肯定。

还是回到儿童文学写作上来。写作者的“某种道德完整”，写作者如何在一种急功近利的商业环境的诱惑中，对媚俗、欲望和虚荣保持着高度的警惕，才是真正能够提升我们自身的写作难度和高度的源头。坚持儿童本位，绝对不是可以削弱文学品质、降低艺术品位的借口。相反，它只应该成为我们加大艺术承担意识和勇气、强化个人写作理想和写作难度的理由。写作难度的保持与加大，写作者自身对写作意义的认同与坚守，来自于作家自身的伦理底线、知识谱系、素养标准和独立精神的建立。

说到底，一切文学写作（儿童文学写作当然也不例外）最后的竞争，都将是写作道德、艺术品格，亦即人的道德力量和整个人格的竞争。这，才是纯洁和高贵的儿童文学对每一个写作者最后的考验，也是每一个真正的儿童文学作家最终无法回避和绕开的难度与高度。

2012年5月20日，武昌

原载《湖北日报》“文艺评论”版2012年6月3日

守护儿童的幸福花园

收到《世界图画书阅读与经典》和《世界儿童文学阅读与经典》这两部大书后，我对彭懿说：这是世界儿童文学阅读与欣赏的“皇皇巨著”，是中国儿童图书出版的两大“地标建筑”，也将成为我书房里的“镇房双璧”。我的意思当然不仅是指这两部大书所带来的丰富厚实的内容含量,也是指两部书的开本、厚度和实际的重量。

不妨先做点具体的数字统计：两部书放在一起重达三公斤；阔大的十六开本，有四十三个印张之多；其中《世界图画书阅读与经典》涉及两百多种图画书、三百多位作者、八百多幅插图；《世界儿童文学阅读与经典》涉及一百多部儿童文学经典、三十多部传世名篇、将近两百位作家、四百多幅原版书影和原作插图；两部书的总字数超过一百万字，总定价也将近两百元。我所说的“皇皇巨著”，一点也没夸张。

这也是两部呈现了豪华而雅致的品质，闪烁着经典性、艺术性和文献性的光芒的大书。我们从两部书所附录的“参考文献”、“作品索引”、“作家索引”以及诸如“国际知名权威推荐书目和重要奖项”等，即可看出它们在经典阅读和欣赏之外所具有的文献意义、阅读指南意义和专业工具书的价值。

《世界图画书阅读与经典》全书共分两个大单元。“上篇：阅读图画书”，从“图画书的定义”讲起，然后讲怎样从封面到封底的每一个细节，去完成一本图画书的阅读。作者从图画书的各种形态（例如各种不同的开本、折页、散页等）、图画书的表现方式（包括文字与图画的关系、画面潜在的节奏、隐藏着的细节、甚至空白页、框线、纸张的不同、无字书、颜色的深浅、画面的大小，等等）多个方面，并穿插大量具体的图例，告诉读者，如何做到正确和比较“专业化”地去阅读一本图画书。在这个单元里，彭懿就像一位虔诚的音乐家和爱乐者，在为第一次进入正规音乐厅的听众，精心撰写一本“听众礼仪手册”或“音乐厅的礼仪守则”。这是每一位图画书爱好者都必须补读的第一课。

“下篇：经典图画书”，用文采飞扬的笔调讲述和欣赏了近百本世界一流图画书。从封面到内页精彩画面的展示；从作品的故事讲述与欣赏，到作品深层意义与艺术风格的解读与分析；从作品的获奖、被推荐和入选权威排行榜的纪录，到创作者及其创作背景的介绍与挖掘……大多数读者即便没有机会读到原书，但有了这种由浅及深的文字和图画的导引，也大致可以领略和感受到这一本本图画书的故事之美和艺术魅力。可以说，这个单元为我们呈现了世界上风格各异的经典图画书的美学精髓，让我们真正享受了一场世界一流图画书的飨宴。

我曾经引用过本雅明的一个书名，来评价彭懿所写的图画书阅读文字："迎向灵光消逝的年代。"本雅明在解释何为"灵光"时说："时空的奇异纠缠，遥远之物的独一显现，虽远，犹如近在眼前。静歇在夏日正午，沿着地平线那方山的弧线，或顺着投影在观者身上的一截树枝，直到'此时此刻'成为显像的一部分——这就是呼吸在那远山、那树枝的灵光。拉近事物——更亲近大众——现今已成为大快人心的趋势……"这段话也完全可以用来评价彭懿的这本书中所展示的宏伟而开阔的气象。

最好的阅读应该从阅读经典开始。然而，经典阅读又绝非一朝一夕的事情。美国家喻户晓的广播和电视节目主持人、阅读指导专家费迪曼，根据自己多年的读书经验，曾经为广大读者设计并推荐过一份经典阅读计划，取名为"一生的阅读计划"。《世界儿童文学阅读与经典》这部书，也是彭懿为中国的孩子、家长、老师和文学热爱者设计的一份"一生的阅读计划"，是一部"一辈子的书"。

全书也分成两大单元。上篇：阅读儿童文学；下篇：经典儿童文学。上篇主要讲述儿童文学经典的各种文体特点、故事模式、人物类型的演变，偏重阅读指导、阅读趣味和阅读美学的分析；下篇从精选出来的三十部传世名著的故事和文本入手，让读者充分感知和认识了儿童文学经典所带给我们的温暖、感动、光明、梦想、智慧和美丽。

卡尔维诺的名言：所谓经典，就是那些“我正在重新阅读的书”，而非“正在阅读的书”。然而，随着时间的推移和每一个时代、每一代读者的社会价值观、精神指向的变幻，许多经典作品的光芒也渐渐变得遥远和朦胧，有的甚至已经变成我们遥远和模糊的记忆的背景，而不再是记忆的内容本身。即使有些书中的故事和人物我们都还记得，但经过了这么多年之后再打开它，却发现那已经是另一本书，另一个故事了。时间和经验在我们不知不觉中已将它们颠覆或重新整合。因此，重新擦亮记忆深处的那一盏盏经典的神灯，重新寻回我们阅读记忆中的密码和感觉，进而完成一种有别于童年时期的自我整合与精神确认，是经典儿童文学阅读的首要任务。只有这样，所谓时光流转、记忆重现，甚至让一些可能出现的终结变为新的开端，才会成为可能。

彭懿在这部书中，投放了自己的许多最新的研究成果和个人阅读心得，使一些本来已是家喻户晓的故事，例如格林童话里的一些名篇，不仅重现了它们原始的和永恒性的光芒，而且对长久以来人们添加在这些故事中的误读与曲解的观念，进行了比照、清理与反拨。例如《白雪公主》的故事，我们通常能够读出的也许只有后母嫉妒继女的美丽，公主遭难而幸得七个小矮人的友谊，最后获得王子的搭救……这样一串基本的故事和概念。然而，隐含在这个故事里的许多不利于健全人格的发展、不具备充分的道义感的因素，包括血淋淋的暴力倾向、父爱的缺席、人性的致命弱点“嫉妒心”对人性的吞噬……这样一些问题一旦深究，都一一浮出我们阅读感觉的水面，使我们不能不对隐含在这些熟知的故事和人物中的、带有极大的蒙蔽性和偏差性的教条和观点，重新进行质疑、思考和纠正。

经典的魅力是永恒的，只要我们有耐心，并且怀着一种敬畏之心轻轻地擦去时间留给它们的那些飞灰与尘埃，一盏盏经典文学的神灯的光芒将愈加明亮。数千年来，人类有幸拥有了一批最伟大的儿童文学经典作品，这是我们共同的记忆和幸福花园，我们理应世世代代地守护着它们，使经典的书香薪火相传、延绵不断。

2011 年初冬，武昌

原载《人民日报》2012 年 3 月 20 日；《燕赵都市报》2012 年 6 月 24 日（标题为“儿童文学阅读与欣赏的双璧”）

以真来分辨，以爱来关怀

——寄语《文学报·青少年文学专刊》

布尔迪厄在他那本引起很大争议的小书《关于电视》中，曾提出过一个“电视人的道德主义”的命题，他引用文学家纪德的一句名言——“用美好的感情，却创造了糟糕的文学”——来比照一些电视人用美好的感情，制造的却是“收视率”。作为一个有良知的社会学家，他提醒人们要警惕电视受制于商业利益操纵后的“通俗化的力量”，以及可能带来的“难以控制的后果”。无独有偶，著名媒体文化研究学者和批评家尼尔·波兹曼透过《娱乐至死》《童年的消逝》等著作，也将目光与焦点对准了“成长与媒体环境”这个焦点。这是一个无法回避也不能视而不见的话题。一方面是无所不在、无远弗届的商业“炒作”和媒体负面影响所带来的道德恐慌，另一方面，就是整个社会、当然包括媒体在内，对于“畅销书”和流行阅读的不切实际的鼓动、迎合与乐观。但是，在我看来，《文学报·青少年文学专刊》自从诞生之日起，就一直保持着自己既不媚俗、也不故作高深的品格与操守，以真来分辨，以爱来关怀。以开放的胸怀和开阔的视野，密切关注着全球范围内的青少年文学与文化的发展动态，紧密而快捷地追踪着国内外儿童文学创作、批评、学术研究、编辑与出版、翻译与传播等方面的讯息，成为目前国内最具公信力和专业水准、也最具有可读性和信息量的纸媒之一。

挪威儿童文学家、《苏菲的世界》作者乔斯坦·贾德曾说："如果说我有一个梦想，那就是将来有一天，阅读对于孩子们来说，就如我们每天要刷牙一样不可缺少。牙齿卫生很重要，但父母们更应该越来越对其子女的'经历卫生'担负起责任来。"他认为，与那些"电子毒贩子"利用孩子们天赋的好奇心和喜欢玩耍的需要，剥夺了他们的想象力与自发的活跃性相比，父母们能够给孩子们选择出最好的文学书，才是真正的"温暖之源"。在我看来，《文学报·青少年文学专刊》就是关于儿童文学专业纸媒领域里的一个"温暖之源"。

2009 年 12 月 6 日，武昌东湖之畔

原载《文学报》2009 年 12 月 24 日

“彩乌鸦”带给我们的启示

——在《彩乌鸦中文原创系列》研讨会上的发言

正如大家所公认的，《彩乌鸦中文原创系列》已经成为当代儿童文学原创的一个品牌。我觉得，这个系列至少有六个显著的标志性特点值得推崇：温暖明亮的小说主题，丰富多样的故事题材，稳健成熟的作者阵容，清新细腻的手绘插图，短小适读的文字篇幅，简洁明快的装帧形式。这些都是它明显有别于其他儿童文学丛书的地方。或者更简单地给它一个定位，就是“小清新”。这是典型的“彭学军风格”，她的人、作品和编辑风格，三者达成了高度的一致。我在后面谈她的作品时还会说到这一点。

这次研讨会分配给我阅读的作品是一组“童年记忆小说”和“红色历史小说”，包括彭学军的《奔跑的女孩》《你是我的妹》，翌平的《冬天里的小号》，常新港的《烟囱下的孩子》和张品成的《红猫》。五本小说，我读过四本，只有新港的那本不曾见过。无论是“童年记忆”还是“红色历史”题材，其实都可以归为一类“少年励志小说”。“红色历史”不必单独作为一类。因为这本小说的“红色”成分比较稀薄，虽然故事背景在江西红军时期，但主题仍然是写一个少年的成长。现在我就简单谈谈其中的三本小说。

刚才说过，彭学军的风格就是“小清新”。我写作三十年，一直在暗暗追求的一种风格，其实不是什么浪漫和唯美，也不是优雅的书卷气，就是“小清新”。我经常在微信上的签名也是“为人不慕大富贵，作文但求小清新”。但是我追求不到它。彭学军从一开始写作，就拥有了小清新的风格，直到今天，无论文学风气怎么变化，她始终不改初衷，坚守着这种清新的风格。这是我最欣赏和羡慕她的地方。无论《油纸伞》《白衣裙，蓝花边》等早期小说，还是《你是我的妹》《奔跑的女孩》等成熟期的作品，都总是荡漾着一种清新、蓬勃的诗意的芬芳。这也是她与那些几乎放弃了对文学品质的追求、而越来越扁平化、快餐化的“类型小说”保持着清醒距离的重要标识之一。

《奔跑的女孩》写的是“驼驼”、“猫”、邵佳慧等一群十一二岁的体校女生在运动场上和追梦路上的成长故事。少女们单纯而爽朗的年华，阳光般透明的信任与友谊，训练场上的汗水、泪水和欢笑……像莹莹春草一样，在这部删繁就简、节奏明快的少女小说里，散发着清新的青春气息。小说里充满了一种积极向上、向着更高更远的目标腾跃、奔跑的励志精神。“祝你梦想成真”那一章里有一段文字：“每个人，都应该要有梦想的，鱼儿有，猫有，还有邵佳慧、朱大军、谢菁华、穿白色运动衣的很‘杀’的女孩，还有那个弹钢琴的女生……”因为心中有梦想，每个人都必须在各自“追梦”的路途上不停地奔跑。就像那位总是把“快，再快点”挂在嘴上的严厉教练对驼驼说的那样，“你去读书也是在跑，另一种形式的跑，你要加油！”

把《你是我的妹》和《奔跑的女孩》定位为“童年记忆小说”，也是对的。因为这两本小说的许多细节里，都融进了作者少女时代曾经有过的最细致的体验、记忆与感受。童年记忆对于一位儿童文学作家来说至关重要。诗人兰波说过，“所谓诗人，就是要看谁是可以回到童年的一种人”；而罗兰·巴特说得更是绝对：“只有童年才有故乡。”因此，我们似乎可以这样认为，几乎所有的儿童文学作品，都会有作者童年生活记忆的影子，或者说，是他（她）童年生活的“自传”。

彭学军的小说也是如此。如她写到少女猫对省城的向往，说自己这辈子还没去过省城时，然后猫“情不自禁地咂了咂嘴，好像省城是一个又红又大的苹果”；写到驼驼因为得到了教练的鼓励，顿时对自己有了希望和信心时，有这么一个细节：“深吸一口气，慢慢地呼出，抬起头，看见三两只鸟儿从头顶轻捷地飞过。天上的云就像棉花糖一样，望着，嘴里就有了一种甜丝丝的感受。”我觉得，这可能都是她的少女记忆与体验。同时，这些细节也呈现了彭学军小说所惯有的一种恬淡与柔和的“抒情韵味”。

如果说彭学军的小说是少女记忆、少女体验小说，翌平的作品就是标准的男孩记忆、男孩体验小说，而且也有着温暖、明亮和催人向上的励志主题。小说写的是一群在音乐学院大院里长大的少年伙伴，有的会弹钢琴，有的会吹小号，有的热爱小提琴，有的在学声乐，其中一个名叫佟瓣的男生，虽然也是生活在音乐家庭里，可是什么也没有学会。但是他也有自己的梦想。最终他拜哥哥的朋友、小号手二苹果为师，从爸爸送给他的生日礼物——一把塑料小号开始，渐渐成长为一名真正的小号吹奏者，并且拥有了一把真正的金色的小号。小说里的华彩乐段，即最感人的高潮部分，是三个少年来到郊外，登上风雪中的古长城，朝着远方吹奏起各自的铜号。在风雪中回荡的灿烂号音，传达出了隐藏在三个少年心中——其实也是翌平心中的一种浪漫、豪迈、渴慕高远和自由的朝气与激情。所以说，这部小说也是主题明亮的少年励志小说。

还有一点值得我们欣赏的是，翌平小说里写到的乐曲演奏、小号吹奏，写得绘声绘色的，十分专业和准确，很地道。彭学军小说里写体操训练也是如此，一招一式，不是臆想的，而是很专业的。我举一个小细节。翌平小说里写到孩子们去郊外时走到一处西瓜地，瓜农给他们吃西瓜时，这样写："瓜皮的颜色明艳，斑纹清晰。刀口一碰上，西瓜就自己开裂了。'尝尝吧，孩子们，这才是真正的露水瓜……西瓜夜里枕了一晚上的露水，清凉的地气都浸到瓜皮里面去了……'"这就是准确的细节。好的小说家一定会在细节上讲究和下"功夫"，一点也不马虎。差的小说一般都会一笔带过，似是而非；好的小说家却能写出"小百科全书式"，甚至"大百科全书式"的作品。

张品成擅长写红色历史题材，写红孩子的故事。《红猫》

也是如此。所谓“红猫”，准确地说，是指站在红军这一边的猫。为什么会有“红猫”呢？原来，江西红军时期，要“扩红”，要筹集军粮。而与红军和苏区百姓争抢本来就不多的粮食的，除了白军，还有老鼠。小说的主人公、一个流浪的孤儿风男，就想了一个办法，冒着危险四处去收集猫，用多养猫的方法来灭鼠，来保护粮食。所以这些猫就成了“红猫”。这个故事的“弯”拐得有点远，“红色”的联系也显得有点牵强，但是品成能把一个矛盾冲突并不多、情节也比较简单的故事，写得生动有趣，写出了一个小流浪儿如何一步步对红军和苏维埃有了自觉的认识和亲近，渐渐成长起来。这也是很见小说家的功夫的。小说的主题也是“励志”的。小说里的许多细节，带着江西地域特色，也很地道，显示了张品成异于一般作家的独特之处。

最后我想说的一点启示，来自翌平《冬天里的小号》。小说里写到三个少年在古长城上对着空旷的远方的山谷吹号时，写了一句话：“吹号的人应该去一个辽阔的地方，不能总在城市这样狭小的空间里吹奏，否则，吹奏久了的人会丧失激情。”这句话其实也可以作为对每一位儿童文学作家的警醒。如果我们的创作不能到达一些辽阔的地方，而是总在一个狭小的空间里写来写去，也许会写得滚瓜烂熟的，但是最终会失去某种灿烂和蓬勃的东西，也无法达到一种辽阔和崇高的境界。

2013 年 4 月 29 日，于北京皇家大饭店

辑　二

遥望与抵达

跨越儿童文学创作的高度与难度

俄罗斯许多作家有一个很好的写作习惯：喜欢随时写下一些短小的手记或札记，作为日后的写作素材。这些札记有的只有一两行字，甚至一个或几个单词，如契诃夫所说，“像麻雀鼻子一样短小”。然而，经过日积月累之后，这样的札记便成洋洋大观，日常生活中所见所闻所感的点点滴滴，最终都会超越狭隘的个人范畴，而成为文学作品的内容，甚至成为留给后人的文学遗产。我们熟知的《契诃夫手记》就是这样一本札记体“名著”。白银时代的思想家、作家洛扎诺夫的《落叶集》，也全部由一些零散和短小的手记构成，有的手记只有一行文字，例如：“人们像花儿一样枯萎，凋零。”“欧洲文明将毁于恻隐之心。”等等。《落叶集》分为两部，洛扎诺夫把它们分别命名为第一筐、第二筐；他也并不把它们视为散文集，而是视为札记体的长篇小说。还有老作家格拉宁的《我记忆中的光怪陆离片段》，也是一部用一则则短小的札记构成的长篇回忆之书，这本书扉页上有一行说明："本书不属于任何文学体裁"。喜欢写这种札记的还有散文大师康·巴乌斯托夫斯基，他的不少小说和散文，都取材于他的日常笔记和札记。他写契诃夫的那篇有名的散文《香烟盒上的笔记》，就是根据一则则短小的札记演化出来的，例如："我又理出一则笔记：雅尔塔之冬，雅依拉之雪，映照阿乌特卡的雪光。是的，冬天的雅依拉笼罩着一层薄雪。它在月光下熠熠发光。寂静的夜从山上降临雅尔塔。"接着他写："这一切契诃夫都看见了……"以此引出了有关契诃夫的一些回忆片段；还有另一则笔记："俄罗斯总是看不够"。理出这一行笔记后，他接着写道："我马上想起了一天晚上……"又引出一些记事片段。

金波先生对俄罗斯作家的作品也是情有独钟的，无论是他的抒情诗或散文作品，还是叙事性质的童话与小说，都带有普里什文的大自然散文、巴乌斯托夫斯基的诗意小说的情调和风味。仔细读来，我觉得，他的长篇小说新作《婷婷的树》，就是一部巴乌斯托夫斯基式的"诗意小说"。有意思的是，这部小说的"灵感"，也来源于他在一次散步后写下的一则短小的札记："……那天，我看见一棵小桑树倒在车辙里。它显然是被车轧倒的。车辙不是它的栖身之地。我把它连根掘起，移栽到我的园子里。"当时，作家的邻居有个小姑娘，正养着几只小蚕，可是，小姑娘常常为采不到桑叶发愁，而童心未泯的作家总希望在哪里能发现一棵桑树，好为她采回一把桑叶……

来自真实的生活中的牵念、发现与惊喜，借由日常起居和与邻里小院里的孩子们交往中的许多小细节，把一个小女孩和一棵小桑树的故事抒写得那么恬淡、贴心和煦暖，谁能说这不是一种美丽、温柔与浪漫呢？小说写的是一位善良的老人靳爷爷、小女孩婷婷、智障男孩坐坐，三个人一起寻来一棵小桑树苗，种植在楼前的院子里，之后，他们又尽心尽力保护着这棵“婷婷的树”，几经波折，终于使小桑树免遭伤害、郁郁葱葱地长大了的故事。读着《婷婷的树》，我甚至觉得，这本篇幅不大的小说，足可以与那本曾经感动过全世界无数读者的《我亲爱的甜橙树》相媲美。金波先生与他的同时代作家若泽·毛罗·德瓦斯康塞洛斯一样，在不同的国度和文化背景下，用各自的作品诠释了一种具有普世意义的儿童文学理想：没有爱与美，没有温暖、光明和信念的生活，是毫无意义的；凭着这温柔和温暖的方式，你可以把握整个世界，而依靠别的肯定不能。

这本小说虽然篇幅不大，却包含着丰富和明亮的主题。是一阕献给大自然的赞美诗，抒写了人与自然的相互依存关系；也是一阕献给童年和幼小者的爱之歌，从中我们看到了成年人与幼小者相互影响的力量；又是一阕关于生命与成长关怀的诗篇，故事通篇散发着一种暖暖的感恩的芳馨。

故事围绕着小女孩婷婷和她的那棵小桑树缓缓展开。与其说，小说的主角是小女孩婷婷，不如说，那位心地宽厚仁慈、充满智慧和爱心的靳爷爷，才是故事的主人公。他是小说里的虚构人物，但是，从靳爷爷身上，我相信，所有的读者都会看到金波先生自己的影子。他把全部的疼爱与慈善，都付与了身边的孩子们。他就像一棵历经了岁月风霜的老树，展开自己全部的枝叶，敞开自己宽厚的怀抱，拥纳着身边那些幼小和柔弱的生命，为它们遮蔽着风雨，送上温暖、安全和快乐。他的疼爱与呵护，也不仅仅体现在小女孩婷婷和智障男孩坐坐身上，小说里有这样一段描写："在不远处的树上，停着许多灰鹊。它们都是靳爷爷的好朋友，靳爷爷常喂它们吃的，只要靳爷爷一出门，这些鸟儿就喳喳喳地叫，好像在跟靳爷爷打招呼。……"从对待鸟雀这样的小细节里就不难感到，靳爷爷是一位多么善良和仁爱的老人。"亲近树会让我的生命美丽／我邀请小鸟飞上我的树枝／在我枝叶间筑起小小的巢／每天早晨迎接太阳的升起"。从靳爷爷身上，我们看到了人与大自然所能达到的最美好的和谐关系。

靳爷爷带着那个心地单纯的弱智男孩坐坐，去野外寻找桑树，在杂草丛生的空地上走着的时候，作家有这样一段描写：

"太阳渐渐西沉了。不远处的一座古塔耸立在西天的晚霞中。靳爷爷突然想起自己小时候，曾经去那座古塔下摘过酸枣，还有那里的野花、蚱蜢，都是他十分熟悉的。好久没去那里了，大概总会有六十多年了吧？也许去过，但已记忆模糊。为什么长大以后再去古塔下，总感觉没有童年时代留在记忆中的那么鲜活了？这么久没去了，不知现在那里还有没有酸枣可摘？……"

这种感情也足以触动每一个人心中最柔软的地方，唤醒在匆忙的人海里和在每天的迷茫中已经丢失的童年记忆与乡愁。整个小说里，就弥漫着这样一种淡淡的伤逝、怀旧与乡愁。这些与小说故事情节并行的感情抒发，多半借由每一章节前面的一首十四行诗表现出来。比如：“期盼和你们在树荫下重逢/找回那一生最美丽的风景/每一次和树在一起的时光/我都能获取到坚韧的生命……”这既是“画外音”，同时也是小说内容中不可分割的一部分。

小说里的智障男孩坐坐，是一个最为令人难忘的人物形象。坐坐为了保护婷婷的小桑树，可以说是废寝忘食，正如坐坐的姐姐说的那样，“他一会儿也不在家里老老实实地待着，老是惦记着小桑树长新叶没有。晚上就怕小桑树让人给拔了，半夜三更的，还要去看看”。小说里有这样一些细节：坐坐得知那个财大气粗的“剁鸭子”叔叔要拔掉小桑树，好为自己腾出停车位，就天天守候在小桑树跟前。靳爷爷发现坐坐了这个举动，就劝他不必每天坐在这里，可是坐坐不听，还是一早就坐在小树旁边，直到看见“剁鸭子”叔叔上班去了，才离开自己的“岗位”。当有一天，坐坐看到几个顽皮的孩子在欺负婷婷，平时从来也不会有任何攻击意念的他，“像一头愤怒的狮子，大吼一声，就向那几个孩子冲去。坐坐并没打他，只是紧紧地抱着他。坐坐的两只胳膊像一把大钳子，死死地箍着他……”这时候的坐坐，俨然就是婷婷的“守护神”。可以说，坐坐是在用心保护着婷婷的小桑树，靳爷爷（其实就是老作家自己）也在用心呵护和疼爱着这个心地单纯得如一张白纸一样的智障孩子。坐坐这个形象，以及作家对这个形象的感情投入，让我想到了黄蓓佳的《你是我的宝贝》里的贝贝。无论是从坐坐还是贝贝身上，我们都能真实地感受到蕴藏在伟大的儿童文学作品中的那种长情大爱：所有的孩子，都是上天赐给我们的宝贝，去爱他们，去关心他们，去把他们抱在怀里，亲吻他们，心疼他们，给他们以保护，让他们感到幸福和安全，这也许就是儿童文学作家的终极关怀和神圣的天职。

托尔斯泰曾有一个美丽的说法：菌子摘走了，但是菌子的气息会留在雨后的草地上。在这部小说里，作家有许多美好的思想和感悟，也如新鲜的菌子的气息，散发在故事的草丛里，你不能孤立地采摘，却能清晰地闻见。例如他在写到靳爷爷受到孩子们的爱戴和鼓励，终于穿上了那条一直不敢穿的红色休闲裤，和孩子们一起走过了大街和人群，引来了人们的惊讶、羡慕和赞美，书中写道："他的勇气是孩子们给的。大人和孩子们在一起，固然需要保护他们，但他们也在保护着这个老头儿，让他自信，让他有胆量。这就是孩子的力量。"这是来自生活的真知灼见，是一种可贵的发现，与罗曼·罗兰的"儿童的生命是无限的，它是一切……"和华兹华斯的"儿童乃是所有成年人的父亲"等儿童观可谓异曲同工。

还有，靳爷爷给大家讲述的那个五瓣儿丁香花的故事，以及作家借婷婷之口，对那位"剁鸭子"叔叔发出的质问："叔叔，你砍掉了这棵丁香树，就不怕丢了你的幸运？"表面上看是幼童稚语般的平淡，实际上却是对每一个人不知不觉的"童年的消逝"与"初心的丧失"的提醒与惋惜。对童心的漠然与小视，对孩子们正当举动的怠慢、粗暴与践踏，对自己的童年时代缺少应有的忆念与尊重，所有这些，其实都是成年人人性中的一种令人遗憾的终止。而能够拯救和唤醒这一切的，也许唯有“孩子的力量”。也正是因为“孩子的力量”，才有了婷婷的妈妈对婷婷喂养小蚕的前后态度的改变。妈妈在风雨交加的深夜里悄悄起身，为风雨中的小桑树支撑起牢固的竹竿的细节，就像欧·亨利小说名作《最后的藤叶》里，那位老画家在风雨交加的夜晚里为病中的少女画在山墙上的那片藤叶的细节一样，给读者带来温暖、希望和光明。

一晃二十年过去了。不用说，随着小桑树的长高、长大，婷婷和坐坐这一代孩子，也都不知不觉地长大成人了。小说里有一个大团圆的结局，所有的好心都有了善果，每一个真心地对待弱小的生命和他人的人，都如那棵长大的桑树，结出了甜甜的桑葚；又如象征着幸运的五瓣儿丁香花，默默绽放，清香宜人。就连那个在整个故事里一直充当着不光彩角色的“剁鸭子”叔叔，也终于醒悟过来，特意来到靳爷爷面前，深深地鞠躬，并且献上小树苗，哽咽着说：“我要亲自在这里补种上这几棵丁香树……”真好！正如莎翁戏剧里所言，“All is well that ends well”（结果好才是真的好）。美好的故事总会给人带来温暖和光明。茎里有的，种子里早已有了。

说《婷婷的树》是一部“诗意小说”，也不仅仅是它的故事和人物身上具有美好和澄明的诗意，在文体形式上，整个小说由一阕完整和严谨的十四行组曲，分别引导和统领着十四个章节的故事，让读者领略到了一种精心剪裁的结构艺术。金波先生创作长篇叙事作品所采取的这种独特的艺术形式，可谓他的“独门秘笈”，我们在他的长篇童话《乌丢丢的奇遇》里已经有所见识。而在这部小说里，他不惮于追寻更高的艺术高度和难度，再一次高空弄险，把这一手功夫发挥到了极致，使我们感受到了儿童文学中极其少见的“文体之美”。他用这部倾心之作，再次践行了他一直尊崇的“在限制中方能够大显身手”的创作路数。金波是用诗的语言来写小说的，特别讲究语言上的美丽、精致、精确与节制，因此，这部小说在语言上也有着巴乌斯托夫斯基诗意小说的散文之美，或者说，这是一种“散文诗”风格的小说，尽显了中国原创儿童文学的“母语之美”。

2015 年深秋，东湖梨园

翌平：追求崇高，憧憬辽阔

翌平是新世纪以来活跃在儿童文学领域的实力派青年作家。他为人严谨而创作勤奋，不事张扬却水静流深，在童话、中短篇小说、长篇小说、科幻文学、儿童文学翻译等方面，都默默地做出了不俗的成绩，显示了一位稳健和成熟的儿童文学作家的全方位的实力。本文试从以上诸方面，对翌平的儿童文学创作与翻译做简要论述。

童话：在寻美、求真、向善的路上

翌平的母亲是一代童话名家葛翠琳先生。近水楼台，润物无声。从小接受着母亲言传身教的影响，蒙受着母亲笔下的童话故事的滋养，翌平从童话写作开始，渐渐进入儿童文学的创作的各个领域，是再自然不过的了。他最早引起儿童文学界和小读者瞩目的作品就是童话。迄今已出版了长篇童话《迷糊蛋与蹦蹦猪》《寻找七彩旋律》，童话系列《小飞虎》《精灵鸭》等，短篇童话集《骑狼的小兔》《小鼹鼠的火车》《小狗布丁》《魔法猫》等。其中短篇童话集《骑狼的小兔》应算是翌平童话的“代表作”，先后出版过简体字版、繁体字版（香港）等多种版本。

翌平童话的总体基调是充满了爱心、喜乐、清澈和光亮的。他擅长写一些轻松、喜悦和诙谐风格的“小喜剧”。他的童话主角以小动物居多。绿色的山野和大森林，仿佛是一个快乐、自由和浪漫的大剧院，而所有的小动物，就是舞台上的主角和配角。一出出快乐风趣的小喜剧，演绎的都是寻美、求真、向善的故事。或者说，他的童话所追求的，都是爱的主题。

例如《骑狼的小兔》，写的是一只名叫“小灰”的瞎小兔，在去外婆家的路上，因为掉了队、迷了路，找不到自己的妈妈了。结果，一只善良的灰狼妈妈帮助了她，让瞎小兔骑在她的背上，又是翻山，又是过河，终于把她送出了茫茫的大森林。在《小狗与向日葵》里，一只名叫“贝利”的长毛小狗，看见几个人拿着大剪刀，准备剪下盛开的向日葵。这时候，一种藏在心中的正义感，使小狗变得无比勇敢，他毫不犹豫地扑过去，赶走了那几个坏家伙。

最美好的童话，一定会给带给读者一些感动、光明和信心。我们从翌平童话里，总能够找到那些可以把我们从黑暗和失望中拯救出来的光明与信念。他的短篇童话篇幅虽然短小，但大多充满美好的想象力。他同时也喜欢在一些童话作品里融入许多富有当下儿童生活特点的时尚元素。譬如，读者在他的童话里不仅可以看到“舞双节棍的小猴”，还可以看到“练习瑜伽的小松鼠”。这些时尚元素会给小读者带来一种新的阅读乐趣和阅读期待。

当然最重要的还是童话总是流淌着温暖、清澈与柔和的感情，就像《不同肤色的熊》里的那颗友善的心；像《学武的刺猬》里的那种“认识你自己”的启迪；像《小狗与向日葵》里，阳光献给勇敢的小狗那层“金色的丝被”。

长篇童话《寻找七彩旋律》，似乎并没有引起评论家太多的关注。这是一部“尼尔斯骑鹅旅行记”式的作品。

翌平在这部童话里设置了两条完整的叙事路线，比较明显的那条线索是：作为华夏大地上的一个古老神族“鹿角族”的后裔的小男孩楚楚，他要依依飞越到华夏各地，如三楚大地、江南水乡、雪域高原、北方草原、天山脚下、东北林区、西南边陲，去寻找到传说中的七彩“乐仙”。因为只有当七位乐仙相聚在一起时，“古老的鹿角族就复活了，古老的华夏文明也就复活了”。

另有一条隐藏在故事背后的线索是：童话家试图通过楚楚的寻找与发现，而将古老而广袤的华夏大地上不同的地域风貌，包括自然风光、历史风情、文化风采，等等，一一展现于小读者面前，从而唤醒和激发起他们对这片古老和神奇的土地的迷恋与热爱。

两条叙述线索，时而分开，时而合拢，直到幻想中的八月十五的夜晚，明月当空之时，小男孩的使命得以完成，整个故事也圆满地讲完，一个幅员辽阔的民族大家庭的“花好月圆”的和谐主题，也如大海生明月一样，光华灼灼、一片澄澈。

短篇小说：发现成长的真谛与浪漫

除了童话作品，翌平在创作上付出心血最多、用力甚勤的文体，是短篇小说。天道酬勤，实际上，他最为人称道、也最能代表他的儿童文学高度和深度的作品，也是一系列中短篇小说。他出版的短篇小说集有《猫王》《翌平作品精选》《穿透云霞的小号》等。出现在翌平笔下的青涩少年，大多是在弱势、挫折、逆境、失败，乃至殷红的血迹和咸涩的眼泪中，一个个渐渐变得独立和强大起来的。这些少年在与他们所处的社会环境、家庭环境的种种矛盾冲突中，完成了各自最严峻的“成年礼”。

《流向大海的河》是一篇意境开阔的小说，写的是一个渴望远游的后街少年，终于有机会到了一个令他眼睛发亮、心胸开阔的陌生的地方，结识了和经历了一些与自己以往的童年生活经验完全不同的人与事。一条原本平静的生命的小河，因为听到了大海壮阔的涛声，而对自己的生命与未来更加充满了信心和力量。

《炉灰墙里的桃花》是一篇写得很空灵、富有诗意的小说。两个生活在老城区的老街里的孩子，因为寂寞，因为厌倦了天天必须面对的有着炉灰老墙的楼房，所以对于偶尔出现在生活中的哪怕一点点异样的东西，都充满了无限的好奇。比如对那个性情古怪的高个子成年人“老六”，比如对从他居住的老墙里探出头来的一枝鲜艳的桃花。小说写了两个孩子偷偷地翻越过老墙去看那一枝桃花的经过。两个孩子在发现了美丽的桃花的同时，也重新认识了对他们来说一向很神秘、也很古怪的那个成年人世界。

《猫王》是一篇写得相当漂亮的小说杰作。无论是故事立意和主人公性格的刻画，还是小说的结构形式、叙述方式和语言风格，都是十分用心和精巧的，是我所看到的最好的少年题材短篇小说之一。小说里的四个亲密无间、几乎形影不离的少年伙伴，像许多老城街区里的平民孩子一样，在人们匆匆忙忙的生活节奏中，尤其是在大人们的忽略或呵斥声中不知不觉地成长着。当他们与“猫王”一次次交锋，当他们不再用幼稚和恶作剧一般的目光，而是怀着一种敬意来看待那只永不屈服的“猫王”的时候，我们也分明感到，这些孩子都在长大。就像老城街区里那些被人忽略的树木，他们一年年总会在自己的记忆里刻下一圈新的年轮，直到有一天人们突然发现，他们都已经长大成人。从这篇作品里可以感到，翌平书写的是最真实的“男孩记忆”和“男孩体验”，而且有着温暖、明亮和催人向上的励志主题。

《飘扬的红领巾》是另一篇被评论家称道的短篇杰作。这篇作品格调崇高，人物形象鲜活有力，故事结构自然安稳，语言也十分精致讲究。小说里的少年“哥哥”，一次次用最直接的“挫折”和“失败”训练，让“我”（他的弟弟）渐渐地从弱小变得坚强，由自卑走向自信。从小就在大海的风浪中长大的哥哥，本来的理想是当一名海军战士，最终却在北方边境的一次扑灭森林大火的战斗中英勇牺牲了。但是哥哥留给“我”的那种勇往直前、永不言败的英雄气概，却成为了“我”永远的精神力量。小说极力张扬了一种久违了的、崇高向上的英雄主义精神，书写了一种属于男子汉的自立自信、坚忍不拔的阳刚气质，以及敢于担当、孤筏重洋的英雄梦想。这种英雄主义精神，无论对于哪个民族的男孩子来说，都是不可缺失的。

《穿透云霞的小号》写三个热爱音乐的少年，有一天离开熙攘的城市，站在白雪皑皑的长城烽火台上，向着远方的群山和辽阔的天空，吹响了他们心爱的小号。少年的号声或低沉，或嘹亮，或清澈，但都发自青翠和茁壮的生命，在群山之巅吹奏得那么激情澎湃。这篇小说就像少年们灿烂的号音一样，唤醒了我们对大地的热爱、对生命的敬畏、对远方的憧憬，也唤醒了我们曾经有过的英雄梦想。

翌平的小说大多讲述着弱小、单纯和无助的生命如何一步步变得坚强、丰富和拥有尊严与自信的故事，是一些引领着正在长大的少年们去追慕高远、走向开阔和博大的“少年人格教育小说”。翌平在致力于故事的好看、人物个性的发现、细节的真实生动的同时，更致力于对生命的尊重，对生命价值和某种道德完整的思考与张扬，致力于带给小读者以心灵的感动、真善美的润泽和成长的启迪。愉悦和精彩的故事，也许只是小说里甜润可口的“果肉”，而蕴含在故事深处的人格教育理想，却是一颗颗坚实的果核和种子。翌平对中短篇小说的美学奥秘、艺术技巧的掌控能力，是随着他的故事里诸多少年形象的塑造和完成，是随着他近几年来在短篇创作上的致力和尽心，渐渐变得运转自如、举重若轻的。

长篇小说：重塑一代少年的英雄品格

在致力于短篇小说创作的同时，翌平近几年来也潜心创作了多部长篇小说，如《少年摔跤王》《早安，跆拳道》《冬日里的小号》等。这些长篇小说有一个共同的主题：少年英雄主义。这些小说也充分展示了翌平在重塑一代少年的英雄品格，弘扬一种敢于进取、敢于担当的“男儿精神”上的美学追求。

《少年摔跤王》写的是一个名叫缸子的乡村少年，心里一直藏着一个英雄梦。有一天，他怀揣着那本令他着迷的《京城史话》来到北京，找到了那个令他向往的“善扑营摔跤馆”。小说讲述了这个乡村少年如何经过了千辛万苦和无数次的摔打磨练，一步步成长为一位名满京城、享誉全国“少年摔跤王”，最后光荣地成为一名年轻的特种兵战士的传奇故事。这是一部重塑一代少年英雄品格的励志作品，立意高远，蕴涵深刻。一种重寻少年英雄梦想、重塑少年英雄品格的大主题，贯穿在整个故事里，其间许多密集的细节，又在不断地传达着诸如坚毅、勇气、尊严、自立、隐忍和团队精神等高尚的道德感与正义感。在小说里，“神扑崔三”从一个农村穷孩子最终成为一名皇家大内神扑，成为一名民族英雄的故事，就像是一面古老的镜子，让少年缸子从中照出了自己的影子。“神扑崔三”的精神，几乎成了一个象征，一种感召，一个梦想，是缸子的梦中偶像和精神支柱。《少年摔跤王》无论是立意、取材和故事的完整，尤其是叙事技巧，都显示了一种大气、稳健和从容不迫的气度。这部作品因此获得了第八届全国优秀儿童文学奖。

《早安，跆拳道》承续了《少年摔跤王》的主题和风格，把故事背景放在跆拳道练习场上，极力张扬了一种爱国爱人、克己忍耐、坚忍不拔、百折不挠的“跆拳道精神”。这种精神，其实也是一种英雄品格，一种关乎勇气、尊严、正义、坚韧、自立和团队精神等人格素质的“男儿精神”。

小说通过对林安等几位少年跆拳道手的成长之路的讲述和不屈不挠的性格刻画，使读者明白，任何一个跆拳道选手，“无论遇到什么样的挫折，也不放弃，这才是跆拳道的精神。”当那个像挺拔的白桦树一样的阳光少年，站在宽敞明亮、杀声阵阵的训练场上，默念着那宣示着跆拳道精神的庄严的誓言：“礼义廉耻，克己忍耐，坚忍不拔，百折不挠”的时候，一种贯穿在小说始终的催人向上的浩然正气，一种勇者无敌、仁爱无疆的人格精神，力透纸背，呼之欲出。

翌平在《冬天里的小号》写到三少年站在大风雪之中的古长城上，对着空旷的远方的山谷吹号时，说过这样一句话：“吹号的人应该去一个辽阔的地方，不能总在城市这样狭小的空间里吹奏，否则，吹奏久了的人会丧失激情。”这其实也可以作为对每一位儿童文学作家的警醒。如果我们的创作不能到达一些辽阔的地方，而是总在一个狭小的空间里写来写去，也许会写得滚瓜烂熟的，但是最终会失去某种灿烂和蓬勃的东西，也无法达到一种辽阔和崇高的大境界。

科幻小说：思考人类未来的命运

翌平近两年最引人注目的作品是《燃烧的云彩》和《燃烧的星球》这两部科幻小说。前者是短篇集，后者是长篇。

生物技术、电子智能、虚拟空间、太空开发与争夺、环境恶化导致的星球灾难、未来战争、种族霸权、“云”模块……是全世界科幻文学作家共同关注的题材，翌平的科幻作品里也几乎涉及了它们的方方面面。然而，翌平的科幻作品最终所关注的，倒不是科学新知和人类高科技的普及与传播，而是对“人”的钟爱，是对“生命”的关切，是对整个人类命运将往何处去的忧虑与猜想。这些小说追寻和想象了人类未来科学发展的种种可能，进而讲述和勾画了人类后天将面临的各种生活常态和命运遭际，呈现了二三百年甚至千年之后，人类生存的孤独和尴尬，当然，还有那永远也不会泯灭的“浪漫”。

最好的科幻文学，都是振聋发聩的“警示文学”和“醒世寓言”，是对人类和宇宙未来可能发生的不确定性做出的最科学和最理性的预警。也因此，优秀的科幻文学比一般的文学更具有一种属于全人类的大忧患和大悲悯意识。从《燃烧的云彩》里的每一篇小说里，我都感到了这样一种大忧患和大悲悯的情怀。例如《生命的狙击》这篇小说，就向我们提出了一个十分严峻的问题：人类最终会不会被自己所创造的超能智慧所控制、所胁迫？在未来世界里，人类的思维在高智能科技面前，会不会失去最终的话语权和掌控能力？小说的寓意是深刻的：人类绝不能被蔓延无度的科学主义冲昏头脑，而必须守护和保持着作为“人”的生命的尊严。

《燃烧的星球》让我们重新获得了一种《小王子》般的辽阔和苍茫的空间感。茫茫空天，战机呼啸。来来往往的飞船和太空车多如过江之鲫。地球空天军和月军两军对垒，冷艳的激光在太空交织，编织出一道道死亡之光。庞大的太空舰队，有如筑建在空中的城堡。名为“幻影战士”的隐形飞机如魅影幢幢，神出鬼没。整个地球变成了一颗燃烧的星球。正义与非正义，忠诚与背叛，拯救与毁灭，还有人性和灵魂的救赎与沉沦……都在茫茫星团之间展开了殊死的较量。

小说里的空天英雄，可谓中国版的“正义联盟”和“复仇者联盟”。小说中出场的正反人物众多。燕墨子、枭云龙、慕容诡、炽焰、巨灵神、千雄、梅子馨、闪电、“月神”阿特弥斯、艾莲斯、壁虎军战士……这些人物或为地球上的科学家，或为人类飞天英雄，或为身负拯救使命的电子战士，或为第一次出征月球的正义少年，或为妄图成为太空霸主的战争狂人。作家在如何安排和调动如此众多的，分属地、月两大阵营以及来自外星球的人物上，也显示了一种架构大作品的能力。当各路大军在空天云集、地月大战即将爆发的气氛已经形成之时，我甚至觉得，这部作品已经带有几分“特洛伊”式的战争史诗的风格。这部作品在艺术风格上的追求，似乎也在向目前科幻界的一个提法致敬：“只有核心强大，才能突破边界。”

翻译作品：追寻儿童文学经典的光芒

在中国儿童文学界，新一代“专业”的文学翻译者，几乎是凤毛麟角。翌平是其中的佼佼者。他的专业原本就是英语翻译。但是这些年来，他在儿童文学译作上的成就，被他的原创作品“遮蔽”了，以至于许多读者并不知道，他的译作数量，其实远远超过他的创作。迄今为止，翌平已经翻译了斯蒂文森的儿童诗经典《一个孩子的诗园》，A. A. 米尔恩的童话经典《小熊维尼》，美国 Pearson（培生）英语教育集团出版的上百册儿童阅读“桥梁书”，以及来自欧美的《布朗家的天才宝宝》《布朗家的超级明星》《威廉先生的圣诞树》等十几册英文版、法文版图画书。除了英语专业，翌平近两年还花费时间正在自修法语、西班牙语。这些域外的经典不仅润泽着翌平的文学翻译，无疑也会映照着他的创作。

我想，中国的儿童文学界也许不会再有第二位像任溶溶先生那样的翻译与创作堪为双璧的全能大师，但是对翌平这样的后起之秀，我们仍然可以怀有更大的期待。

2013 年初夏时节，武昌

原载《文艺报》2013 年 6 月 24 日

辛夷花在风中摇晃

我原以为，从这本名为《生如夏花》（陆梅著）的小说的某一章里，或许可以找到那首《Wind flowers》，因为这本小说的主题之一——或者说，隐隐约约飘荡在小说里的一个旋律——就是那首歌里所咏唱的："我的爸爸曾经警告过我，不要去靠近那种古老的风花。一旦靠近了就会离不开它，就会时时追逐它，使自己痛苦。但我没有听话。如今我再也离不开它……" 小说里最终没有出现这首《Wind flowers》，而只是在我阅读这本小说时，它在我心里出现过和回荡着。不过，我在小说里看到了另一首歌——大江健三郎为自己智障的儿子大江光作曲的《毕业》所配的一首诗："一切都在今天结束。有一种不可思议的感觉，不可思议。辛夷花在风中摇晃。毕业了，再见……" 小说作者在引用了这首诗之后，接着写了这样几行文字："这是大江一生甚少的诗作中的一首。在大江看来，我们的灵魂离开肉体，也就是从这个世界'毕业'。然而，并非一切化为乌有，并非等同于没有生过，而是去了某个地方。”

正是这首诗和这几行文字，在这个漆黑的夜晚里，一瞬间照亮了我如同往常一样的一次原本是漫不经心的阅读。是的，如果没有这几行诗，或许我就把这本小说仅仅当成一个小女生在一个夏天的纯爱故事了。不，这不是一个简单、轻松和浪漫的恋爱故事。虽然小说里的人物，都是许多纯情小说里常见的男生女生：眼神清澈，脸孔干净，微笑里一抹似有若无的柔软；小说里的每一个环境和场景，也都适合这样的男女生来谈一场风花雪月的恋爱：丽江，雪山，澜沧江峡谷，碎石子小巷，咖啡屋，饰品店，北京电影学院，上海女中校园，甚至纽约近郊……；小说的情调似乎也如女主角之一的米舒欣（阿米）所期待过的：有一天，走进寂寞山谷，邂逅一片蓝色风信子，没有人，阳光很好，忧伤开满山冈……或者，暮色时分，在海边，看蓝色海浪一点一点暗下去、暗下去，繁星低垂闪烁……

但是，正如作者所言，“太多的 blue 就是 blues，复数的蓝就是单数的忧伤”。在丽江、澜沧江边和玉龙雪山的星空下相爱的人，所经历的未必都是生命中最欢乐和最柔软的时光。就像小说的男主角之一玛吉所说的那样，“美丽忧伤的爱情，在世界任何一个角落发生与经过，主角是我们，故事内容却从来不由我们掌控。”年轻很好，欢愉也令人留恋，可是，再年轻的生命也会有自己不愿面对的过去，青春的欢愉里也可能潜伏着无尽的痛苦，“每个人，都有不足为外人道的隐秘。”

于是，在一个闪烁着淡蓝色的浪漫和欢愉之光的纯爱故事的框架里，我们看到了一些生命的沉重和忧伤，一些生离与死别，一些眼泪、愧悔、惦挂和怀念。辛夷花在风中摇晃，仿佛在迫使作者说出生活中的那些偏离与重量。

英国作家、《雪人》的作者雷蒙德·布里格斯，在回答读者的一个提问“通过《雪人》你想传达一种什么样的信息”时，是这样说的：假如非要一个答案不可，我就会说，雪人代表走过我们生命的一些不同寻常的人——我们意外相逢，立即就很喜欢他们，无奈他们总有离我们而去的一天，去到另一个地方，去到另一个世界，比如我们的长辈，比如一些不同寻常的人，他们就像“雪人”，总会融化的。陆梅所讲述的故事和布里格斯的雪人的故事一样，只为了证明，成长年代里的一些际遇，乃至日后的美好片段和回忆，其实都是能够超越漫长的生活道路的许多波折而留存下来的。就像她在小说结尾通过珠玛之口说出的：“你还要相信，相信生活里有奇迹。你可能一时还见不到它，但它肯定是在着的。然后你等待。一直等。安静而有耐心。不要试图去寻找，也不要患得患失。明白这些，你就去爱吧。要知道，你爱一个人，他（她）就不会死！”

2005 年初夏

原载陆梅著《生如夏花》，浙江少年儿童出版社 2015 年 1 月第 1 版

遥望与抵达

陆梅是一位写作上的唯美主义者。她的字里行间总是闪耀着温暖的人道主义和理想主义的光芒。即使她笔下的人物身陷冷酷和沉重的现实的泥淖，她也努力在用一种温暖和光明的东西，去拯救他们，给他们送上安慰、信念和力量。美好的故事就是光明。我们从陆梅的作品里，也能看到一种光明：一种足以把我们自己从黑暗中拯救出来，也把那些在被忽略和被遗忘的瘠薄的地方，像野草一样顽强生长的亲爱的小孩们，从黑暗中拯救出来的光明。

年轻很好，青春期的欢愉也令人留恋。可是，再年轻的生命也会有自己不愿面对的过去，青春的欢愉里也可能潜伏着无尽的痛苦。“每个人，都有不足为外人道的隐秘。”陆梅的作品，往往在一个浪漫和温暖的故事框架里，让我们看到一些生命的沉重和忧伤，一些生离与死别，一些眼泪、愧悔、惦记和牵挂。她用一种女性的细心和温和，说出了生活中的那些偏离与重量。那也不仅仅是一种出自女性作家和母性本能的怜爱、悲悯与呵护。那是一种带有强烈的社会道义感和责任感，一种积极敢于介入的姿态和勇于担当的情怀。

“你要相信，相信生活里有奇迹。你可能一时还见不到它，但它肯定是在着的。然后你等待。一直等。安静而有耐心。不要试图去寻找，也不要患得患失。明白这些，你就去爱吧。”这其中就寄托着陆梅对这个世界、这个时代和整个人性的信任与期待，寄托着她的理想与信念，寄托着她的一种期许和一种想要完成的证明：我不识见曾梦见。

2010 年早春时节

附记：这段文字，系为上海作家协会举办的上海青年作家“新十家”创作论坛而撰写的“陆梅作品评语”，印制在论坛手册上。“新十家”创作论坛于二〇一〇年一月十六日在上海作协举行，论坛主题为“传承与超越”，张洁、李学斌、陆梅、周晴、金建华、郁雨君、殷健灵、张弘、萧萍、谢倩霓等十位近年来活跃在全国儿童文学界的优秀新生代作家，与前辈作家、评论家以一对一的形式展开关于文学的对话。我荣幸地作为评论家受邀前往上海作协，与陆梅对话。论坛由梅子涵先生主持。我的发言后来整理为《儿童文学：无远弗届》一文，刊发于《文艺报》（二〇一〇年四月十八日）。二〇一五年农历处暑之日，记于武昌。

挺住就意味着一切

在陀思妥耶夫斯基、普里什文等俄罗斯作家的作品里，时常看到一种属于北方草原的、发生在冬末春初的气候现象，有的翻译家译为“潮雪天气”或“潮雪时节”。对此我一直不得要领。现在，在黑鹤的这篇小说里，我又看到了对这种独特物候的描写：“天空中落着湿雪，已经开始降温了。……当时草原正在酝酿着春日里的最后一场雪，空气中的水分凝结成雪，需要释放出热量。此时，绵软的雪片正在飘落，而气温又没达到冰点，雪在迅速地融化。”这里的“湿雪”，比“潮雪”要好理解一些。说得更通俗一点，这大概就是一种“雨夹雪”的天气。但是因为黑鹤是熟谙北方草原的天气变幻、物候特征、生命物种繁衍秘密的，因此，他对每一个细节的表述更为准确，也更为传神。

这是一些优秀的小说家所独具的“功夫”。他们的作品，往往会因为精准地反映和描写出了对大自然、对人类生活、对一切生命状态的最细微的观察与发现，而具有了一种“小百科全书式”甚至“大百科全书式”的特点和美誉。在《系甘珠尔猛犬》这篇小说里，我们会看到许多这样的细节。例如对蒙古牧羊犬幼小时的描写：“……四只小狗立刻晃着小短腿傻呵呵地晃了过来，目光纯真得宛若从未有畜群踏足过的草原。……在巴特尔伸手抓它的时候，它发出稚嫩的咆哮，用尚还细小的奶牙咬伤了巴特尔的手指。”还有对冰雾天气的描写：“巴特尔骑着马在冰雾中孤独行进，像是走在世界尽头。……这空茫的天地间，只剩下马的喘息和四蹄踏破冰雪的声响。”没有对草原生活的细微的观察与感受，是想象不出、更无法准确地写出这些细节的。

《系甘珠尔猛犬》写的是一头曾经两次救过主人巴特尔的生命，在蒙古草原上的大风雪中奔跑和长大的纯种蒙古牧羊犬都日波，被巴特尔的利欲熏心的儿子哈德勾结城里的狗贩子残暴地劫持和贩卖到了城里，受尽了摧残，最终却挣断铁链，历尽艰辛，在一个月之后，重新返回草原，回到主人的毡房和身边的故事。小说不仅写出了这头老牧羊犬的生命的尊严、不屈和高贵，写出了它对主人的忠义、对北方草原的一种发自生命深处的归属感，也写出了所谓城市现代文明对哈德这一代草原人的心灵的污染与异化，让我们真实地看到：关于草原，哈德这一代人的确是“失去了太多的东西”。

黑鹤的动物小说，与其说是以北方草原的各种动物为主角，不如说，他是像杰克·伦敦一样，一直是把“生命”和“命运”作为作品的主角。他写动物与人类世界的冲突，写动物与动物之间的命运冲突，也写人类自身、动物自身的命运冲突。

“在地平线上，有深色的云团再悄然集聚，那里正在酝酿着今年的第一场雪。巴特尔想着要给都日波喂上一块羊油，这样它才能挺过呼伦贝尔草原的漫长的寒冬。”小说的结尾，不仅文字优美，意味深长，而且充满了寓言性和对草原上一切生命的辽阔的悲悯情怀与忧患意识。

2012 年冬

原载《儿童文学》2012 年第 12 期

此间的少年正在长大

她十六岁时开始写长篇小说，每个假期结束时，她都会背着一部手抄本回到学校，这些手抄本一度在校园里广泛流传，但是它们都没有遇到你。当然，也没有遇到我。当我终于能够遇到她的小说时，她已经是著名的“小布老虎姐姐”了。就像法国那位著名的童书编辑“海狸姐姐”一样，现在的她，正在一家出版社做着跟写作相关的事情——编辑。除了经营着两个知名的图书品牌“小布老虎”和“小布头”，她还在不停地写、写、写，已经出版了很多部长篇儿童小说。她就是写过“淘气包和他们的魔法”系列的女作家单瑛琪。

《臭小子，让开》是她最新出版的一本校园小说。据说，这部小说原来的书名叫《此间的少年》，临出版时才由编辑改成了现在这个带点韩国偶像剧味道的书名。“此间的少年”这几个字不用蛮可惜的，那么我就图省事，拿来做这篇书评的题目好了。

小说里的男主角之一、“臭小子”段大鹏喜欢吹口琴，他经常吹奏的曲子是电影《英俊少年》里的那首插曲：“小小少年，很少烦恼，眼望四周阳光照。……一年一年时间飞跑，小小少年在长高。随着岁月由小变大，他的烦恼增加了……”这本小说写的就是一些身体正在渐渐长高，烦恼也正在一点点来到的初中生的成长故事。即便是那首“小小少年”的口琴曲不常出现，小说里仍然处处回荡着这让人亦喜亦忧，既有欢欣，也有伤感的旋律。

单瑛琪的许多小说都不是依靠故事情节的曲折离奇取胜，而是凭借着繁复、绵密和鲜活的校园生活细节，吸引和感动着读者。细节决定品质，单瑛琪的每一本小说都能够为这个定律提供例证，这本《臭小子，让开》也不例外。

复述故事情节是没有必要的，但我们不妨挑出一些闪光的细节来欣赏。这本小说的许多情节都是依靠这些生动的细节来支撑、来演绎、来推动的。故事是骨骼和筋脉，细节才是血肉。小说里写到了四个“臭小子”，即四个“小霸王”式的初中男生。不幸的是，这四个家伙都凑到了一个班，即桑老师那个班。我们来看看写这位桑老师的一些细节。

刚分班时，另外两个家伙本来可以分到另外的班，可是没有一个班主任肯要他们，于是，桑老师说：“那就到我们班吧。”桑老师心说，“班里不是已经有两个霸王了吗，也不多这两个。”又想，“就像一片小树林里，让人意外地长出这么四棵来，这不也算是出类拔萃吗？”想到这里，桑老师心里居然还有点欣慰。

这个细节可谓一石二鸟，既可以让人想见这四个小霸王如何使人头疼、使人避之唯恐不及，也使读者感到了这位桑老师宽宏大量和幽默乐观的性格。

再看有关桑老师的另一个细节：“桑老师对自己的职业充满了使命感。他一上讲台，就慷慨激昂，讲起来就刹不住，课都不想下。看着讲台上的桑老师讲得口若悬河、唾沫飞溅，段大鹏心想：他一点没改。”此情此景，大凡当过学生的人都不会陌生，看到这里，都会会心一笑。

桑老师让学生交上作文本，可是，吊儿郎当的段大鹏却只掏出了一张纸片，桑老师问：“你这是什么作文？一句话作文啊。”可是，到第二天发作文本时，段大鹏怎么也没有想到，桑老师发给他的不是那片纸，而是一个完整的作文本，他那写着一句话作文的纸片，平平整整地粘贴在第一页上。这时候，小说里写道：

“他抬头看了看桑老师，觉得他真像老爸。段大鹏又有了全身无力的感觉。有很多次，有很多时候，段大鹏都觉得自己像一匹野马，非要撒开蹄子横冲直撞不可，可是一下就撞在了厚厚的海绵上，撞得你体会不到一点力量，一点脾气也没有。”于是，这个平时里野性十足、天不怕地不怕的小霸王，“看着桑老师，软软地堆在了座位里”。桑老师包容、宽宏的形象，通过对这个“臭小子”的一段细微的心理描写展现出来。

再看作者写这些校园男女生的生活细节是多么鲜活生动。写小女生北北在军训时又热又累，一见到离自己最近的一片树阴，便“跌跌撞撞地跑过来，像失控的飞机一样”。写段大鹏对老师们的啰嗦总是怀有抵触情绪，一听见有老师又叫他去办公室，他在心里说："看你们谁唐僧。"这里的唐僧，当然是指《大话西游》里那个能啰嗦死人的唐僧了。写另一个"臭小子"吴不为坐在女生北北的前桌，因为心里迷恋北北，"他觉得自己要是后脑勺上长眼睛就好了，就可以时时看到北北"。写段大鹏每次挨老师训话时总是心不在焉，"他耳朵听着桑老师说话，眼睛看着脚趾打架，手指在裤缝那里抠来抠去，什么都不耽误"。

单瑛琪小说的整体基调是一种快乐的喜剧风格，因此就不乏幽默、夸张和令人莞尔的细节。她写北北与段大鹏过招而获胜，"笑容像花一样在北北的脸上怒放"，而"段大鹏听到自己的肺砰的一声气炸了"；写"臭小子"郑好担心段大鹏惹祸后回家挨打："那退学的事你怎么跟老爸说，他不扒了你的皮啊！"写两个"臭小子"犯了错打了架、家长都被请到了学校，他们还互相包庇、死不承认，有的老师喜忧难分地评说道："两个砍头不要紧的主。桑老师，放心好了，这俩孩子永远不会成为叛徒。"

作者擅长发现和描写这些初中生的最细微的心理变化，其源于对少年生活和心理的洞悉与细心的揣摩。这可能跟女性作者天生的细腻与母性有关。当然，也不妨视为作者过去的亲身经验的再现。因为在我看来，在这部小说里的女主角、初中生高北北身上，或许就倾注着女作家自己少女时代的某些真切的感受和细微的体验，带着那个"十六岁时开始写长篇小说"的女孩子的自传的成分。她写女生高北北看到段大鹏跟另一个女生桑田田走得近了，"感到心里酸溜溜的，眼泪马上要出来，她赶紧抢救自己，往自己心里又倒了一些碱水。她一边收拾书包一边叨咕：‘走自己的路，让他们去摔跟头吧。’”这个细节把一个小女生酸溜溜的小气心理传达得十分准确和生动；写段大鹏对高北北有了好感和敬畏之心，又意外地接到一个小纸条，以为是北北单独约他见面，便惴惴不安地等待着：“北北终于出现在校门口，她背着双肩书包，长长的头发飘飘扬扬地向这边走来。段大鹏心里咚咚直跳，越跳越不像话，连节奏都没有了。”这样的心理描写不仅准确传神，又带着夸张和幽默的效果。

当然，细节描写的生动与否是与作家写作技术的高下息息相关的。单瑛琪的小说里，精彩的细节如彤云密布，但她的文字却是极其洒脱、空灵和简洁的。她十分懂得叙事和描写的节制与适可而止。她写一向顽皮、骄横和野性十足的小霸王段大鹏，终于在女生高北北善良、温柔、宽容和隐忍的品质面前低下头来，只用了那么一小段：北北背起了段大鹏，可是只走了几步。“有这几步就够了，段大鹏感到女生北北的背好温暖，好柔软。他怕北北吃力，就双脚着地，悄悄支持北北。……他的心里湿了。看着北北泛起薄薄红晕的脸，看着北北额头的小小的汗珠，男生段大鹏决定向女生高北北投降。他说：‘对不起。’”

这种洒脱、空灵和简洁，也表现在偶尔出现的一些场景描写和抒情的段落上。她写夏天的大雷雨，也就用了一两个十分简洁的句子，却是那么漂亮：“雷声咕噜噜地跑远了”；“雷声滚来滚去，滚没了，雨也很快停了。”这样的句子简直是带着点汪曾祺先生的小说语言的神韵了。

故事结束的时候，作者在结尾处写下了这样三行文字空灵而感伤的文字：“时针很快就跑进了盛夏，校园内外青翠欲滴，白桦树更是长得郁郁葱葱。段大鹏靠在树干上，跟白桦树一样静默。女生北北像初一一样，一去不回。”青葱的夏天终将消逝。此间的少年还在成长。他们终究是要长大的。

2008年初春，武汉

原载《中国图书商报》“阅读周刊”2008年4月1日；《少年成长的心灵镜像——辽宁儿童文学评论集》，赵郁秀主编，辽宁人民出版社2013年10月第1版

作家驻足之处，想象还将继续

诗歌大师沃尔科特曾经善意地提醒他的同行和读者:为了更好地阅读某一类伟大的作品，我们不仅要准备好自己的情感，更要准备好自己的智力。现在，我面对的就是一套需要依靠自己的智力来阅读的作品。

且以《1/2 女孩》这部儿童小说为例。一个名叫于笑笑的小女孩，一直和自己的姥姥生活在一起。可是她的姥姥年纪大了，无法照顾她了，她将被妈妈带到美国去生活和念书。她不想去美国，但是又不能留下来。她几乎是被妈妈强行带走的。走的时候，小女孩泪流满面，不停地回头，对自己的学校和同学恋恋不舍。她所留恋的同学中，就有汪天天和汪一一这一对双胞胎小哥俩。尤其是哥哥汪天天，他对于笑笑的离去更是怅然若失。他说："从此我的脑子里的笑笑就一直是这样泪流满面的。我也因此过得一点不好。我很想念她。"就上面这些故事情节来看，作者无疑是在讲述一个真实的校园故事。因为一个同学伙伴的远去而唤起的童年心灵间的留恋与想念，这是许多成长故事里司空见惯的、也是极其合乎情理的话题与细节。然而，作者要写的却并非仅仅是一个现实故事，而是一部情节十分离奇的幻想小说。

在小女孩离开之后，汪天天觉得自己身边，每天都有一些不可思议的事情在发生：学校暖水房里，好像有一个透明的影子不时地出现，透明的影子会准时替他打开或关上水龙头；教室里，白色的粉笔似乎有了魔法，自己会在黑板上刷刷地写出字来，需要擦掉的时候自己又会擦掉；美术课上会多出一幅奇异的图画；另一个女生倪可可的水瓶会神秘地失踪又奇迹般地出现；轮到汪天天当值日生时，扫帚会自己扫地；他去提水时，黑板会自己擦干净了；他去拖地上，课桌窗台也会自己擦干净了……

这一连串不可思议的事情使汪天天有了一种强烈的预感。“我觉得空气里有什么，有我喜欢的笑笑的味道，有神秘的影子……”这样的事情不断地出现，渐渐地，汪天天觉得，“我有一个秘密，这个秘密太大了，大得没有人会相信。……我能感觉她在我周围，但是我不能解释这种现象。”直到有一天，他收到了一本奇异的大书。这本书是于笑笑从美国寄来的……

近几年来在欧美，有一种被命名为“穿越文学”的作品类型相当流行。它们是小说，又似童话。它们是有真实的生活情节支持着故事的展开，却又时时闪烁着玄幻和灵异的光彩。在这类作品里，无论是主人公所生活的时间和场景，还是作家的叙事线路，都打破了时间和空间的藩篱，昨天、今天和明天，前世、今生和来世，天堂、人间和地狱，都可以任意穿越、来去自如。借用拉美著名小说家马尔加斯·略萨那个“连通管术”的定义来说就是：“发生在不同时间、空间和现实层面的两个或者更多的故事情节，按照叙述者的决定统一在一个叙事整体中，目的是让这样的交叉或者混合限制着不同情节的发展，给每个情节不断补充意义、气氛、象征性等，从而会与分开叙述的方式大不相同。”略萨强调说，在一部作品里如果想要这个“连通管”运转起来，仅仅只有情节上的“简单的并列”是不够的，关键是在叙事文本中被叙述者融合或者拉拢在一起的两个或多个情节之间要有“交往”。单瑛琪在她的小说里巧妙地设置和运用了这个“连通管术”。就像所有的魔幻小说里都会有精灵出没，在我看来，故事里的那本没有文字的大书，就是这部幻想小说的“连通管”。正是这本神秘的大书，使孤独中的小女孩一分为二，也就是小说标题所说的，变成了“1/2 女孩”。

原来，于笑笑离开同学们来到美国后，每天心里都非常孤独。书成了她唯一的朋友。有一天，她在图书馆里看到了一本从来也没有人借阅过的、只有图画而没有文字的大书。她按照书中教的方法开始画画。她对着镜子画自己，结果她发现，镜子里的自己变成了一个透明的影子。后来她又画了一些东西，结果是她只要画出什么，什么就会变成了透明无形的，使人再也无法看见。也就是说，这个小女孩是按照书里教的方法把自己“画没了”，可是书里却没有教她怎样把画没的东西再画回来……

于是，她的一半还滞留在陌生的异乡，而另一半却返回了中国，每天仍然生活在她所熟悉的同学伙伴中间。只不过，他们看不见她而已。我们还可以想象，当小说的主人公之一的汪天天急于想见到他所想念的好朋友，他也许会想方设法去寻求破译无字大书带来的秘密；当大书的“魔法”发挥作用时，有一天竟然连胖胖的校长都变得“不翼而飞”了……

生活的空间有限，而幻想的世界是无限的。单瑛琪是一个很会讲故事的人。她的每一个故事的魅力都来自于她那美好的、天才呼啸般的想象力。在近几年涌现出来的中国幻想类原创作家群体里，——有意思的是，这个群体尤以女作家人数居多，写得也更为出色——我认为，单瑛琪将是最引人注目、并且最值得我们期待的一位。在我的心目中，她是中国的 J. K. 罗琳。这一次，她不声不响地为我们摆出了一道幻想小说的盛宴，或者说，她是为我们送来了一份幻想小说的“套餐”。除了《1/2 女孩》，这套总称为“淘气包和他们的魔法”的系列小说，还有《隐身哥哥》、《长不大的爷爷》《丢了影子的孩子》《小人和宝藏》，共五册。这些作品，都是在坚实的、真实的儿童现实生活故事里，糅合着幻想、悬疑、魔法、甚至灵异小说的元素，庞大而独立的叙事系统里并行着现实和幻想的双重世界，而且，从细节到整体，往往还隐藏着象征与隐喻。当然，尽管幻想的大鸟一直飞在天上，但它的影子最终总是落在地下。就像任何高超和深刻的思想，总是有迹可循的。

菌子没有了，但是菌子的气息还留在空气里。读着这些故事，我想到了一九六六年国际安徒生文学奖得主多维·扬森的一个观念：在一本儿童书中，应当有一些什么东西解释不清和不必图解的，应当让孩子们自己去想或者让他们在可能和不可能的情况下去自我感受，应当留下一条小路，作家也许暂时在此驻足，而孩子们将独自继续走下去。单瑛琪的这套“魔法小说”，这些充满哲思和隐喻的校园故事，正是可以让孩子们沿着她留下的小路继续走下去的一类作品。也许不仅仅可以让孩子们沿着她提供的思路继续追问和探寻下去，就算是成年人，面对笼罩着这个世界的一个个谜团，不是也应该继续追问和探寻下去吗？凭借着她幻想的舢板，我们一次次渡过现实生活里狭窄、庸常与重复的规律，而进入了一个神奇的幻想世界。在那些假想的情节里，我们充分地感知了理想的儿童生活中的某些样式和可能性，从中也获得重新认识世界和理解世界、找到通往现实的新途径的某种智力与可能。

2007年深秋，武昌

原载《中国图书商报》“阅读周刊”2007年11月20日；《少年成长的心灵镜像——辽宁儿童文学评论集》，赵郁秀主编，辽宁人民出版社2013年10月第1版

发现人性的善良与温暖

诺贝尔文学奖获奖作家奈保尔说过这样一句话：好的或有价值的写作，不单单是一种技巧，它还有赖于作家身上的某种道德完整。儿童文学面对的是真纯和稚嫩的童心，正如惠特曼诗中写到的那个每天向前走路的孩子，他只要看到某一个东西，他也许就会变成那个东西。看到的是杂草和阴影，他长大了，心里就会有杂草和阴影；看到的是玫瑰和光明，他长大了，心里就会有玫瑰和光明。总有某一天或某一个时候，他所看到的一切，都将成为他生命的一部分。顾念及此，儿童文学作家，敢不慎乎？

在我的印象里，简平的儿童文学写作，一直注重于奈保尔所说的“某种道德完整”。发现世界的爱与美，发现人性的善良与温暖，寻找那些被成年人失落的童真、梦想和信念，是他多年来孜孜不倦的追求。读其书而知其人，他的书与他的人给我的感觉是一致的：细雨润物，温柔无声。

当然，他有时也会被迫着去说出生活的重量。他最新创作的长篇儿童小说《星星湾》，在致力于发现人性的善良与温暖的同时，也让我们感受到了生活的重量和冷峻。

故事讲述的是一个十岁的男孩波亚，因为期中考试没有考好，被父母数落了一通后，负气跑出了家门。“波亚感到泪水从心里涌了上来，他觉得喘不过气来，四周全是高压，连一点自由、一点自尊都没有了。”这几乎是中国当下所有孩子面临的生存困境。在小男孩跨出家门那一刻，作家来了一点类似魔幻现实主义的描写：“忽然，波亚感到有一大滴红色颜料从调色板里泼到地上，像是烧着的火，火光一闪，变出一匹快马来。那马伏在波亚跟前，波亚一跃而上，快马撒开脚蹄子疯跑而去。”这似乎是一种暗喻和象征：在当下极端功利化教育的困境中，有多少孩子都在渴望和梦想这样的自由与解放！

在长途汽车站，漫无目的的波亚跟着一个中年男子上了一辆长途汽车。两人由此开始了一段意外的旅程。那个陌生的男子让波亚叫他“安叔”，他说要带波亚去一个叫“辛新洼”的地方。波亚没有听清，以为是“星星湾”，他非常激动，因为那是他梦中都想去的地方。波亚告诉安叔说：他曾经梦到过星星湾，那里是星星的海湾，星星特别多，特别亮，而且，星星都是彩色的。

随着旅途的展开和故事的推进，我们渐渐明白了，这个陌生人刚刚从监狱里出来，因为在监狱里表现得比较好，又患有心脏病，所以被提前释放。他急着想赶回老家去看看自己唯一的女儿，他有十年没见过她了。十年前，他的女儿出生不久，妻子就丢下他们父女俩跟别人走了。女儿饿得哇哇直哭，可他没有钱，只好铤而走险，半夜里爬上一列装满货物的火车，结果被逮个正着。在监狱里，他天天想念女儿。当他得知波亚跟他女儿一般大，正在漫无目的地游荡时，他突发奇想，想通过波亚来了解一下一个十岁孩子的心理，以便自己回家以后能被女儿接纳……

原来如此。人性本善，人心就像是一朵不待风吹而自落的花。故事至此，我相信，所有的读者从一开始起就产生的，对这个小男孩跟着一个出狱的陌生人上了一辆开往远方的汽车的后果的担忧，都悄然冰释了。人性的善良和温暖的一面，开始闪耀它们的光彩了。

一路上，心地单纯的波亚告诉了安叔自己在学校和家里的各种情况。作家通过这个小男孩之口，对我们的教育和那些陷入教育误区的父母，发出了质疑。例如波亚的妈妈经常挂在嘴上的一个“同事的孩子”：从来不玩游戏，天天就知道学习；长得好看，又听话，回回考试年级第一；会孝敬父母，会弹钢琴，会八门外语；不吃零食，不睡懒觉，少先队大队长和“三好学生”都当上了，奖学金成百上千……但是，波亚却压根不相信有这么个“同事的孩子”存在。他就相信自己的好朋友扣子，虽然扣子学习成绩总是不好。

波亚已经把安叔当成一个值得信任的人，对他说出了自己跟父母也没有说过的心里话。正是这种信任感，触动和温暖了安叔最柔软的地方，唤醒了他心灵深处的全部良善和良知。他也想到了自己的小时候，想到了妈妈和童年时的星星。他在波亚的信任里重新发现了自己，获得了作为一个人的自尊和自信，甚至找到了为人父母的感觉。他想象着不久的一天，当他踏进家门，女儿会扑到他的怀里，亲切地叫他爸爸……在这短暂而又一波三折的旅程中，波亚和安叔都感到了来自对方的真诚和温暖，两个人产生了亲人般的信任和依赖。

后来，在波亚的帮助下，原本特别排斥、根本不想见到爸爸的女儿，终于同意与爸爸相见了。心情激动的安叔不顾心脏病复发，坚持着向“星星湾”赶去，盼望着早日见到自己的女儿。但是小男孩已经明白了，此时安叔可能再也见不到自己日思夜想的女儿了，因为他就要离开这个世界了。但是，波亚仍然不离不弃，他要以自己全部的善良、勇敢帮安叔实现最后的愿望，回到家乡辛新洼。而那里，也是波亚心目中最美好的星星湾，自己的爸爸、妈妈、老师、同学和好朋友扣子，还有安叔的女儿，也都在那里等着他。

波亚一路上照顾着病中的安叔。他在感受着安叔和他的女儿的亲情故事的同时，也重新发现和感受了自己与家人的感情。他在这段曲折的路途上长大了。

《星星湾》的整个故事都在路途上展开，在故事结构上就像一部成人文学中的“公路小说”或“公路电影”。但是对儿童文学来说，这种小说形式上的引入倒并不显得十分重要，重要的是作品所要表达的“文心”。这个安叔，就像雷蒙德·布里格斯笔下的“雪人”，似乎代表着走过每个孩子的生命的一些不同寻常的人，他们意外相逢，由互相陌生而互相获得信任和理解，无奈他们又总有离去的一天，去到另一个地方，甚至另一个世界，就像“雪人”，总会融化的。但是，“星星湾”的故事也像雪人的故事一样，让我们看到了童年的美好回忆，乃至日后的美好片段，其实都是能够经历生活路途上的许多波折而留存下来的。

这也正如简平在创作札记《我心中美丽的星星湾》里的自白：星星湾虽然只是他心中的一个想象、一个梦幻，而现实却是严酷的；但是，只要有了这样的经历，不管将来怎样，他都可以拥有一份关于童年和少年时代的美好记忆了，而这份记忆会影响和陪伴他的一生。因为，一个美好的童年和少年，总是依靠美好的人性和美好的事物构筑的。“最美丽的星星湾就在我们的心中，无论白天还是黑夜，那方净土，那片净空都永恒地闪烁着耀眼的蓝色光芒。”

2012 年初夏，东湖梨园

原载《文学报》2012 年 6 月 15 日

直面人性中的冷酷与惨烈

陀思妥耶夫斯基二十来岁时就写出了他的处女作《穷人》，批评家别林斯基读过之后对他说道：依你的年龄，应该还不懂得你写的是多么的真实。如果别林斯基的话是对的，那么，就还是高中生的边金阳的年龄来看，也是应该还不懂得自己的小说《换爱》写的是如何的沉痛。

《换爱》虽然出自一位少年作家之手，但小说里所呈现出的人性中的惨烈、残酷与沉痛，一点也没有因为作者的年轻而减弱。这也使我想到“冷血”的张爱玲。有不少年轻的女性作家，都尝试过去模仿张爱玲的小说，但最终，她们也许只能在时代背景、场景设置、人物关系或语言风格上“形似”张氏，而难得张氏小说之“真髓”。原因其实不是别的，只有一点，她们却无法做到：她们大多没有张爱玲那么“冷血”。

《换爱》里有一种残酷、惨烈和“冷血”的力量。年轻的作者敢于直面人生和人性中最残酷和最惨烈的那一面，对人性中的险恶、自私、冷酷、做了一次冰冷的抽离，就像是把一张人体解剖的手术台，推到了小说读者面前。这无论是对作者自己还是对读者，都是一次心理承受力上的考验。我甚至想，心理脆弱和胆怯者，也许是不敢或不愿意看到这样的作品的。

小说写的是一个名叫张大宝的孩子，从出生那天起，就被村里一个巫婆预言是“克亲人”的。果然，他的出生给全家人带来了种种“不祥”：他的母亲因为难产大出血而死，他的外婆因此发疯而溺死水中，他的爷爷奶奶也在喊叫声中离开人世。他此后只能和自己的父亲相依为命了。残酷的序幕之后，便是更加真实和惨烈的人生。尤其是当张大宝渐渐长大、进入学校和社会之后，那精神上的扭曲，心灵里的畸形，人性中的自私，社会上的恶习，成长道路上所无法回避的种种难题和关隘……都暴露了出来，并且开始包围着这个少年。于是，他开始反抗，学会了打架斗殴、以恶制恶，身陷其中而难以自拔。结果是，他的爱子如命的父亲，一次次用自己的健康去换来儿子的健康，一次次用自己的痛苦去换来儿子的欢乐，一次次用父爱去换回儿子的回心转意。为了儿子能有一个健康、健全的人生，做父亲的甚至不惜献出自己的全部人生的幸福去交换……

如果仅仅就上述的故事脉络来看，这篇小说显然是立足现实生活，直面惨烈的人生的。可是，这里面有一个重要的细节——即做父亲的如何用自己健康的人生去与儿子痛苦和残缺的人生做“交换”——作者却是采用了一种超现实主义的手法来完成的。那就是，他在小说里设置了一个带有奇幻色彩的角色：一块“乳白色的肉团”，它的名字叫“太岁”。它具有一种超自然的能力，即让父亲的人生、心理、感情和儿子人生、心理、感情等相互“置换”。正是这种人生体验的相互“置换”，才使得张大宝幡然醒悟，迷途而知返。小说里最后写道：“他燥热的心第一次如此平静。张大宝擦了擦头上的汗水，对昏迷的父亲说：‘快到了，爸爸。你放心，我一定会用我的爱把你的命换回来的。’”至此，少年张大宝那被自私的人性所扭曲的、长久地迷失在人生的凶恶和黑暗中的良知，被重新唤回。

应该说，这是一篇冷峻而凌厉的、揭示了现实生活的真实性与残酷性的小说，对人性的解剖与挖掘，具有一定的深度。其中超现实主义创作手法的运用也显示了作者奇幻与想象的才华与力量。当然，一篇小说无论有多么沉痛，也永远都不会像生活本身一样沉痛。因此，一些超现实主义手法的运用，在反映现实生活的小说中，也一直存在着一个“度”的问题，所谓过犹不及。弄不好则往往会削弱作品中的真实性。好在，在这篇小说里，奇幻手法的运用，只是为了起到一个“开关”的作用，“开关”扭开了，我们才看到了人生中黑暗、真实和惨烈的部分。

2008年10月，武汉

原载《中国青年报》2008年11月25日（题为“《换爱》何以具有冷血的力量”）

恣意的童年与明快的叙事

美国小说家、儿童文学作家萨洛扬，一生没有写过很长的东西，留下的作品大多篇幅短小。中国读者较为熟知的中篇儿童小说《我叫阿拉木》（有吕叔湘先生的中文译本），算是他的作品中较长的一篇了。他自称是“一个讲故事的”：“我只有一个故事——人。我要讲的是这个简单的故事。我想怎么讲就怎么讲，我不会理会修辞的规则，也不会去在乎什么作文的秘诀。”他讲故事的方式不仅简单，也总是带着一种幽默的口吻。

这使我想到了周锐。一般说来，成熟的儿童文学作家都会具有明显的与众不同的风格与气质，并且最终会有点“定型”。例如属于唯美、华丽风格的，如曹文轩、冰波；属于智慧、幽默风格的，如周锐、张之路；属于爱心、抒情风格的，如葛翠琳、金波。这些不同的风格如同烙在他们作品上的一种“标识”，一眼就能看得到的。

周锐的儿童小说新作“方果子”系列，主人公都是五六年级的小学生，作品写的是当下城市儿童的学校生活、家庭生活，还有社会上刚刚发生或正在发生的事情与当下最为流行的事物通过童心世界的折射，例如亚丁湾索马里海盗事件，海选，扔鞋，网络互换物品……在这个信息高度发达的世界上，它们都对儿童们的日常生活产生着潜移默化的影响。这些短篇故事采取的是一种开放式的和连续性的"情景剧"般的结构方式，每一个短篇故事独立成篇，大约五六分钟就可以轻松读完；每一本书由十五六个短篇故事构成，大约一个小时内也可以轻松地读完一本书。这是一种最近距离的"成长进行式"，也是一种最简单的"悦读"读本。这样的篇幅长度的设置，至少可以适应当下小学生文字阅读普遍缺少足够耐心的景况，提升他们的阅读信心。这些短篇故事里的小主人公如方果子、瓜哥、吴佳娜、白聪明、刘畅、叶盈盈，等等，大多好奇心特别强烈，精力旺盛，性格活泼，甚至大多有点喜欢搞怪和顽皮。写这一类小孩子的生活与个性，原本就是周锐的强项，也是周锐一贯的"儿童观"的体现。他的作品一向注重对儿童自然天性的尊重与引导，重视儿童文学和儿童教育的趣味性与游戏精神。他在这个新的小说系列里，仍然继续全力维护和肯定着这一类小孩子好奇、率真、顽皮、自由和快乐的天性。他是在用一种最简单、最明快的叙事方式，写着这一代小学生的恣意的童年。他也用一个个发生在当下的鲜活的小故事告诉我们一个道理：谁能够对这类孩子进行适当的、完美的引导和教育，充分地理解和帮助他们发展自己的个性和才能，谁就是这些孩子成长道路上最伟大的朋友和老师。“选择即批评”。在肯定了孩子们自由、率真的天性的同时，他也用这些小故事，对来自成人世界的（无论是家长还是老师、校长们）那一厢情愿地强加给孩子们的许多苛责与规范化的教育理念，不动声色地做出了质疑与否定。

但这也并不意味着，这些小故事只是在一味地取悦和迎合孩子们的是非观和价值观。不，这些小故事里仍然荡漾着“润物细无声”的春水与细流。例如那篇《偷窥女孩》，写一个名叫殷云的小女孩因为好奇心太强而养成了喜欢偷窥的习惯。但是因为方果子（其实来自作家周锐）的一次小小的、充满智慧的帮助，这个不好的习惯得到了逆转和改变。美丽有趣的故事，体现着智慧与活泼的文心；叙事的简洁与明快，也是对小读者阅读上的关怀。最聪明的作者，从来就不会让自己的小读者在阅读这些故事时带上任何负担。也许，如果仅仅从文学批评的角度去看，我们可能会觉得这些小故事有点图像化、卡通化，过于扁平，不够深刻。可是，也许恰好是因为所谓“文学价值”的缺席，才使得孩子们愿意去亲近它们、阅读它们。

如此说来，我们也许又将回到那个很难争论清楚的话题上了：世界上原本就没有什么“最好的书”，所谓“最好的书”，就是你作为个人“最喜欢的书”；同样的道理，世界上也绝无“最佳作家”，只要你是真心喜欢某个作家，他（她）应该就是你的“最佳”。对于童书作家来说，尤其如此。

2012 年 4 月，武昌

覆盖着母爱光影的小溪

“黄想想要上小学了！”单纯的故事就从这里直接开始。无须任何铺垫和交代。接着就进入描写：“上学的第一天，妈妈准备了一个像模像样的大书包，刚开学就装得沉甸甸的。书包架在黄想想的窄肩膀上，都快有他半个人那么大了，可他执意要自己背着，一走一颠，远远地从背后看，只有一个小脑袋顶和两条小短腿，像背了个大乌龟壳。”

这显然是出自一个妈妈的观察与感受。只有做妈妈的才能观察得这么细致，感受得如此真切。并非只有女性作家才适合写儿童文学。然而在许多时候，出现在女性作家笔下的细节，总是更为生动、细腻和准确。最美丽、最动听的摇篮曲，总是从妈妈的口里唱出来的。

例如写这个小男孩刚刚出生后的情景：“妈妈捂着眼睛不敢看，生怕生出一个小怪物。从指缝里偷看一下，哎，松了口气，模样还周正，不过还真有点怪，身上皱巴巴的，十足一个小老头！可不是嘛，在肚子里待得太久了，都缩水了，变老了。”不过，到了第二天，奇迹出现了，原先皱巴巴的皮，“转眼间换成了细嫩的绸缎般的皮肤，像蛇和知了蜕壳一样。他白白的、小小的脸庞，红红的、薄薄的嘴唇，清晰得有点像女孩子，整整齐齐的眉毛，在眉梢那儿一下子翘起来，像个有力量的男孩子的眉毛……”这样的描写与感受，在男性作家那里几乎是无法想象的。

不刻意编织故事和悬念。也不追求复杂和深刻。没有任何议论与说教。只有一点点白描手法，却是尽量节制着使用。清亮的、散文化的浅语，简单的、却是生动有趣的对话，记录着一个妈妈对自己的刚刚开始上学的小男孩的成长观察与发现。一如在阳光下流淌的小溪，清澈而明亮。

也许还不能称其为“小说”，甚至也不必说成是“故事”。因为，整个小溪的流动是充满随意性的。有一些必须拐弯的地方。偶尔有一点点起伏的浪花。甚至也会有一点阴影投在溪流上。但都覆盖不住整个叙述上的明亮与清澈。间或有一点幽默与夸张，增加了叙述上的喜剧效果。例如写到这个小男孩像所有刚刚入学的孩子一样，经常读别字，把《岳飞传》里的“牛皋”读成“牛皋”，把“哈迷蚩”和“金兀术”读成“哈迷虫”和“金尤术”。妈妈总是在纠正他。这一天又纠正了一路，小男孩被纠正得口都渴了。口好渴啊，他们走在路上，看到旁边有水果摊，上面写着：新鲜柚子。黄想想高兴坏了，指着水果，大声对妈妈说：“妈妈，快！我渴死了，给我买个抽（chou）子吃！”一转眼，妈妈不见了。哦，她真的昏倒在地了。

甚至也会有一点点严肃和伤感。当妈妈必须和孩子一起讨论一些无法回避的问题的时候，例如孩子问妈妈：“什么是死？”进而又问，妈妈是否也会“死”？这时候，作家的叙述就像明亮的小溪流上覆盖了淡淡的阴影。“想想，不要难过，所有的人都一样，我们人类也是生物的一种，每种生物都是有寿命的，也就是说，都会死去，明白吗？妈妈也一样，有一天，也会死。”妈妈尽量把声音放得很轻、放得和缓。在这时候，轻松与夸张不见了，我们所感受到的，是一种温柔的母爱在场，是一种细腻和温暖的成长关怀在场。

一九九〇年国际安徒生文学奖得主托莫德·豪根说：“只要我们一天弄不清我们对孩子的行为，只要我们不敢回归童年，我们仍会不断地伤害儿童，同时也伤害我们成年人自己。”又说，“当我们鼓足勇气向童年迈进时，这就意味着我们必须感受心中的痛苦，即灵魂中的渴求——对更好的生活的梦想。”《白羊座狂想家》既是对童年的观察与发现，又何尝不是对一种“成年生活”的检验与修复。说到底，作为一个作家，能做到把自己的观察与发现、希望与意愿，更不用说还有感情与梦想，都编织进一本书里去，肯定是一件美妙的事。何况，流淌在这本书里的，是一条覆盖着温柔的母爱的光影的小溪。

2006 年春天，武昌梨园

原载《中华读书报》2007 年 6 月 2 日

青春在别处

没有办法，米兰·昆德拉这位老帅哥，实在是所有青春小说作家难以逾越的一座山峰。不，他几乎是一切青春小说的巨大的“参照物”。我注意到了，曹文轩在为汪玥含的长篇小说《假装我已离开》所写的序言里，仍然不能绕开昆德拉。他说，米兰·昆德拉的每一部小说，都是在解读一两个单词，如：轻、慢、媚俗、不朽，等等。在米兰·昆德拉那里，所有的单词，实际上都不简单，它是在漫长的变迁中建立起来的，它浓缩着历史，代表着一种永恒的状态，一种永远的现实。由此，曹文轩认为，小说《假装我已离开》所要解读的核心单词是：青春。

是的，青春。这部作品所讲述的故事，也使我想到昆德拉笔下的那些青春风景：那是由穿着高筒靴和化装服的少男少女们，在上面踩踏的一个舞台；他们在这个舞台上相当认真、却又常常事与愿违地说着他们记住的话，说着他们狂热地相信、但又并非完全了然的话语。他们都在生活中扮演着各自的角色。他们既在承受着生命中不能承受的轻，也在承受着生命中难以承受的重。他们内心里有激情，可是面对现实却倍感迷茫。他们有眼泪，却并不完全为自己流。他们一直在飞，一直在找，却总是无法起飞，无法找到。就像小说里引用的那首歌中所写的，他们要找的那种幸福，“在那片更高的天空”，要想到达那里，他们的翅膀往往会卷起风暴。

和当下许多已经走向“类型化”的青春小说不同的是，这部小说虽然也以带着桀骜不驯的反叛个性的新新人类和“炫酷族”的青春男女为主角，但故事里写的却是这一代人青春期的尖叫与疼痛，写的是这一代人的“怕与爱”，是青少年成长中无法逃避的内心的挣扎、反抗与纠结，甚至所付出的生命的祭献。

女主角之一的彭漾，原本是一个阳光灿烂的，从骨子里冒着高傲、自信和优越的气息的女孩，“似一朵独一无二的玫瑰，在肆无忌惮地绽放”。可是一个隐藏多年的身世之谜，却使她的命运从峰巅跌进深谷。“当生活从四面八方伸出变形而沉重的巴掌向她用力掴来，她被打得疼痛、眩晕之后”，她才会重新去认识自己、认识世界。原来，“就是看起来繁华的盛世，其实只是一片虚伪的废墟”；原来，“生存比骄傲更重要”。她的生命和心灵，都需要重新经受了痛苦的煎熬与考验。另一个底层出身的、多情善感的女生佟若善，有一个巨大而沉重的阴影，一直压迫和笼罩着她柔弱的内心，使她无力面对，总想逃离，却一直无处可去。她是在一个混乱的家庭中诞生的星星，可是她无法找到自己的星宿。她青春的生命里暗藏着太多被压抑的叛逆的念头。她梦想着爱情，幻想着那个闯进了她心灵世界的研究生冷西墨，就是自己“一直渴望到来的暴风雨”和一直在寻找着的“那座强壮雄伟的山峰”，她觉得“终于可以将自己完全交出去了”。然而，冰冷的现实撕碎了她的梦。她试图反抗过，甚至想要报复曾经伤害过的这个世界。但是，她的天性决定了，她缺少这样的冷酷和力量。她什么也做不了。她唯一能做到的，只有把那个巨大的心理阴影和最沉重的秘密，继续隐藏在自己心中，并且痛苦地叮嘱着自己：“不，不要说，不要说，记住，永远也不要说……”可是，这个世界最终使她感到的，是一种她的生命无法承受的沉重。她内心里的伤痛也永远无法真正掩埋。最后，她将自己青春的生命交给了一条漆黑的河流。

作者以最冷酷、最尖锐的文字，撕开了这一代少年那温情脉脉的青春的面纱，让我们看到一些最真实和最凌厉的东西，甚至最残酷的生命的祭献。就像第七章里写到的那个“宣泄的夜晚”：所有的同学都只想大声呼啸，只有在这样的呼啸之后，“皮肤里面紧绷着的强大力量才会松懈下来”。就像第十九章里写到的那个黑夜，压抑已久的佟若善从胸中发出的那一声尖锐的长啸，仿佛用尽了她生命中最后的力气。作者也一再假借小说里的人物之口提问道：“我们将来会是什么样？”但是谁也无法做出回答。作者深知，他们所要的那种幸福，“在那片更高的天空”。就像昆德拉所说，“生活在别处”。尽管如此，这部小说在最后仍然给我们带来了一种光明与力量，作者仍然想要帮助她的主人公们建立起这样一个恒久的信念：假如你不喜欢这个世界，你固然可以“假装我已离开”，但更应该努力地去改变它，使它变得如你所愿的那样美丽。

2009 年秋天，武昌

清新的“疗伤系”小说

世界经典儿童文学名著中，有不少作品着力于发现和刻画女孩子的心灵成长与精神蜕变，这些小说书写的都是一个女孩子的“心灵史”。给我印象最深刻的有约翰·斯皮丽的《小海蒂》里的海蒂，路易莎·梅·沃尔科特的《小妇人》里的约瑟芬·马奇，蒙哥马利的《绿山墙的安妮》里的安妮·夏利，琼·韦伯斯特的《长腿叔叔》里的吉尔霞·阿波特。这些作品有一个共同的追求：写出女孩子们独立的人格和自我个性的建构历程。

中国当代儿童文学创作走到今天，实在是不应该再轻松地沉湎和停留在大同小异的校园故事层面——即便是这样的故事再怎么唯美和浪漫，再怎么幽默和搞笑，再怎么玄幻和神秘——假如写作者没有继续“向内心走去”，那么，我们的文学将仍然是“急就章”和“未完成”的。

显然，汪玥含已经清醒地意识到了这个问题，所以，她从小说《乍放的玫瑰》开始，似乎就不再仅仅自得于故事的讲述，而是向着更高的写作难度挑战：深入主人公们纠结的内心，去风暴的漩涡里寻找生命的真相，去发现成长的真谛。《我是一个任性的孩子》也是这样一部作品。

在故事的“真相”最终揭开之前，这篇小说的叙事其实是极其简单和透明的：一个名叫林彤的女孩，因为长得太胖，在学校里受尽歧视和嘲笑。就像安徒生童话里的那只丑小鸭，仿佛整个世界都向她施以白眼和鄙夷。因为胖，她动辄得咎，闷闷不乐，一人向隅，几乎失去了生活下去的勇气。“我一直都没有能力按照我的真实心愿来做事，我做的事和我心里想的总是相反……”这种生活状态使她总是处在难受和纠结之中。但同时她也觉得自己常常有一些奇怪的渴望，渴望新鲜的空气和阳光，渴望自由自在地走进周围的世界里，游泳、奔跑、飞翔、结交伙伴、与人为伍。她是多么不愿意把自己和周围的世界相隔离，尽管这个世界对她是如此的不公平和如此的冷若冰霜……

这种状态和安徒生写的那只丑小鸭多么相似：她身上一切美好的东西，仿佛总在遭受着践踏，就差像丑小鸭一样对这个世界喊出自己绝望的心声了：“请你们弄死我吧！”

然而在林彤的身边，有一些温暖的目光，一直在注视着她，鼓励着她，向她投去尊重、关切和祝福。其中有她的哥哥林岚、弟弟林黎，有她的在学校里最好的密友、班长唐娜。唐娜这样告诉过她：“我们每天的行为都在塑造着自己的将来”，因此，唐娜忠告林彤，“别听她们用这么恶毒的话来亵渎你自己的未来”。对于一直处在阴影中的林彤来说，无论是聪明好学、诗意盎然的哥哥，还是心地单纯、无忧无虑的弟弟，更不用说善解人意的唐娜了，都是她生活中的阳光、微风和泉水，有了他们，她的心才不至于在无休止的挣扎里绝望和枯死，她才能够挣脱开自己内心的纠结，像一个蛹，突破了茧的束缚，用展开的翅膀向世界证实了自己的存在。

毫无疑问，处在林彤这个年纪的女生的内心世界，是敏感、脆弱而棘手的。她们有时很自卑，有时又很自恋；对有些东西十分敏感，对另外一些东西又相当懵懂和钝感；她们好奇心重，却又往往难以承受真相；她们开始对异性有着隐秘的渴望，却又与自己朝夕相处的同性密友过于依恋……总之，这个年龄与外部世界往往会形成强大的对峙和恐慌，甚至是抗拒和逆反，是怕与痛。当焦躁的世界总是以轻慢、粗暴、误解、不信任，或者忧心忡忡、如临大敌的心态来看待这个年龄的时候，事情也往往会变得比这个年龄本身更加复杂和纠缠。

汪玥含像一位心理医生一样，冷静而耐心地追寻、揣摩和探究着这些棘手的和触目惊心的问题，在小说里对少女林彤的最细微的心理悸动，做了细腻和精准的刻画。

例如写到林彤的胆怯："……胆子小极了，小到好像没有胆子，总像一只惊弓之鸟，随时随地做好准备。仿佛箭搭在弦上，随时准备发射出去，准备逃跑；还像我们家花盆里的含羞草，一有风吹草动，就瑟缩起来，缩成薄薄的一片，两片叶子叠起来，把小小的心脏藏在中间，任谁也看不到，碰不到。"再如写到林彤对那个男生胡鹏所萌生的渴望之情："……现在，我就时常躲在暗处呼吸着胡鹏一路走过时扬起的空气和灰尘。我就像一只渴望死在猎人枪管下的小鹿，用眼神追逐着猎人，希望干脆撞在猎人的枪杆上死去也好啊……”

这样的心理描写，实在是精准传神。这样的细节刻画，使少女成长瞬间的某些心理变化，不再仅仅显示着个人色彩，而是具有了普遍性的文学价值。

小说到了最后两章，才像阿加莎·克里斯蒂的推理小说一样，揭开故事的真相。原来，在少女林彤身体变得肥胖的背后，有着一个巨大的身世之谜。而一直围绕在她周围注视着、关切着她的所有人，几乎都有她所不知道的故事和隐情。——那些最优秀的文学作品的魅力，往往就在于此：一篇作品或者一本书，无论有多么悲伤，也永远不及生活本身悲伤；同样，它们无论有着怎样的复杂，也永远不及生活本身的复杂。

日本儿童文学批评家鸟越信在他的名作《世界名著中的小主人公》一书中归纳过，儿童文学里有两个经典叙事模式，一是主人公的“缺损家庭”的设置——这样，主人公必须在复杂的人际关系的逆境中挣扎和完成独立的人格；二是整个故事根据主人公的要求逐步展开，最后，当这种要求得到充分满足时便告结束——这样，就故事性来说，可能给读者留下更深刻的记忆。

读完汪玥含的这本小说，我突然发现，她在无意中（也可能是有意的布局）把这两种经典的叙事式都采用了。当然，更时尚的类比是：当下在世界文学范围内，流行着一些被称为“疗伤系”的小说。《我是一个任性的孩子》，就属于“疗伤系”小说。作家致力于治疗的，不仅仅是困扰着少女林彤的身体肥胖症，更是困惑和折磨着这个年纪的少女们的心理问题。像所有温暖、光明的小说一样，这部小说也有一个大团圆的结局。所有的好心都有了善果，每个真心对待他人的人，都如小说里一再引用的顾城诗歌里的野花开放，芬芳宜人，也应了莎翁戏剧里的一句话：“All is well that ends well”（结果好才是真的好）。

2014 年初夏，武昌

为小学生们量身定做的童书

在儿童文学界，梅子涵先生已经是“老前辈”了，他近些年来似有一些很固执、也极其正确的观点，大致有以下几点：学龄前、小学生文学才是真正的“儿童文学”，如果这方面的创作不发达，则无疑是儿童文学的重大损失；面向中学生的少年文学不能算严格意义上的“儿童文学”，只能说是“青少年文学”；还有就是，儿童文学不排斥深刻与凝重，但不深刻、不凝重仍然可以成为一流的儿童文学，即以“轻”的方式去实现“重”的主题，透过幽默、游戏、快乐好玩去吸引儿童，在笑的当中达到一股“难受”的效果。

正是基于上述的理念，梅子涵这些年来几乎终止了原本驾轻就熟的少年文学的写作，而身体力行，仿佛要给儿童文学界的后辈做些“示范”似的，自己动手创作了一系列专供小家伙（小学生）们阅读的、极为纯正的“儿童文学”作品。他用这样一些具有“浅语艺术”品质的作品，向大陆出版界不断地输入和强化着“童书”的概念（这个概念在中国港台地区早已流行)，甚至他将自己的儿童文学作品系列通称为“子涵童书”，将自己的儿童文学评论(书评)系列也通称为“子涵说童书”。

所谓“童书”，可以说是真正的为儿童“量身定做”的读物，其作品题材的取舍，故事节奏的松紧，文字篇幅的长短，叙述语言的深浅，作者事先都有着对小读者的年龄特点、阅读心理、文化程度、认知范围等方面的考量作为写作的依据。而作为未来的完整的“童书”形态，当然还有插图的风格与样式，图书开本、版式、字体字号以及定价上的推敲与讲究。现在我们看到的由梅子涵撰文、沈苑苑插图的《戴小桥和他的哥儿们》系列，就是这样一套专门为小学生量身定做的原创性的童书。

书中的主角是一群刚上小学的小孩子。在他们身上也不可能有什么惊天动地的故事发生。书中所写的也无非是相互之间起起外号，你推我拉闹闹笑笑，书包玩丢了其实是背错了，下课时疯闹忘了小便结果一上课就小在裤子里了，踢足球踢出一个吃里扒外的“特务”来，写日记写出一连串笑话来，明明听见了上课铃响却像一点也没有听见一样，放学排队走的时候总是你打我一下我推你一下，从不好好走……这样一些只有这个年龄的小孩子才拥有的日常生活故事。但它们却是今天的孩子们最真实的生活影像，也是每个人的生命成长的必由之路。小孩子没有不喜欢打闹的。就像书中的那个被孩子们称为“哥儿们”的班主任老师毛小弟所说的，“我知道你们这样非常开心”，因为他小的时候也是这样。其实每个人小的时候都是这样，否则也就意味着已经长大，不再是小孩子了。等到人一长大，这样轻松和快乐的时光就再也找不回来了，正如毛老师对那些抢夺别人的面包香肠吃的同学说的那样，“等到你们以后长成大人，让你们抢，你们也不会抢了。”那个时候，他们面对的已经是无忧无虑的童年的结束和天真烂漫的时光的终止。

由此，我们也不难体会作为作家的梅子涵心中的一些童年意识与成长观念，那就是：童年应该是快乐无忧的。不必要求所有孩子的童年都早早地安静下来和循规蹈矩。童年应该是玩的童年。童年的幻想与诉求是一种很高贵的东西，应该得到大人的尊重和倾听。童年的体验直接影响着一个人今后的成长。童心中的东西是没有被世俗的杂质污染的。即使童年的恶作剧里也埋藏着智慧与想象力的种子……所有这些观念，梅子涵当然没有直接在他的书中说出来或写出来，而只是我们阅读他的童书时会隐隐产生这样一些感觉。这些感觉如果用心理学家和哲学家维尔斯特的话来描述，那就是：“正是从此以后，我们才会逐渐理解什么叫转瞬即逝。因此我们都将十分留恋那个黄金时代，那个一去不返的时代。当我们叹息日薄西山、夏日结束、爱情迷途时，当我们吟诵描写失去使人满足的地方这些诗歌时，我们也是在不知不觉地哀悼一种严重得多的终止：对童年的放弃。”这，也就是儿童文学有可能以“轻”的方式去实现“重”的主题的魅力吧。

《戴小桥和他的哥儿们》的系列故事刚刚开始。这个故事系列将会让我们更充分地领略梅子涵前辈得心应手地玩转“浅语艺术”、讲究叙述风格、追求独特的“语感”效果的魅力。用这个系列中的第一册书《我们的公虎队》封底上的两句广告语说，他们的故事将很生动很有趣地继续发生；我们的阅读也将很轻松很好玩地继续进行。

2002年深秋，武汉

原载《中华读书报》2002年10月5日

谁家有女初长成

算起来，我第一次见到谢倩霓，已经是二十多年前的事了！那时她还在南京大学念书，是一个还没有开始恋爱的少女。而转眼之间，二十多年就过去了，她不仅成了一位作品多多、获得过多种儿童文学大奖的优秀作家，而且也早已做了幸福的妈妈，拥有了一对可爱的双胞胎女儿。想一想，时间过得可真是快啊！

《家有谢天谢地》系列，是谢倩霓作为一位细心的妈妈和一位睿智的儿童文学作家，为自己的一对正在成长的双胞胎女儿写下的一部家庭、校园生活与成长记。这个系列分为“纯文本”和“图文本”两种书写形式，“纯文本”是如同《窗边的小豆豆》那样带有纪实性质的儿童成长故事；“图文本”则是如同《蜡笔小新》那样的漫画本。

谢家有女初长成。我们可以想象一下，这对名叫谢天谢地的双胞胎小姐妹，每天都是穿戴得一模一样，天天形影不离，好得就像是一个人一样。所以，只要哪天有一个人落单了，那么当妈妈的可就惨了，她得在小区里、超市里、电梯上，无数次地回答同一个问题："哎呀呀，怎么双胞胎只剩一个了？还有一个哪去了？"就像世界上许多双胞胎小姐妹一样，这对小姐妹每天的衣着、书包、鞋子，等等，也都是一模一样的，就是去理发，也一定要一模一样的发型。于是，书中就出现了这样充满喜剧色彩的场面：两个理发师为了让两个小顾客的发型达到一致，只好相互比照着，你先修一修，我再修一修，几个回合之后，眼看着小姐妹俩的头发越来越短，等到妈妈终于清醒过来，发出尖叫的时候，小姐妹俩已经变成两个超短头发的小男孩了！"除非剃光头，否则不可能剪得一模一样的！"两个理发师最后无可奈何地辩解说。

小姐妹俩因为长得太相像了，所以常常闹出被人弄错的笑话。就是和她们天天相处的老师，也经常张冠李戴地闹出笑话。但是，只有细心和友好的小同学能找出她们的不同来。例如那个小男孩陆家佳会提醒老师：谢天的眼睛大一点，谢地的眼睛小一点；小女孩许薇会告诉老师：谢天左手上有一颗痣，谢地右手上有一颗痣；而那个名叫陈莹儿的小姑娘会告诉老师：她们的发卡也不一样，谢天的发卡是小鱼，谢地的发卡是小兔子，等等。这样的细节，与其说是那些小同学的观察与发现，不如说是做妈妈的细心提示。而这些细节通过小同学们的眼睛观察和发现出来，却为全书增添了许多童趣和童真。

儿童文学创作界近几年来出现了一种带点"类型化"的、介于儿童小说和叙事散文之间的"成长纪实体"的文本：它们并不刻意去虚构故事和编织情节，也不追求复杂和深刻，更没有任何议论与说教。只有一点点白描和纪实的手法，却是尽量节制着使用；清亮的、散文化的浅语，简单的、却是生动有趣的对话，记录着年轻的妈妈们对自己的刚刚开始上学的小孩的成长观察与发现。这些“成长记”也许还不能称其为“儿童小说”，甚至也不必说成是“故事”。因为，整个叙述是充满随意性和流动性的。观察与发现，对话与交流，纠正与呵护，贯穿在书中的每一个哪怕是最短小的章节里。这是这种出自妈妈们的“成长纪实”的前提。

书中当然会处处闪烁着怡怡亲情的光芒。例如爸爸妈妈因为工作都很忙碌，所以妈妈生日那天，爸爸忘了买蛋糕了。可是小姐妹俩却记得，她们只好在小区的那个经常玩耍的沙坑边，用细细的沙子为妈妈做了一个不能吃、只能看的生日蛋糕。可是，妈妈因为忙碌不堪，又误会了姐妹俩。等到妈妈终于明白了真相后，就轻轻地给姐妹俩擦着泪花，说：“那，吃完饭我们一起去看吧。”这时，作者写了一小段清浅而又温暖的文字：“天早已黑了，路灯发出昏黄的亮光。小路上没有人，冬天的夜晚，大家都早早地回家了。”这样的文字真好，看似单纯，却带着打动人心的抒情的力量。

现实生活中并不是处处都是充满阳光、充满快乐的，有时候，有些事情也让人感叹，令人惋惜。作者并没有回避生活中一些负面的东西。我想，那也是所有小孩子成长过程中所无法视而不见的东西。让他们看见这些，明白这些，其实是在帮助他们在成长之初的道路上垫起一块块最真实的基石。例如，姐妹俩要去参加小区的一场特殊拍卖会：大家把自己不再需要的物品清理出来，相互买卖。妈妈帮助小姐妹俩兴致勃勃地把她们以前看过的图画书放到一个大大的水果篮子里，一起抬到了拍卖会上。有一个小女孩来到她们跟前，显然是很喜欢这些图画书。于是，谢地把自己以前最喜欢的一本故事书递给小女孩说："这个故事非常好看的，只要一元钱哦！"可是小女孩不敢接。小姐妹俩的妈妈亲切地把书塞到小女孩手里说："送给你吧，不要钱。真的很好看哦，叫妈妈读给你听。"这时候，小女孩的漂亮妈妈竟然冲过来说："你们干什么！干什么！她不要买你们的书，为什么非要她买！"妈妈连忙解释说，我们只是送给她的。漂亮妈妈却粗暴地把书塞回到小姐妹的妈妈手里说："我们不要书，她不喜欢的！"这时候，作者写道："望着她们的背影，妈妈叹了口气。谢天谢地也很想叹气。她们真为那个小女孩可惜，那么好看的故事，那么好看的图画，她为什么不喜欢呢？"这些疑问和思考与其说是来自小姐妹俩的，不如说是作者对一些粗疏的父母的不当的举动的质疑与提醒。

有时也会有一点点严肃，那是当妈妈的必须和孩子一起讨论一些无法回避的问题的时候。例如"情书事件"一节里写到，小姐妹俩从学校里带回一个信息：不少小孩子，特别是一些小男孩，竟然受到成人世界的影响，学着给小女生写起了"情书"！做妈妈的得知这一点后，并没有显得惊慌失措，有意回避不谈，而是平和地、循循善诱地告诉小姐妹俩一些道理。于是就有了母女间这样的对话：

妈妈说："这个情书呢不光是男生给女生写的，女生给男生写的也算的哦。""啊？女生也可以给男生写情书的啊？"谢天谢地恍然大悟。"当然可以的哦！"妈妈说，"不过一定要遇到自己非常非常喜欢的男生才可以。""那我们什么时候会遇见自己非常非常喜欢的男生呢？"谢天谢地问妈妈。"妈妈上大学的时候才遇到自己非常非常喜欢的男生呢。"妈妈轻轻地告诉她们，"你们别着急，等以后慢慢长大了就会遇到啦！"

这是一个多么细心、耐烦而又智慧的妈妈。这本书不仅仅是这一对双胞胎小姐妹的成长日记，也是一本有着普遍的家教指导意义的童年教育之书。

2008 年深秋时节，武昌东湖

原载《中国图书商报》2008 年 12 月 9 日

类型化童书的新力量

近几年来，原创儿童文学中能够进入畅销书榜单的，大都是一些“类型化童书”——有的评论家命名为“通俗的儿童文学”或“商业童书”。这类童书有一些共同的特点，也是促成它们能够畅销的必备元素，如故事性强、节奏明快、具有游戏化和娱乐化、内容上不太艰深、题材适合小读者普遍的阅读口味、文学色彩比较薄弱，等等。相比“纯儿童文学”而言，这类童书更容易获得市场青睐，而且它们也确实成功地创下了不俗的市场业绩，有的足以成为商学院的课堂案例，如《哈利·波特》《冒险小虎队》，以及郑渊洁、杨红樱的系列童书等。

中国首位迪士尼签约作家杨鹏，是较早地关注、研究和创作“类型化童书”，并且取得了骄人成就的一位童书作家，也是“类型化童书”的先知先觉者和积极的倡导者。在我的印象里，他在十几年前就提出过，中国原创儿童文学在类型化作品方面，不仅缺少创作经验，也缺少经得起市场挑选和检验的作品。最近他在为《少年冒险侠》系列童书所写的序言中，再次强调："我们已经不缺乏校园小说和童话，但是，在少年魔幻小说、少年冒险小说、少年侦探小说、少年间谍小说、少年科学小说等方面，仍然由国外的作品占据半壁江山。"杨鹏在这里所开列的这些少年小说类型，自然都属于"类型化童书"或"商业童书"。

武汉大学出版社少儿分社的编辑团队，有意识地想从"类型化童书"方面寻找和构建自己的原创作家和作品资源，这在童书出版已经越来越商业化和市场化的今天，自然不失为一种出版策略和市场化运作之道。如果做得好，那就可实现杨鹏先生一再倡导的那种理想了：让中国原创儿童文学突破同质化的重围，让更多属于"中国创造"的类型化童书进入市场，去参与和《哈利·波特》《冒险小虎队》的比拼与竞争。

《少年冒险侠》和《嘻哈小子丁奇奇》，是这个编辑团队最新推出的两个类型化童书系列，每个系列分为四册，统一开本，统一定价。从出版规模上看，这分别是两个系列的"第一季"，后面自然还有第二季、第三季……的连续跟进。在每本书的前勒口上，都有对本书作者的推介和"包装"。所有这些细节，都体现着"商业童书"的操作模式和运作策略，是值得童书出版界关注和借鉴的一种做法。

《少年冒险侠》里的东方奇、丁野，再加上傣族少年岩保，三个少年主人公就像日本著名童书作家那须正干笔下的"活宝三人组"一样，怀着各自的英雄和冒险梦想，勇敢地去面对和经历了一次次撼人心魄的离奇事件，在善与恶、美与丑、正义和黑暗的较量中，接受了胆识和智慧的测试与考验。小说在张扬了这一代少年身心中所潜藏的无敌的“正能量”的同时，也让我们看到了人性中的一些致命的弱点和黑洞。这个系列中的每一个故事的悬念和结局的设置，都能见出作者一种撒豆成兵式的超凡的想象力，以及对少年英雄情结的追求。全书所呈现给读者的自由、恣肆的少年阳刚之气，那种敢于担当、勇敢进取的冒险精神和励志精神，被巧妙地糅进了小读者们普遍会感兴趣的一些故事元素之中，如探险、悬疑、侦破、推理、生化战争、科学幻想、揭秘，等等。而在这些惊险的故事背后，又隐含着人类当下或后天所共同面临的一些问题，如生存环境、人类和平、灾难，还有人与人之间的猜忌、仇恨、不信任，等等。作品里始终充盈着一种勇敢无畏、自立自救、坚忍不拔的“正能量”，是一种真正的“男孩小说”。这套小说似乎也在告诉读者：其实每个人的内心深处，都有一些属于自己的英雄梦想，英雄梦想是人性中的一种“原欲”，只要你有足够的自信，并且敢于行动，每个人都可能成为英雄。

《嘻哈小子丁奇奇》系列，虽然也融合了冒险、幻想、精灵、科学超人等元素，也充满正义与非正义、善与恶、忠诚与背叛的较量，但是相比《少年冒险侠》系列，它的读者年龄段更偏向小学生，也更带有轻喜剧般的“嘻哈”风格，因此也更具幽默化和游戏化。这套小说里的三个主角、小学五年级学生丁奇奇、彭佳敏、龙小宝，也是一个“幻想三人组”。在这三个带着点叛逆性格，又总是能生出一些大胆的幻想念头和搞怪动作的小伙伴身上，我们也能看到当下小学生的个性特点。他们是天性好奇、好胜、好玩的“冒险家”和“麻烦制造者”，同时也是勇敢、乐观、积极进取、敢于行动的阳刚小孩。他们从每一次历险中都获得了一些新的成长智慧和励志启迪，同时也用自己的经历与行动，向他们的同龄人证明了一个真理：真正能使他们与众不同的，并非简单的冒险举动，而是一颗能够宽容、包容，能够团结合作，能够积极进取、充满友爱和向善的心。

我相信，在我们身边，有许多像丁奇奇、彭佳敏这样的小孩，他们内心深处，对那种充满规范、拘束、沉闷无趣、没有任何想象力的童年生活有所厌倦，他们内心里都会藏着一个秘密的愿望：有一天，也能突然遇到一个好玩的小精灵，一起过上一段形影不离的日子，或者突然拥有一些魔法，变成了一个“魔法小孩”或“小超人”。实际上，最灿烂、最快乐的童年，必定是像枝叶纷披的小树一样，青翠、健康，在阳光下闪烁着旺盛的幻想的光芒；最幸福的小孩，也必定都能在一个快乐、放松、自由的世界里成长，有父母、小伙伴和梦想陪伴，敢于幻想，也敢于去热爱、追求和行动。《嘻哈小子丁奇奇》所带给小读者的，正是一种恣意、自然、舒展和快乐的童年生活状态。这些用清浅的语言和明快的叙事方式讲述出来的既可独立成篇、又互相连贯的系列故事，在充分地展现了幼童教育的智慧与娱乐趣味的同时，也让我们看到了一个放松、健康和恣意的小童年，一个在美好的幻想和适度的夸张中展开的小童年。

这两套童书的作者尹超（笔名“超侠”）、简梅梅（笔名“剪刀妹妹”），都已经是儿童文学界的知名作家了，而且都有过多剧集的动画编剧经验和系列作品。尹超擅长科幻、奇幻、冒险、武侠类题材的创作；简梅梅则擅长幽默、嘻哈、幻想类题材的创作。而且这两位作家都是科普作家协会的会员，都有科幻创作的经历和作品。这也正是他们在类型化童书创作上轻车熟路、举重若轻的原因之一。他们带给儿童文学界的这两个系列作品，不仅向我们呈现了一种不凡的创作才气，也让我们看到了中国原创类型化童书的新曙光和新力量。

对于这种类型化童书或商业童书，国际安徒生文学奖得主、著名的青少年小说作家艾登·钱伯斯，有一个与其说是出于无奈、不如说是十分明智的论点，他认为，如果只从文学批评的角度去看待这类童书，我们可能会觉得它们缺乏这样或那样的"文学价值"，可是，也许恰好是因为这些文学价值的缺席，才使得孩子们如此喜爱阅读它们。这是因为，他们在阅读这类童书时无须任何负担，也不带任何功利，更不必抱以审视和内省的态度；而这些童书的作者们，也十分善于通过简洁、明快的故事情节来吸引和抓住小读者们的注意力。另一位安徒生奖得主帕特里莎·拉伊森也有过类似的观点：世界上本没有什么"最佳图书"，最好的书就是你"最喜欢读的书"；同样的道理，世上也绝无"最佳作家"，只要你是真心喜欢某个作家，他（她）应该就是你的"最佳"。对于类型化童书作家来说，尤其如此。

2012 年冬末

原载《文艺报》2013 年 1 月 21 日

关于少年小说的“规范化”处理

——小说《破茧》修改的一封信

××：

长篇成长小说《破茧》书稿已经读完。请将以下修改建议转给作者。请注意，这部小说如果要正式出版，还需要再修改一遍，最好从头至尾再仔细打磨一遍。因为就目前的文本看来，个别情节尚显冗长拖沓，语言上也有点粗糙，显得匆忙而不精致。

我以为，至少要从以下五个方面着手打磨：

（一）目前有二十二万字之多，出版时版面字数会达到二十五六万字，太长了。实际上，在故事情节上旁逸斜出、枝蔓太多的地方，都可以做一些删繁就简的处理，以保证主干故事的清晰和节奏上的明快，而不至于冗长和拖沓。全书字数控制在二十万字以内比较好。

（二）作为一部正式出版的成长小说或青春小说，应该保持一种主流基调上的阳光、正能量、健康和积极向上，符合“主流价值观”。因此，对一些带有负面的、太过个性化的描述，对一些属于当代青年中的亚文化、非主流的东西，例如，女生宿舍里那些女中学生们的生活方式，打电话时的“老公”、“老公”的叫法；对学校的门卫或保安的不当称呼，等等，还有一些而又无助于整个故事和主题的表现的东西，要尽可能地做一些“干净化”处理，以保证这部青春小说的正面和健康的基调与主流价值观。

（三）这么长的小说，需要一个清晰的章节目录排在正文之前。目前的几个按照时间上来分的章节，没有起到章节的作用，每一个章节又太长，影响了阅读节奏上的明快和明晰。因此，需要把章节再分细一些，最好分成有标题的章节，起到对故事的统领和阅读上的引导作用。

（四）正式出版的文学作品，需要一些段落、文字、标点符号上的规范化的处理。例如，每一段第一行起首应该退后两个字距；段与段之间除非有内容上的转换，一般无须再空行；对话里的标点符号必须准确，引号里面的话说完了必须有句号，不能有遗漏；省略号应该是六个小点，而不是三个小点；引号里如果有两段或两段以上的文字，每一段起首都必须有一个前引号，到最后一段的结束时再打后引号。当然，这些工作在编辑出版环节，编辑会做一些处理，但是，作为作者，这是写作的基本规范要求，应该懂得。

（五）小说里有的地方人物关系表述不清，有的出现明显差误，张冠李戴，造成人物关系的混淆；在故事情节的交代和衔接上，可能因为作者是学电影和戏剧专业的，有时故意为了追求“闪回”的效果，反倒显得支离破碎、过于繁复了，有叙事方法上的“炫技”痕迹。这没有必要。这样的地方，需要重新做衔接上的处理，以保证故事讲述上的连贯和流畅。

我想，如果作者自己能从以上几个方面仔细打磨到位，相信这部小说会变得比目前精致、清晰和完美一些，也容易被出版社接受。目前的状况有点“原生态”，可能不容易被出版社看好。当然，小说最终在出版社出版时，责任编辑还会再做一遍语言文字上的规范化处工作。但是早早作为小说作者，必须把需要自己来做修改的地方做到位。而且也只有自己来做，才能做得更准确、更符合自己创作的本意。以上修改意见，仅是我从编辑的视角给出的几点建议，不一定对，仅供作者参考。

2012 年 11 月 18 日，武昌梨园

附记：小说《破茧》(汪立早著)已由中国华侨出版社二〇一三年二月出版，被媒体誉为“‘九〇后’文坛新生力量的首部青春疼痛推理小说”。

关于《九头鸟·浴火重生》答客问

客：周古平先生告诉我，您是《九头鸟·浴火重生》原稿较早的阅读者之一。作为一位儿童文学作家和著名书评人，请您先谈谈对这本书的第一印象如何？

答：很荣幸在《九头鸟·浴火重生》尚未出版的时候，就先睹为快地拜读了这部作品的原稿。相比第一部而言，我觉得这一部的故事节奏更加明快，故事细节也更为密集，几个主要角色如九头鸟、九色鹿、小闪龙、小牧童的形象，也越来越清晰和个性化了。周先生作为一位有公职在身的官员，肯花费如此心力和时间来完成这样一套卷帙浩繁（他的计划是总共六部的规模）的“长河小说”，这件事情本身就令我等所谓“专业的”儿童文学作家们心生感佩和敬仰。

客：长河小说？您认为他写的是一部长篇儿童小说吗？据我所知，有不少读者在读过第一部即《九头鸟·滴血降露》之后，就感到他所选取的体裁形式十分特别，请就这个方面谈谈您的感受吧。

答：我必须说明，我只是借助西方所谓“长河小说”这个说法，来类比这套作品的篇幅，并非是说这部未来的六卷本的作品就是一部“长河小说”。当我起初得知周先生最终要把这个系列写成六部的时候，我当即就在心里有了一个疑问：为什么一定要写这么长呢？但在听了他的“总体构想”，或者说是明白了他的这个宏伟的“造梦计划”之后，我想起了《纽约时报》书评曾经对德莱塞的长篇巨著《美国的悲剧》的评语：“太大，无法写小。”是的，周先生这部作品，也是因为太大，无法写小。他无法以其他形式或以更短的长度来创作他的故事。一部，二部，即使是三部，也无法托举起他未来的梦想大厦。必须是六部。像德莱塞在篇幅上的“固执”一样，这种“无法写小”，正是“一位受某种信念和梦想影响的作家所独有的无理性的特性”。

客：那么，如何看待他的作品里的“混搭风格”呢？现在许多新生代作家，更不要说那些网络作家了，他们在文本风格上都带有极大的颠覆性。您觉得周先生在文本风格上有哪些特点？

答：您说的“混搭风格”这个说法很准确，也很好理解。这也是当下的一种流行风尚。在周先生的作品里，传统的小说故事的讲述和书写方式，并没有被颠覆。他仍然在秉持着好的小说一定要先有一个好看的故事的创作原则。但是，他的文本是“开放式”的。如果我们仔细阅读就不难发现，作家在推进故事的过程中，吸收和调动了诸如幻想小说、现代童话、传说故事、穿越小说、卡通漫画、武侠小说等多种风格元素，读来如有手挥五弦、目送归鸿、挥剑成河、撒豆成兵的快感。这种“混搭”是一种“六经注我”式的“拿来主义”，是一种迪士尼式的“梦幻创奇”。作家向我们呈现了一个色彩绚烂的“万花筒”式的故事文本。

客：作家曾经有言，他创作“九头鸟”这个题材，是“拉着一辆童趣的车子”，并且给它安上了“励志”和“益智”两个轮子。对此您怎么看？

答：童趣、励志、益智，常常是优秀的儿童文学作品不可缺少的元素。善良、正义、智慧，敢于进取、敢于担当，不屈不挠、大爱大勇等美德，时刻都在九头鸟和它的伙伴身上闪烁着熠熠的光华。《九头鸟·浴火重生》在不同的章节和故事情节里，都呈现过这样一些主题。可以说，童趣、励志、益智，还有基于儿童本位的游戏精神，都没有缺席。我甚至觉得，用“九头鸟”的形象和故事，也可以写成一部类似曾经获得诺贝尔文学奖的《尼尔斯骑鹅旅行记》式的作品。瑞典女作家拉格洛芙笔下的顽皮男孩尼尔斯，因为一次捉弄小妖精，而被小妖精施以魔法，变成了一个小人儿，于是，他骑在自己家的大白鹅背上，跟着一群野鹅出发，开始了一次长途旅行。他在旅途上结识了许多朋友，也碰到过不少凶恶阴险的坏蛋。他的心智在种种困难和危险中得到锻炼，最后，尼尔斯安然回到家中，恢复了原形，变成了一个好孩子。与此同时，睿智的女作家把自己的祖国瑞典乃至整个北欧美丽的地域风情和有趣的古今地理文化，都不着痕迹地糅合进了尼尔斯的历险故事之中。我期待《九头鸟》后面几部的故事，也能有一些线索，包括作家的“文心”，也朝着这样的方向去发展。

客：按说，写九头鸟这样的题材，肯定是要承载着诸如弘扬灿烂的楚文化，彰显美丽的民族传统文化风习。如何把古老的题材元素置放到具有现代节奏的童话故事之中，使它们得以“重生”？请您谈一谈《九头鸟·浴火重生》在这方面的表现。

答：湖北的山川大地和古老的荆楚文化假如对那些悉心洞察她、热爱她、赞美她，并且乐于献出自己的才华和激情来彰显她、颂扬她的人，能够生出感激之心的话，那么，她应该感念的名单之中，就应该包括周古平先生。他的这部作品，应该是湖北文学的一个重要成果。许多专业作家没有做到的事情，他做到了。他所演绎的九头鸟故事，既是一部具有现代动漫风格的童话，也是一部中华古文化的“拍案惊奇”，是一个涂抹着鲜明的古典浪漫色彩，也传达着浓郁的古代楚文化气息的小说故事。这部作品也带给了我们一种值得肯定的，流荡着中华古文化智慧和神韵的少年文化小说类型。其中的文才武艺，融通古今；剑胆琴心，落花飞雪；无论是才艺比拼、绝技博弈还是人格较量，尤其是对一些古代文化逸闻、绝技、秘踪的重新寻绎、磨洗与发现，更如星珠串天，处处闪眼，令人目不暇接。例如从“再造古船”、“九鼎神塔”等章节里就能感受到，作家那思接千载、融通古今，而又敢于穿越时空、“移花接木”的奇思妙想，再加上童话般的幻想力和长河小说般的故事架构，使他写起自己的故事来，不仅得心应手，而且游刃有余，读来真有书剑幻化、快意恩仇的感觉了。

客：现在许多幻想式的作品，常常陷入“无厘头”的境地。您是如何评价这部作品里的“幻想”的？能给作者一些建议吗？

答：意大利童话家卡尔维诺在谈到幻想类作品时，有一个使人过目不忘的说法。他说，要产生出“创造性”，非得有一定的平淡的“坚实性”不可；幻想就好似是“果酱”，你得把它抹到一片片具体的“面包”上，要不然它就跟果酱一样，一直没有形状，因此也休想用它创造出任何东西出来。说得太好了。现实的空间有限，而幻想的世界是无边的。周古平先生是一个很会讲故事的人。他每一章节的故事情节的魅力，都来自于他那美好的、大鸟展翅般呼啸的想象力。他的这部书是一道幻想小说的盛宴。他在自己的幻想里，糅合着悬疑、魔法、甚至灵异小说的元素，庞大而独立的叙事系统里，时或隐藏着象征与隐喻。不过，尽管幻想的大鸟一直飞在天上，但它的影子最终总是落在地下。就像任何高超和深刻的思想，总是有迹可循的。我不是一个擅长幻想型的作家，“卑之无甚高论”，我实在给不出什么新的建议。我觉得就这样写下去好了。只要有爱，一切皆有可能。

客：还有一个问题，您说“幻想的大鸟一直飞在天上，但它的影子最终总是落在地下”，我理解您是指的是这部作品的现实意义？

答：是的，也可以这么理解。读着这部作品，我想到了国际安徒生文学奖得主多维·扬森的一个观念：在一本儿童书中，应当有一些什么东西解释不清和不必图解的，应当让孩子们自己去想或者让他们在可能和不可能的情况下去自我感受，应当留下一条小路，作家也许暂时在此驻足，而孩子们将独自继续走下去。周先生的这部作品，也许不仅仅可以让孩子们沿着他提供的思路继续追问和探寻下去，就是成年人，面对笼罩着这个世界的一个个谜团，不是也应该继续追问和探寻下去吗？凭借着足以超越庸凡的现实的文学之美，凭借着梦想和幻想的舢板，我们也应该，而且必须，一次次跨越现实生活里狭窄、庸常与重复的规律，而进入了一个神奇的幻想世界。在那些假想的情节里，我们可以充分地感知理想的生活中的某些样式和可能性，从中也获得重新认识世界和理解世界、找到通往现实的新途径的某种智力与可能。勇敢、智慧和心怀大爱的九头鸟和它的伙伴们，带着坚定的信念，还将踏上寻找智慧谷的漫漫旅途。作家试图通过九头鸟们的寻找与发现，将古老而广袤的荆楚大地、乃至整个华夏民族的伟大精神以及不同的历史、文化、地域风貌和民族精神风情，都一一展现到小读者面前，从而唤醒和激发起他们对这片古老和神奇的土地的迷恋与热爱。我想，这样一个宏大的主题，真的需要用一部长长的作品来承载。

2010 年 12 月 2 日，武昌

原载周古平著《九头鸟·浴火重生》，长江出版社 2011 年 1 月第 1 版

荧光小猪带给了我们什么

奥地利幻想文学作家米拉·洛贝写过一本充满智力和想象力的绘本故事《魔法师家的小精怪》，讲的是一个魔法师波库斯和他的女巫太太霍库斯，忽然异想天开，想生一个能够各遂心愿——既具有魔法又懂得巫术、既是儿子又是女儿的小孩子出来。然而，他们即使把各自的超级魔法和超级巫术都混合起来，也不能如愿。幸亏得到了一只小乌鸦的帮助，他们终于有了一个既是儿子又是女儿的“超级小精怪”，一个既具有魔法师的魔法、又具有女巫的巫术的“混合体”。也因此，这个小精怪的名字就只好叫“小霍库斯波库斯”了……

《小猪大侠莫跑跑》与《魔法师家的小精怪》有着异曲同工之妙。一只诞生在生命研究所实验室里的珍贵的“荧光小猪”，完全是科学的产物；一个是聪明超众、自称为“大侠”的小男孩，来自真实的现实世界；当他们误入了一个神秘的“极限穿越器”之后，竟然产生了神奇的“变身”

效应，大侠变身成为一只荧光小猪，小猪变身成了校园里的小男孩，于是，就有了一个类似“小霍库斯波库斯”的“混合体”——小猪大侠。也就是说，当这个孩子和那只小猪钻进了“极限穿越器”后，两个生命得到了重新合成，外表没有改变，四肢和器官也没有变化，但是双方大脑中有一部分东西改变和互相置换了。从此，故事的主角开始穿越在真实的科学世界与作家的幻想之间，人物的命运也处在亦真亦幻、扑朔迷离的境地。一只可爱的荧光小猪，带给了我们诸如科学幻想小说、悬疑小说、校园生活小说、甚至穿越小说的多种文学元素。

对于这种超时空的“穿越”，似乎可以借用小说家马尔加斯·略萨那个“连通管术”的定义来做解释上的支持。所谓“连通管”，是指发生在不同时间、空间和现实层面的两个或者更多的故事情节，按照叙述者的决定统一在一个叙事整体中，目的是让这样的交叉或者混合限制着不同情节的发展，给每个情节不断补充意义、气氛、象征性，等等，从而会与分开叙述的方式大不相同。在一部作品里如果想要这个“连通管术”运转起来，仅仅只有情节上的“简单的并列”是不够的，关键是在叙事文本中被叙述者融合或者拉拢在一起的两个或多个情节之间要有“交往”。

在这部小说里，“小猪”和“大侠”之间就有这么一条神奇的“连通管”。在故事里它具体为一个尚处在试验阶段的“极限穿越器”。这与其说是一个科学上的试验，不如说是作家的一个智力与构思上的冒险。而从这个“连通管”里出来的“小猪大侠”，与其说是因为科学教授“野草老米”

的创造，不如说他是作家张之路奇妙的想象力的产物。

这也是一部构思奇妙、想象力超乎人们的寻常经验，却又有着严格的科学依据的小说。这其实也是张之路作为一位学物理出身的作家，而一直钟情于严格意义上的“科学幻想小说”的“强项”。我们从小说后面所附录的那份“创作手记”里得知，这个故事的灵感，来源于一项真实的科学成果：“二〇〇一年十月的一天，我从报纸上看到一条配有彩色图片的新闻，说美国密苏里大学最近通过克隆技术，培育出四只含有荧光水母基因的小猪……”作家把这项科学成果，移植在他所虚构的那位科学家米教授的研究上：米教授将海底的发光水母的含有绿色荧光蛋白的基因和软体蛋白的基因，移植到超小型巴马小猪的受精卵上，然后将十五个这样的受精卵分别放到三只母猪的母体里。几个月后，一些只有拳头那么大的、神奇的荧光小猪诞生了……

小说的故事之妙，源于作家的想象之妙，同时，来自严谨的科学成果的支持，使得这部小说与一般意义上的幻想小说、尤其是玄幻小说有了区别。小说里所呈现出的知性魅力，与作家高妙的、有如精灵飞舞一般的幻想力融为了一体。或许，透过一个轻松好看的故事，我们可隐约感觉到，这还是一部寓意独特的寓言式小说。这个充满知性的科学幻想故事，其实也有着深刻的现实讽喻意味。它在提醒我们，应该重新去思考人类目前的作为和未来的命运。

所谓“环境道德”和“生命伦理”，其实就是要把人类从生命这个共同体中喜欢以“征服者”的面目出现的角色，变成这个共同体中平等的一员。只有这样，人类才有可能尊重每个成员，并且对这个共同体本身有所尊重。否则，一切征服者最终都将祸及自身。小猪大侠的故事就是一个最好的寓言。这部作品立意高远，寓意深刻，叙事风格上仍然沿袭着张之路一贯的特点：曲折有致，轻松幽默，同时又带着极为明晰的类似纸上电影的流畅的画面感。一种想象的力量贯穿在整个故事里，但又不是随风飘转，不知所终，而是撒得出去又收拢得回来。其间许多密集的细节，也在不断地传达着儿童文学所应该具备的一些价值判断和道德范式，如体现在莫跑跑身上的儿童天性与人的尊严，体现在樱桃身上的未曾泯灭的母性、良知与温情，体现在那些被山猫所控制的小动物身上的互助、关爱与协作精神，当然，还有体现在山猫等人物身上的贪欲、罪恶和利令智昏……所有这些，都使这部作品在幻想、悬疑、惊险、穿越和暗喻等特征之外，也透出了一部优秀的儿童文学作品所常见的温暖的人道情怀和健朗的快乐精神。

2009 年春天，武汉

在放松和恣意中展开的童年

顽皮和淘气是儿童的天性之一。中外儿童文学人物形象长廊里，塑造和刻画得最生动、最成功的，十之八九都是“淘气包”的形象。日本研究儿童文学的著名学者鸟越信教授多年前写过一部《世界名著中的小主人公》，有人据此而获得启发，正在做世界儿童文学经典中的“小淑女”形象的梳理与研究。这当然也不多。不过，相比之下，我倒更愿意看到一部关于中外儿童文学名著中的“淘气包”形象的比较研究著作。那可能会更有意思。

之所以会有此期待，还有一个原因就是，我已经注意到，最近几年里，国内不少儿童文学作家几乎是不约而同，用各自的系列故事塑造了一个又一个性别不同、年龄各异的“淘气包”形象。比较有名的如杨红樱的“马小跳”，萧萍的“开心卜卜”，郑春华的“大头儿子”，梅子涵的“戴小桥”，肖定丽的“小豆子”，简平的“海贝贝”，黄春华的“开皮豆”，周志勇的“臭小子”，等等。这些“淘气包”形象都是以系列小说的形式完成的，互相之间虽然难免有些“同质化”，却是中国当下儿童文学人物形象创造中，最为显著和最受小读者欢迎的一项成果。较之作家们的创作成果，我们的批评和研究无疑有点滞后和缺席。

曾经出版过《小麻烦人儿的麻烦事》《小麻烦人儿上学了》等儿童小说的女作家郝月梅，最近也推出了自己的少年成长小说“搞笑鬼王闹”系列。目前这个系列已有三本，即《与老妈过招》《十二岁的玩笑》和《高第街五十六号》。我在“搞笑鬼王闹”系列第一本刚问世时曾说过，与一些被媒体和同行过分关注、而实际上并不相称的童书相比，郝月梅的小说似乎稍显寂寞，但王闹的出现，以及通过这本书而显示的作者对于儿童心理的熟悉程度和写作潜力，却未可小视，值得我们有更多的期待。果然，她没有使我们失望。仅仅一年之后，王闹的故事就以集束的规模和系列的形式隆重推出。“淘气包”家族又添了一个新人。

与郝月梅用心观察和娓娓讲述的那个年龄偏小的“小麻烦人儿”——小丫由由的故事不同的是，这个少年小说系列讲述的是一个同样有点麻烦的小男生王闹的日常生活故事。这个小男生就像黑柳彻子笔下的小豆豆一样，聪明伶俐，喜欢搞怪，好奇心重却又厌学，有时会把好端端的一堂课弄得无法善终，有时因为功课不及格而动脑筋、打歪主意逃避家长惩罚，最终换来老妈的一顿“女子单打”。

黑柳彻子在她的书里专门研究过这类被称为“LD”的小孩子的成长。所谓 LD，是 Learning Disabilities 的简称，中文大概可以译为“多动症”。LD 类型的孩子并非智力上有什么问题，相反只是因为好奇心特别强烈、精力一直很旺盛，所以个性尤其鲜明。自然，谁能够对这类孩子进行适当的、完美的引导和教育，充分地理解和帮助他们发展自己的个性和才能，谁就是这些孩子成长道路上最伟大的朋友和老师了。郝月梅在她的小说里显然也在承担着维护和肯定这类男孩子顽皮、率真、自由和快乐的天性的使命。当她试图在作品里完成对诸如“好家长”、“好孩子”、“好的童年”，以及如何看待小孩子的顽皮、淘气和创造力、理想的家长与孩子的关系、怎样才是真正地尊重童心与个性等问题的价值标准的重新确立的时候，她显然也是站在孩子一边的。而对成人们——包括家长和老师——一厢情愿地强加给孩子们的许多观念和苛求，则做了不动声色的质疑和否定。

例如，王闹也像生活中的许多男孩子一样，特别不喜欢写作文。可是，望子成龙的老妈却偏偏强人所难，规定“每星期必须给我完成两篇作文”。于是，我们看到了这样的情景：

王闹全力反抗：“我要不写怎么办？”老妈道：“棍子侍候。”王闹一听扑通倒在地板上，两眼翻白，呈昏迷状。老妈也不理睬，就去厨房做饭。王闹见没人救助，只好自我痊愈，追到老妈身后问：“我要是写呢？”

“你写是应该的！”老妈双手叉腰，理直气壮。

王闹也理直气壮地说：“你让我写是不应该的，现在学校实行素质教育，课外作业都布置少了，考试也不打分了，就是为了让我们轻松轻松，凭什么你要给我增加负担？”

“就凭我是你妈！”老妈一句话就把王闹扣个死。

这样的故事与情景剧，几乎天天都在王闹和他的老妈之间上演着。仅此一段，我们就可领略王闹的顽皮、无奈和嬉皮笑脸，以及这位老妈在教育方法上的简单和粗率。

郝月梅在故事的讲述上，从容地发挥着她善于经营“浅语艺术”的特长，节奏明快，文字简约而幽默。作家贴近当下的家庭和儿童生活，绘声绘色地再现了这对母子之间的日常生活中的交流与冲突，显示出对儿童心理的熟悉与把握程度，以及节制有度的叙事技巧。

我们来看下面这段文字。像许多喜欢对孩子反复交代某件事情乃至啰嗦个没完的家长一样，王闹的老妈也是如此。王闹当然早已领教够了老妈的这种啰嗦，时间长了，他就有了最简约的回答老妈的方式：

老妈给王闹约法三章：“第一，放学后立马回家，不准到处跑着玩儿。”

“耶！”

“第二，碰上有打架斗殴的，赶紧躲开，别在那看热闹不小心白挨刀子捅，更不能跟着多嘴惹麻烦。”

“耶！”

“第三，白天自己在家的时候，有人敲门你别吭声；晚上也不能再出去玩儿，坏人尽好晚上做坏事。”

“耶！”

光听王闹说“耶”，老妈还是不放心，又屁股一挪坐到王闹对面，准备把安全的重要性再给王闹加强加强。王闹拍拍那一桌书说：“我明天还有数学单元测验呢！”

这话管用，老妈一听赶紧闪。

老妈的一本正经的啰嗦，王闹的嬉皮笑脸与漫不经心，通过这简约的对话表露无遗。这些妙趣横生的细节，也足以吸引那些喜欢快乐的小读者的共鸣和认同，使他们在轻松的阅读中感受到彻底放松的愉悦。这是他们正在经历的、因而是再熟悉不过的生活。同时，从这些洋溢着儿童游戏精神的故事里，我们也可感知创作者对儿童生活细节的独特观察与发现。

一个优秀的童书作家，如果能把“畅销效应”与“文学价值”完美地结合在一起，做到“双赢”，那当然是再好不过了。郝月梅显然就是这么做的。而且，她做得比较出色。她其实并没有完全甩脱文学的所谓“羁绊”。她的简洁、流畅和单线条的叙事方式，以及真实、幽默、洒脱的风格，谁能说不是“文学”的呢？借用创作过“开心卜卜”系列的萧萍博士的话说：“我希望自己能举重若轻。我希望尽可能地展现儿童文学的美感和儿童教育的趣味。……我希望写一个放松而恣意的童年，一个在想象和幽默中展开的童年，一个活生生的浪漫的童年。”

2007年春，武汉

原载《中华读书报》2007年4月8日

寻找好故事的秘密

五年前，郝月梅出版了“搞笑鬼王闹”系列，首次把王闹的故事以集束的规模和系列的形式推出，给中国当代儿童文学的形象画廊里，又添了一个崭新和鲜活的“淘气包”形象。五年之后，王闹长大了一点点，但是他的搞怪和顽皮的本性一点也没有变。他和他的狮吼老妈依然每天在上演着一场场令人哭笑不得的对手戏。

“王闹一定有办法”系列，是郝月梅为她笔下的王闹量身定做的又一季“情景幽默喜剧”，包括《拨错的电话》《奇异的暑假》《玩出你的秘密》《奇遇青花瓷》等六册。故事所写的仍然是一种最近距离的“成长进行式”。主人公王闹是一个天性好奇、好动、好玩的六年级小学生。他的学习成绩总是不那么好，平时的表现也不是那么“乖”、那么听话，有时候老师会不得不“邀请”他的老爸或老妈来学校里谈话。但是，这个小男孩心理健康，内心里充满阳光和爱心，而且有情有义、爱憎分明、表里如一。作家在书写这个孩子的成长故事时，也并非完全是在取悦和迎合这类孩子的是非观和价值观。不，在一个个看上去是琐琐碎碎和平平淡淡，甚至有点似曾相识的儿童生活情景背后，我们还能看到作家对当下城市儿童的学校生活、家庭生活环境和状态的观察、思考与批评，看到社会上已经发生的或正在发生的一些事情在一个小学生、在他们的父母亲心中的折射。

从写作风格上看，这些成长故事所采用的也是一种开放式的、连续性的叙事方式，每一个故事几乎都可独立成篇，就像一集集的连续剧，大约十五分钟之内就能轻松读完；每一本书由十来个故事构成，对今天的这一代喜欢“浅阅读”的小学生来说，整本书大约两三个小时也就可以轻松地读完。

明快简洁、不枝不蔓的叙述节奏，开放而又连续性的篇章设置，至少是适应了当下小学生文字阅读普遍缺少足够耐心的实际，可以起到提升他们的阅读信心的作用。因为太长、太艰涩、太严肃的作品，有时只能令他们望而生畏，不得其门而入，反而错失了一些阅读机缘。但是，这种系列性的“儿童轻喜剧”风格的作品，往往会带有一点“类型化”。“王闹一定有办法”也不例外。好在郝月梅是一位有思想、有个性，有自己的文学追求的作家。她的儿童小说首先追求的就是必须有一个好的故事。

什么是好故事？她认为，“就是能一下子就击中我，让我读得欲罢不能的故事。而这样的故事，大多是很奇特，很有神秘感的。奇特神秘到你一生中读过了许多故事，却没有一篇能和它有些许雷同。”因此，她的每一本小说的故事里，都带着那么一点奇异和神秘感。

且以《拨错的电话》为例。像所有比较顽皮和多动的小学生一样，王闹也喜欢偷偷地玩父母的手机。有一次，老妈睡觉时忘了把手机收进卧室里，这使得王闹“兴奋得心跳”。于是，他从老妈的手机里看到了这样一条短信：“那一天，我们在超市相遇，就有一种心动的感觉，交个朋友如何？”王闹恶作剧地回了一句：“交你个……肺！”然后又把短信转发给了他的好哥们儿赵小飞……正是因为王闹的喜欢发短信，结果不慎拨错了号码，半夜三更把短信也发到了一个正处在紧张的高考前夜的女孩子小至家的号码上了，于是，就引出了后面的一系列涉及这个女孩的神秘失踪的故事。原本毫不相干的两条故事线索，全由一个拨错的电话牵连了起来，也使得后面的“求救电话”、“星夜大搜索”、“发布寻人启事”、“一个可疑电话”等事件，变得更加扑朔迷离。直到尾声，蒙在整个故事里的那层神秘的迷雾才渐渐散去，小至失踪的真正原因也真相大白。

当失踪小至终于找到，母女俩抱头痛哭的时候，王闹却嘻嘻笑着又和自己的老妈耍开了贫嘴：“嗨，老妈，往后别逼我考大学了哦，逼急了，小心我也跟小至姐学啊。”老妈一挥拳：“你敢！”故事就在这里戛然而止，干净利落。

儿童文学的“通俗化”、“去文学化”和“类型化”都是不值得特别提倡的。不过，高明的儿童文学作家，一定能够找到一种两全的、兼顾的方式，来成就他的作品。既避开了过度的通俗化，又赢得了小读者的喜闻乐见，把轻松好读的故事与文学品质完美地结合在一起，做到“双赢”，这当然是再好不过了。可是，实际上要做到这一点，是很不容易的。那么，可不可以至少要做到，把一个好的故事“从文学中剥离出来”，从而使故事的讲述变得更为流畅、简单和好读，因而更为小读者所喜闻乐见呢？郝月梅显然就是在这么做的。她的“搞笑鬼王闹”系列、“王闹一定有办法”系列、“不一样的杜小都”系列，等等，都是如此。

国际安徒生文学奖得主、小说家艾登·钱伯斯，对此也有一个与其说是出于无奈、不如说是十分明智的论点，他认为，有一些童书，如果只从文学批评的角度去看待，我们可能会觉得它们缺乏这样或那样的“文学价值”，可是，也许恰好是因为这些文学价值的缺席，才使得孩子们如此喜爱阅读它们。这是因为，他们在阅读这类童书时无须任何负担，也不带任何功利，更不必抱以审视和内省的态度；而这些童书的作者们，也十分善于通过简洁、明快的故事情节来吸引和抓住小读者们的注意力。

郝月梅对儿童小说首先要有“好故事”的追求，和日本儿童文学作家那须正干的《活宝三人组》有点不谋而合。表面上看，他们是在给孩子们讲述一个个在现实生活中随时都可能会面临的故事，而且也在书中适度引进了一些孩子们普遍会感兴趣的故事元素，如惊险、奇异、神秘、揭密、成长烦恼，等等。但是，好看的故事背后也隐含着孩子成长期所必须面对的问题，隐藏着孩子们所普遍渴望和梦想的东西，如向往自由、英雄梦想、诚实为人、发现秘密、自立于世、勇于担当……这些作品里自始至终也都充盈着一种单纯率真、机警果断、自立自救、坚忍不拔的，属于小男孩们的好奇、冒险和担当精神。这种精神，对于“女生系男孩”、“花样男生”，甚至被戏称之为“伪娘”的男孩越来越泛滥和盛行的今天，无疑是至为宝贵、不可缺失的。

2011 年夏，武昌

原载《中国图书商报》2011 年 7 月 10 日

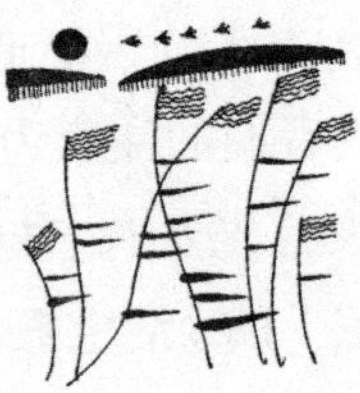

童年弦歌与成长发现

美国著名畅销书作家吉姆·班顿的《亲爱的蠢日记》系列，是曾经长时间进入《纽约时报》畅销书榜的一套日记体校园小说，也是近年来“最令少年读者疯狂”的一部幽默风格的作品，被评论家和媒体称之为“搞笑版”的公主日记。作品中天马行空般的想象力，无厘头的搞怪语言，充满智慧的幽默制造，再加上生动夸张的黑白插图，迅速俘获了许多国家的少年读者，据说也引爆了英美一些国家的青春日记体小说新一轮创作和阅读风潮。

我曾经以这套作品为例子，比较分析过近几年来我国儿童小说和童话创作与出版中的轻松、幽默、乃至“搞怪”风潮的原因。我觉得，这其中并非没有一点因果联系。这是与“八〇后”、“九〇后”乃至“一〇后”一代代新人的精神趣味、阅读习惯颇为契合的、不可逆转的一种书写趋势。喜欢执著于纯正的和传统的儿童文学观念的作家、评论家与出版家，大可不必为此而忧心如焚。我相信一位诗人的话，“乌鸦自会解决乌鸦的问题，人类自会解决人类的问题”。

唐兵的《傻妞日记》，也是一套类似《亲爱的蠢日记》的日记体校园小说，两者有着异曲同工之妙。小说写的是一种最近距离的“成长进行式”，也是一种叙事简单和明快的“悦读”读本。作品通过一个五年级小女生的观察与感受，书写着当下城市儿童的学校生活、家庭生活，以及社会上刚刚发生或正在发生的一些事情和流行的事物。这些日记体的短篇故事，所采取的也是一种开放式的和连续性的叙事方式，每一个短篇故事可独立成篇，大约十分钟之内就能轻松读完；每一本书由二十来篇日记构成，对今天的这一代喜欢“浅阅读”的小学生来说，大约个把小时也就可以轻松地读完。

对于这种被列为“校园轻喜剧”的类型化作品，我在和周锐先生讨论他刚刚出版的那套与《傻妞日记》题材、风格和篇幅都颇类似的“方果子”系列小说的时候，曾经说过：如此单一线条的叙事策略和明快简洁的叙述节奏，以及如此简短的篇幅的设置，至少是适应了当下小学生文字阅读普遍缺少足够耐心的实际，可以起到提升他们的阅读信心的作用。因为太长、太艰涩、太严肃的作品，有时只能令他们望而生畏，不得其门而入，反而错失了一些阅读机缘。

小说中的主角“傻妞”郝童童，还有她的那班同学，一个个都是精灵顽皮，人小鬼大，逆反心理、恶作剧举动时常出现。这原本也是儿童的天性。中外儿童文学人物形象长廊里，塑造和刻画得最生动、最成功的，也往往是那些“淘气包”的形象。唐兵笔下的这个“傻妞”，也有点像黑柳彻子笔下的“小豆豆”。作家试图通过这个孩子成长过程中的点点滴滴，通过一群同龄人的生活故事，呈现这一代人的童年的特异之处，呈现童年时代应有的那种放松、自由与鲜活的状态，呈现出这一代孩子成长中的快乐与美丽、多元与斑斓。

同时，这套小说里也不缺少对儿童文学美感的追求，对儿童教育趣味与方法的发现、倡导与纠正。因为是出自一个五年级小女生口吻的日记体书写，因此，我们看到了一些几乎是“零距离”和“正在进行式”般的校园故事和校园里最新的流行话题，看到了一种线条单纯、节奏明快的故事叙述方式，也看到了当下素质教育背景下，小学生们所渴望的新的教育理念和教育方式，与呆板、陈旧的教育方式的冲突与对抗。如果仔细体味，她的字里行间里也蕴藏着她对儿童自然天性的尊重与引导，蕴藏着她对儿童文学和儿童教育的趣味性与游戏精神的尊重与呵护。她不仅在维护和肯定着小孩子们好奇、率真、顽皮、自由和快乐的天性，也用一个个故事本身告诉我们一个道理：谁能够对这类孩子进行适当的、完美的引导和教育，充分地理解和帮助他们发展自己的个性和才能，谁就是这些孩子成长道路上最称职的家长、最合格的老师和最伟大的朋友。例如在小说主人公傻妞的爸爸身上，就有作家所期望的那种素质。而与此同时，对来自成人世界的那一厢情愿地强加给孩子们的许多苛责与陈旧的教育方式，无论是来自家长还是来自老师、校长们的，她都不动声色地做出了质疑与否定。例如小说里一再假借小主人公之口发出这样的感叹：老师为什么只知道叫我们读啊背啊，整天坐在教室里翻来翻去都是那些课本？我看咱早晚是井底之蛙的命运，到时候说不定退化到连蛙的智力也没有。

故事里的这些小主人公，也许他们的成绩不是那么好，也许他们不是那么“乖”那么听话，但是，他们是心理健康、内心里充满阳光的孩子，是有情有义、容易感动、爱憎分明、表里如一的孩子。这些小故事也并不一味地取悦和迎合孩子们的是非观和价值观。在一个个看上去是琐琐碎碎和平平淡淡的故事背后，文心绵密的作家是不动声色地在观察着的。虽然是假借一个小女生的口吻在书写，但是作家并非完全放纵和毫无节制。她和那些在小说文本上带有极大的颠覆性、充满“搞怪”风格的“现代写作顽童”们的“胡闹式”写作并不一样。这套小说的骨子里还带着一种《窗边的小豆豆》式的成长启示性，甚至带着一种《爱的教育》式的温暖与舐犊之美。

2010 年春

鬼马少年，撒豆成兵

以郭敬明为代表的这一代写作新人，有一个共同的（或者说是不约而同的）特点就是：颠覆与解构。他们对于传承和建构并不以为然，他们甚至也并不稀罕在已有的文学根基上改写和重组。他们擅长最彻底的颠覆与破坏。他们在不断的颠覆和解构中展示和释放才华，体验着生命的意义，试验着文学的另一些可能，并且获得书写的快感。郭敬明的《幻城》，胡坚的《乱世岳飞》，李伟涵的《希望之石》，陈磊的“鬼马少年系列”……都是在这样的写作路线上完成的作品。

“鬼马少年系列”这个被称之为“中国卡通酷语小说”的系列作品，首先在小说的书写文本上就带有极大的颠覆性和试验性。在这里，传统小说的讲述和书写方式，已经被作者轻松地解构和颠覆。作者充分地吸收和调动了魔幻小说、新历史小说、卡通漫画、科学幻想、武侠小说、电玩游戏等各种书写元素，可谓撒豆成兵、运筹自如，向读者呈现了一个色彩缤纷、感觉全新的、“万花筒”式的复合型文本。从这个意义上说，这是一部极具“原创性”的作品。在这里，故事的讲述和书写形式本身，也可以视为小说内容的一部分——它显示着一种令人应接不暇和眼花缭乱的“智力游戏”：后现代小说中的一些常见的手法如拼接、拼贴、幻觉、时空任意转换、夸张、变形、联想、反讽、噱头……似乎也都能够看到。对于读者而言，面对这样的文本，仅仅依靠传统的阅读习惯和阅读方式，显然也是不够的了。也就是说，它对我们一贯的阅读经验，同样也是一种颠覆。面对这样鬼灵精怪的文本，不由地让人想起一位传统文本批评家的哀叹：在这个时代，批评已经衰老，再也无力管教现代写作顽童们的“胡闹”；写作正如脱缰的野马狂奔而去，然而，它究竟会奔向何方，却无人能够知晓。

要在这里完整地复述这部体制庞大的系列作品的情节，几乎是不可能的，也没有必要。不过，我们可以拿《基因小子》和《鬼马奇侠》这一册为例，大致感觉一下它的风貌：柳河小学五·一班的鬼马星和他的小伙伴憨豆、刘毅然、田雯雯，被费西大域的蓝旗俑聂风用时空穿梭器带到了三百年之后的未来。他们凭借超凡的智慧和勇气，找到了已经被植入了服从基因的域王萨莫，粉碎了瓦夏平撒试图称霸全球的阴谋，拯救了濒临崩溃的费西大域。五军副帅獠相考虑到与瓦夏平撒的一场异常残酷的生死决战在所难免，为了不改变历史的进程，獠相决定在出兵讨伐瓦夏平撒之前，派聂风用时空穿梭器将鬼马星等送回公元二〇〇二年。于是，鬼马星等与新结识的朋友嘉洁诗、丹娜、地雨等挥泪告别，依依不舍地登上了时空穿梭器……然而好事多磨。朦胧之中，鬼马星感觉到时空穿梭器似乎像一只脱线的风筝，飘飘摇摇地往下坠落。由于穿梭器出了故障，鬼马星和他的伙伴竟然意外地坠落到了宋朝的靖康元年。一场新的冒险之旅又开始了。果然，鬼马星和田雯雯在神秘的“有来山庄”亲历了充满血雨腥风的武林英雄会；刘毅然流落在宋朝的江湖，成了著名的丐帮弟子；小憨豆遭人挟持，被当成“神灵童子”，经历了另一场悲喜。而当时，正是金兵围攻东京城，软弱无能的钦宗皇帝一手制造了中国历史上著名的“靖康之耻”……最后，在一个风雨交加的晚上，聂风终于找到了他们，把他们重新带上了已经修好的时空穿梭器……

仅仅从这样一些离奇的情节，我们不难感知作者那如狂风呼啸一般的想象力以及将遥远的历史、真实的现实、虚幻的未来交错串联、自由出入的本领。在这部充满魔幻色彩的作品里，过去、现在和未来是在同一个平面上，不同时间和不同空间的人都可以自由地往来相遇，相互碰撞。自由灵活的时空转换之间，一个同样庞大的人物谱系里的男男女女轮番登场，重新演绎过去、现在甚至未来岁月的悲欢离合。这些人物（仅在《鬼马奇侠》里出场的）有：短衣帮帮主阴无晴，“天佑教”三大护法之一、短衣帮创始人阴咒王，“天佑教”副教主郭京，朝廷大内侍卫总舵、江湖人称“白头翁”的赛甫，“有来山庄”的少庄主沈轩亭，梁山泊排名二十的好汉、人称“神行太保”（后来在泰安岳庙出家）的戴宗，梁山泊的好汉之一、浪子燕青，大相国寺住持、燕青的挂名师傅法恩，著名抗金英雄岳飞，著名女词人李清照的儿子、宋朝宣和年间太学生赵川海，金国太子、后来成为金国第四任皇帝的完颜亮，钦宗皇帝赵恒，素女峰大弟子柳琴，宋军守城大将刘延庆，飞云堡堡主董北山，蓬岛五仙草仙、水仙、果仙、树仙、鱼仙，等等。这些纷至沓来的不同人物的特殊身份，也预示着故事发展的纷纭复杂与诡异多变。而更重要的是，在这众多的人物所上演的故事背后，作者的根本目的是要"颠覆和解构"——拨开历史的层层迷雾，"还原"那些著名的历史事件和历史人物的本来面貌。这，或许才是作者真正的书写目的，而不是那些仅仅从表面上看来的热闹与喧嚣。我建议，对中国宋朝那些奇特的历史事件有兴趣"解构"一番的读者，不妨把陈磊的《鬼马奇侠》和另一位少年作家胡坚的《乱世岳飞》对照阅读。你会领略到一种不谋而合的智慧、智力、颠覆和解构的快感。

2005 年春，武昌

世界上没有纯玫瑰色的天空

一个大雾天，一位神秘的老奶奶，送给少年夏冰一件神秘的礼物。夏冰无意中发现，这是一个能听见别人心中的话语的“心灵窃听器”。拥有了它，夏冰顿时“本领”大增，同学们开始对他刮目相看。然而好景不长，当大家逐渐发现他身上似乎有某种“特异功能”时，便纷纷回避着他。因为，他的好朋友周凯，曾经对他颇有好感的邻居女孩杜雅婷，甚至十分疼爱他的爸爸妈妈，都先后不同程度受到他的“心灵窃听器”的伤害……

这是庄大伟在《心灵窃听器》这本校园悬疑小说里讲述的故事。作家想告诉小读者的是：在这个世界上，在日常生活中，每个人都会拥有自己的一些小秘密，即所谓“个人隐私”，那也许是一个人心灵中最珍贵、最柔软、甚至最难堪、痛苦和最不愿意为他人所知晓的东西。懂得回避和呵护别人、尤其是好朋友心中的小秘密，不仅是一种礼貌，其实也是对人的理解和尊重，是一种应该学会的美德。而喜欢窥探和粗暴地对待别人的心灵秘密的人，有一天也许会自食其果。果然，在这个故事里，噩梦最终也紧紧地盯上了夏冰。直到后来发生的一件意想不到的事情，终于使夏冰痛下决心，跟那个令人讨厌的“心灵窃听器”彻底“拜拜”。

世界上没有纯玫瑰色的天空。当然，如果有时出现了阴天，那也绝不是令人感到沮丧和绝望的颜色。加斯东·巴什拉在《梦想的诗学》里说到的一个美学原则，其实也就是一种生活准则，他认为，在孩子的梦想中，形象高于一切，经验只是其次。经验与所有飞跃的梦想均呈逆向。孩子看见的是宏伟的景物，是壮丽的世界，而向往童年的梦想也使我们看到了最初那些形象的宏美。可问题是：现在的世界是否也能如此宏美？我们如此强烈喜爱最初的宏美，以至于假若梦想再将我们带回最珍爱的回忆之中，相比之下，现实世界是否会黯然失色呢？

实际上，庄大伟很清醒地意识到了这个问题。因此，我们从他的这些“悬疑故事”里，也看到了不少显然是来自“成人世界”的感受与观念，看到了作家用童年与成年双重的目光对这个世界的打量、审视与判断。世界并非我们所想象的那么纯净、那么好，他是想用一些来自现实生活的故事，使孩子们获得对生活、对世界、对人类、对大自然的认识、经验、判断以及信念。

例如《恐怖的石头》里的这个故事：李一凡十岁生日那天，到郊区银河谷一带游玩，他在那里捡到一块发烫的、有着漂亮纹路的怪石头。在他带着怪石头出现在奇石展览会上之后，当天夜里就有蒙面人上门抢劫。然后一连串奇怪的事又接踵而来。而每当李一凡和妈妈在遇到危险的时候，又总有大个子阿星出现帮助他们。很快阿星成了他们家的客人。然而李一凡却发现阿星的好多诡秘的行为。在亲身经历了一场罪恶的阴谋与正义的较量后，李一凡感到自己突然长大了。

又如《神秘宠物之谜》所讲的故事：暑假里，双胞胎阿大、阿二和班里的同学一起去淀山湖游泳场游泳。不爱活动的阿大无意中捡到一只奇怪的蛋。他瞒着阿二偷偷地孵蛋，竟孵出了一条小鳄鱼。阿大决定把它驯化成听话的宠物。但他在驯化时还是被机灵的阿二发现了这个秘密。在阿二的恳求下，兄弟俩又瞒着妈妈，继续驯化这条鳄鱼。爸爸外出进行生物基因研究考察，兄弟俩不小心使用了爸爸的生物密码发射器，能使鳄鱼的身体急速膨胀。阿大阿二养鳄鱼的事，也被他们的同学胡丽娜发现。胡丽娜的父亲是开酒家的老板，当他得知兄弟俩养着一条珍贵的鳄鱼，便想方设法企图将鳄鱼弄到手。一些不法商人也在打着这条珍稀动物的主意。经过几番紧张而激烈的较量，阿大阿二终于凭借他们的勇敢与智慧，把已经落入外国马戏团铁笼子里的鳄鱼营救了出来。

作家显然也借这个少年的历险故事，指斥了李一凡、阿大和阿二兄弟俩以及胡丽娜们身处的这个成人社会所存在的虚伪面目和欺骗行径。这是他们在真正走进社会之前，都必须经过的心理准备和应对历练，这也是他们的成长与人生所不应回避的“课程”之一。

这些故事以当下少年们所处的校园、家庭、社区生活环境以及经常接触的电视、网络为背景，吸收和借鉴了冒险、推理、悬疑小说的元素与风格，所讲述的故事情节紧张、惊险，节奏推进快，富有画面感和现场感。这些故事对增强孩子们的智力训练能力和自我保护意识，尤其是如何应对险情、困境自救等，都是很形象的“个案教材”。

就像《千万别碰右键》里所讲的，那个从旧市场买回了一台廉价的笔记本电脑的少年司马西。当他在家检测电脑的性能时，显示屏上突然跳出几个黑体大字“千万别碰右键”！好奇心还是驱使着他按了一下鼠标器的右键，结果显示屏里喷出一团雾气，烟雾散去，竟然出现了一个绿发魔女。司马西慌忙关机。后来他发现自己的手指变得特别灵活，能画出漂亮的图画，弹出美妙的乐曲。实际上这是那个绿发魔女正在逐步控制他的神经系统……故事最后，司马西在与魔女的较量中，终于找到制服对手的路径。

我相信，对于那些喜欢参与智力游戏和推理、冒险过程的男孩子来说，这样的故事应该是能够吸引他们，并且给他们带来阅读的愉悦以及心理、智力上的历练和启迪。自然，对于这些或取材于现实生活、或来源于作家的虚构和幻想的“悬疑故事”的阅读和理解，每个少年都会有自己不同的方式与答案。重要的是，只要你喜欢这样一本书，那么，它就有可能帮助你去感知和发现一些真理，帮助你去认识世界上的善恶和美丑，去感知和认识那些未知的事物。

2006 年春，武汉

原载《文汇读书周报》2006 年 5 月 26 日

附记：《庄大伟校园悬疑故事》是我十年前在出版社做编辑时组稿和责编的一套儿童小说，共有六册：《真假王小乐》《心灵窃听器》《恐怖的石头》《千万别碰右键》《神秘宠物之谜》《明天要出大事》，由庄大伟的女儿、青年插画家庄晓璐做插图。此篇书评写出后，曾以他人的名义在媒体刊用。

2015年秋天，校后附记

少年小说出版的一个缩影

就多年来的经营规模和每年的出书品种与数量看，四川少年儿童出版社显然无法和北京、上海等地的一些所谓“大”出版社相比。然而当我看到川少社近两三年来的出版书目，尤其在儿童文学原创作品的选择与出版上的坚持不懈与全心投入，我深深感到了一种文化道义上的默默承担的力量。这也使我想到，一个时期的儿童文学的发生、发展与发达与否，固然与这个时期的作家心态、创作阵容、批评环境以及整个思想、文化环境状况密不可分，同时我们也决不可忽视作为文化传播媒介环节的出版社所起的作用。优秀的编辑出版家，无论是对这个时期的文学史还是对大众阅读界而言，都担当着文化成果的守望者、传播者和文化资源的开掘者、发现者的重要角色。他们富有充分的文化良知和文化道义感，他们在保护、扶持和推动那些非大众化的、甚至是处于弱势地位的文体的生存、发展和繁荣方面不遗余力，显示了自己温暖和无私的人文情怀和执著的文化信念。

仅仅从我眼前所摆放的这一大排“川少版”的少年小说原创作品来看，它们已然是近几年来少年成长题材长篇小说诸种形态的一个缩影，不仅充分地显示了当代儿童文学作家——尤其是中青年作家们在探索、追求少年小说形态多样化和叙事艺术个性化的道路上所做的努力，所取得的成果，而且也体现着作为儿童文学编辑出版者在参与某一文类的生成与发展过程中的全部可能性。

在这些作品中，彭学军的《你是我的妹》和殷健灵的《月亮茶馆里的童年》题材相似而风格各异，分别被冠以“女孩亲情小说”和“女孩友情小说”。两位作者是新生代女作家的代表性人物。《你是我的妹》讲述的是二十世纪七十年代里，一对生活在城市里的小姐妹跟随父母下放到湘西苗家山寨，在那里所经历的欢乐和忧伤的故事。古老而淳朴的苗家风习，贫穷和寂寞之中的人间温情，被灾难的岁月忽略了的画山绣水……构成了主人公伤感和美丽的童年记忆。作者用诗性的文字创造了一种烟雨水墨的效果，整个作品充满了抒情性。而作者在讲述“成长”这个主题时所运用的“动力性情节”、“复线叙述结构”以及由成年的“我”和童年的“我”共同构成的“双重叙述视角”（朱自强语），为成长小说的叙述艺术提供了一个风格独特的和相当成功的文本。《月亮茶馆里的童年》讲述的是一个名叫天米的城市女孩记忆中的童年故事。细微甚至琐碎的童年日常生活场景，经由成年之后的主人公追忆与叙述出来，显然都已经超越了狭隘的个人色彩，而变成了一种具有永恒意味的，对于生命与成长的奥秘的形象揭示。“时间很残酷。时间也很奇妙。没有谁能改变童年。没有谁不是一生都在享用童年的温床，没有。”这是贯穿在这篇小说里的一个潜在的声音。这篇作品与《你是我的妹》不约而同，都带着明显的成长自传色彩。这种“成长自传”是少年成长小说的重要品类之一。

张品成的《最后两个灾民》、玉清的《我要做一匹斑马》以及肖显志的《不孤独的天空》也是成长题材小说。这三位作家所致力探索的是“少年心理成长”问题，其主人公都有点“另类”。《最后两个灾民》讲述的是，一个怀有英雄梦想的十三岁的城市男孩辜彦到乡村过暑假时，却意外遭遇了一场百年不遇特大洪灾。与此同时，一个只差四十二天就可刑满获释的在押犯，也在这场灾难中逃脱。在一个十分特殊的生存时空里，两个人相遇并相识。在艰难的求生之路上，两个人相濡以沫，互相用善良的作为影响了对方。尤其在他们各自讲述了自己的经历，袒露了各自隐秘的心迹之后，我们看到，两人在重新发现了各自身外的世界的同时，也重新发现了另一个自己。

《我要做一匹斑马》讲述的是两个因学习成绩不好而在学校里受到歧视，进而对一切既定的和规范的校园生活秩序有了逆反、摆脱和逃离的心理。作品深入而细腻地展示了当下少年成长中的烦恼与苦闷、挣扎与抵抗、快乐与忧伤，而所有这些因素，不仅与他们生存与成长的“内环境”（青春期的生命与心灵）有关，也直接链接着他们所处的“外环境”，如社会价值观念、校园教育观念与教育方式、家庭伦理观念，等等。这几部作品在对一些具有叛逆性格的另类少年的成长心理的探索与揭示方面，可以说都达到了相当的深度。三位男性作家可谓是少年（尤其是“另类男生”）成长心理的勇敢而成功的探险家，因为他们在题材选择上的冒险和孤军深入，我们的成长小说才拥有了两个颇显“另类”和价值独特的文本。而有意思的是，这三部小说首先都是成功地讲述了一个引人入胜的故事，而三位作家都是经验老到的叙事高手。

所谓文本上的“另类”和异样，在很大程度上是指作家在写作上的创新、探索与冒险。陈旧的结构方式和缓慢的叙述节奏将被颠覆，而数字时代、网络背景下的一些写作元素，正在被越来越多的作家接受和吸纳。周锐的《锯子与手风琴的合奏》写的虽然是二十世纪六十年代少年人的成长故事，但却采用了一种类似“后现代”的，充满跳跃感、奇幻色彩和跨越时空的“拼接”意味的叙述方式。在这部作品里，现实与幻想，历史与现代，真实与荒诞，少年心理与成人世界……被作家用语言的魔棒自由地调度着，时而分离，时而融合，整个作品里充满了象征和寓言意义。作者在书的《后记》中说，“我要表现的是永恒的少年”，其作品呈现的又是先锋的姿态。因此，这部小说的“另类”气质便是天生的了。它的问世将为研究二十一世纪初始的成长小说中的“先锋”品类的批评家提供一个绝好的文本。

“川少版”的少年小说当然不只上面所列举的这些。就我的阅读范围所及，印象很深的还有冠以“少年新体验小说”的《外面的世界》（肖显志），带有校园青春喜剧风格的《最后的童年》（康薇）等。这些作品所达到的社会学和美学的高度，其实也正是我国近几年来的少年小说在总体上所达到的高度。而这样的高度，是由作家和出版家携手并肩、共同创造和完成的。我注意到了，这些作品的创作与出版，当然离不开编辑出版者的策划与引领，然而，这些小说的编辑者却并非如时下所流行的那样，以某一种丛书的方式约请一些作家，进行简单的纠合，而是在一种松散和自在的状态下，以单本书的方式，发现一本或成熟一本，即完成和推出一本，最终必定形成规模。这其中反映出了编辑出版者的一种良好的素质，那就是：不急功近利，也决不盲从当前的时尚与流行趋势，而是扎扎实实，用自己的实绩，用一本一本品质优良的出版品来完成自己的人文理想，进而去创造趋势。

少年成长小说是一种最能够记录和展示一代代少年人成长历程的文类。一部好的成长小说就有可能成为改变孩子一生的书。同时，一个时期的少年成长小说的繁荣与发达与否，在很大程度上也意味着这个时期的少年儿童文学总体上的发展状态。翻阅着这些打着"川少版"独特标记的，已经形成了相当规模和阵势的成长小说，我想，这几乎就是中国当下少年小说出版的一个缩影。如果某一种文体也是具有灵性的，能够因为创作者和出版者对它的情有独钟和悉心洞察而对人类怀有感激与回报之心的话，那么，作为少年成长小说这一文类，它首先应该称谢并以自己的全部美质予以回报的，将是川少社吧。

写于 2000 年春天

少年强则国家强

每个少年的内心深处都会有一个英雄梦。诗人勃朗宁这样告诉世人：一切真正的英雄，都是实实在在的人，所以每个人都可能成为英雄。对于新中国的一代代少年人来说，有谁没有抄写过马克思中学毕业作文中的那段誓言呢："如果我们选择了最能为人类的幸福而劳动的职业，那么，重担就不能把我们压倒，因为这是为大家而献身；那时我们所感到的就不是可怜的、有限的、自私的乐趣，我们的幸福将属于千百万人，我们的事业将默默地、但是永恒发挥作用地存在下去，而面对我们的骨灰，高尚的人们将洒下热泪。"

打开这套《抗日小英雄·儿童文学经典读本》(济南出版社出版)，我们看到的是一代代早已远去的少年背影，是生活在烽火岁月和艰苦年代里的一代代中国少年的成长传奇。一代人有一代人的生活经历，一代人有一代人的精神特征，一代人也有一代人的理想追求。但无论是处在哪个时代的少年人，有一点却是共同的，那就是：都拥有梦想，都富有朝气和力量，都追慕和崇拜英雄人物，都愿意以美德为邻、与高尚为伍，都深深地爱着我们美丽的祖国母亲……

少年壮志不言愁。在那些异常艰难的生活环境里，在兵荒马乱、炮火连天的岁月里，在凄风苦雨、长夜漫漫的成长道路上，这些曾经和自己的祖国、民族、亲人们一起受苦受难的孩子，他们一个个从懵懂、幼稚而渐渐走向成熟，由胆怯、弱小而变得勇敢、坚强，直至成为敢于战斗、勇于担当的少年英雄，成为富有远大理想、富有崇高信念的“红孩子”。为了保卫自己的家乡和亲人，为了民族的自由和解放，为了新中国的到来，他们用各自殷红的少年热血和无私的心灵，谱写了一曲曲壮丽澎湃的生命之歌。

这套儿童小说读本，精选了当代著名儿童文学作家们在不同年代里创作的、以抗日小英雄为主人公的六部“红色小经典”，包括《少年英雄王二小》《小英雄雨来》《烽火三少年》《两个小八路》《小砍刀的故事》《地下儿童团》这些人们耳熟能详的小说名篇。小读者们今天来阅读这些作品，不仅可以看到在抗日战争岁月里，我们的祖国和人民在日本侵略者的铁蹄下所经受的种种苦难、屈辱与艰辛，也可以认识和感受到凝聚在那一代少年儿童身上的一种不屈不挠、自尊自强、舍生忘死的民族精神和爱国情怀，认识和理解生活在抗战年月里的那一代同龄人的艰难曲折的成长历程。

小英雄雨来在日本鬼子的刺刀下，仍然紧紧地抱着那册写着“我们是中国人，我们爱自己的祖国”的课本；放牛的孩子王二小，不惜献出自己小小的生命，把日本鬼子引进了八路军的伏击圈，保卫了自己的村庄和乡亲们；两个小八路大兴和小武，面对敌人的疯狂搜捕，毫不畏惧，表现出了中国少年坚贞不屈、敢于担当的大无畏精神……在这些小说的每一位小主人公身上，我们都能真切地看到儿童文学作家们对热爱祖国、热爱理想，正义、善良、勇敢、无私等崇高的情怀和价值观的展现，有对坚韧的民族意志和必胜的信念的礼赞，有对于人类共通的担当精神与勇气的认同与歌颂。这些作品里所展现的道义和正气、史识与情怀，也正是中华民族千百年来最为可贵的风骨与品格，是一种“大器”和“大气”的品质。当然也是今天的少年人所不能缺失，而应该去认识、认同、追慕和拥有的东西。

我们崇拜英雄、呼唤英雄、寻找英雄，首先应该正确地认识和理解英雄。真正的英雄，永远是热爱自己的祖国和人民的人，是敢于担当、勇于奉献、无私而无畏的人！他们不仅因为拥有坚强的毅力而伟大，也因为承受过太多的艰辛和困苦而伟大。当然，这样的生活，这样的童年经历，不可能再在今天的孩子们身上发生了。但是，“忘记了过去就意味着背叛”，让今天的孩子们重温过去的峥嵘岁月，勿忘我们的祖国和民族曾经有过的屈辱和苦难，牢记我们的祖辈和父辈为之奋斗的那些理想和信念，却是十分必要的。阅读这样一些“昨天的故事”，孩子们将懂得，今天的和平、安宁和幸福的日子是多么的来之不易，祖国的新生，人民的幸福，大地上的和平，还有孩子们的欢笑……都是无数的革命先烈抛头颅、洒热血，用自己的生命换来的。

选进这套读本里的每一部作品，都是故事感人、语言优美、对话生动的儿童文学名篇，是影响过新中国几代小读者的“红色励志经典”。这些作品的作者对战争的年月和苦难的童年都有着亲身的经历和体验，其中许多故事都来自作者和他的少年伙伴们真实的经历。因此，阅读这些作品，我们会感到格外的真实、可信。在这些小英雄身上，也正体现着中华民族不屈不挠、舍生取义、不畏强暴、敢于担当、善良无私的崇高品质。透过这些作品里曲折离奇的故事，我们将看到闪耀在苦难的年月里的，中华民族那温暖和明亮的人性的光华。

梁启超《少年中国说》中的一段话，说出了一个亘古不变的真理：“今日之责任，不在他人，而全在我少年。少年智则国智，少年富则国富，少年强则国强，少年独立则国独立，少年自由则国自由，少年进步则国进步，少年胜于欧洲则国胜于欧洲，少年雄于地球则国雄于地球。”当人们的生活状态越是焦躁和平庸，人们的精神状态越是萎靡不振，就越是需要崇高和伟大的英雄光华的照耀。而那些崇高和伟大的英雄光华，也将越来越显得宝贵和明亮。这些抗日小英雄的故事，伴随着中国人民伟大的抗日战争胜利的脚步，有的也已经历经了七十年的时间的淘洗和检验。这些人物和故事至今读来仍然那么生动、鲜活和感人。这些故事也必将传之久远、直至永恒。这是一代“红孩子”留给我们今天的少年儿童们的最好的励志故事。这些伟大的美德、高尚的心灵和感人的励志故事，就像珍贵的金子一样，将伴随着今天的孩子成长，长成富有美好的感情、坚强的毅力，富有智慧、力量、理想和信念的一代新人。

2015年夏天，武昌

原载《人民政协报》2015年7月13日

《儿童文学》小说擂台赛作品选评

《花人国的故事》：这是一篇向《镜花缘》和《大人国小人国》“致敬”的作品，或者说，作者写的是“新镜花缘”故事。整个故事的情理逻辑和细节描述都是成立的，因此，童话里的幻想也就有了坚实的依靠。开头的带入和结尾的宕开，也显示了一种写作智慧，有卡尔维诺童话的风格。

《玫瑰花儿开》：用平实、清新的语言讲述小男生小女生日常生活和友谊故事，两条线索、两组人物交叉推进，增添了故事的婉转意味，有点引人入胜。友谊是一朵美丽的玫瑰花，它所散发的是应该是信任、包容、真诚的芬芳。这篇作品的主题使我想到麦当娜写的那本《英国玫瑰》，想到塞居尔夫人的《两个小淑女》。

《猫冰花》：幼小的女孩对失去的小白猫执着的等待与期盼，女高中生对真纯的童心、对生命的感悟、认识和理解，那只被丢弃的白猫历尽艰辛、越过整个城市而归来的忠诚与坚强，都在短短的篇幅里得到了刻画和表现。故事整体上符合情理逻辑，但一只猫能否冻僵、冻僵后能否再救活的细节的真实性，让人质疑。

《王子今年 12+1 岁》：从中西文化背景中的十二、十三这两个特别的、包含着不同内涵的数字中，提取了富有幻想空间的元素，演绎成一篇别有洞天、别开生面的童话故事，作者的想象力和幽默趣味是显而易见的。只是在结构和写法上，少了点“短篇童话”的文体之美，倒更像是一部长篇童话的某个章节。

《绿萝》：再沉重的小说也比不上生活本身的沉重。《绿萝》正如里尔克的一句诗所言：他将被迫着去说出生活的重量。女主人公卢晴是一个诗人、一个理想主义者，但是现实生活给予她的，却是一种万箭穿心般的冷漠、纠结和无助，甚至令她绝望。作者不惮于用冷峻的笔调，写出了生活的某种真相，也写出了在残酷的生活面前所表现出的人的尊严与坚韧。贯穿全篇的那首讴歌希望的诗歌，还有失聪孩子小语和他手中的绿萝，就是作者献给自己的主人公、献给冰冷生活的一种温暖的力量和信念。

《曹麦有个城里的哥哥》：这是一篇具有感动力量的小说。曹麦的那个从没见过面、却一直坚信他在城里开坦克的哥哥，就像欧·亨利短篇名作《最后一片藤叶》里，那位老画家在风雨之夜画在墙上的那片藤叶，是曹麦这个孤独的乡村孩子的一线希望。而画出这片希望之叶的人，就是“我”的舅舅。小说里不仅散发着清新的乡村生活气息，还传达出了一种可贵的男孩精神。

《金银花的冬天》：再沉重的小说，也没有生活本身沉重；再温暖的故事，也不如来自生活本身的温暖。这篇小说文笔平实、清丽，一个普通的三口之家在艰辛、无奈的生活现实面所表现出来的镇定面对的信心、隐忍与期望，借由一个孩子所看、所感、所思的许多日常细节，表现得那么真实、温煦和妥帖，是一篇亲情怡怡的、散发着淡淡的金银花（忍冬花）芬芳的“中国故事”。

《控制》：与我们经常读到的那些以讲述故事见长的小说不同，《控制》是一篇颇具新意的、富有思辨和推理意味的“成长心理分析小说”。全篇以一位心理咨询老师程老师的视角，直面了成长的复杂性，而且不惮于以凌厉的文字，揭开了花季少女们鲜为人知的那一面，透析了林樱、泠这些正处在成长期的女孩的多变心理，让读者真实地感受到：“每个人，哪怕再阳光，也都会有着自己内心的伤口。”人生在世，每个人都会有自己的难题，而真正的成长，却是需要独自去完成的，每个人都应该对自己的成长负责，没有任何人可以取代一个人的“自我成长”，无论是朋友、同学、老师或家长。以一位心理咨询师的视角来讲述故事，全篇还带有一点阿加莎·克里斯蒂的推理小说的意味。

原载《儿童文学》2015年第8—12期

好书过眼录

《e 蜘蛛丛书》（疾走考拉著、流火著、小碗等著）：这是一个全新的童话创作群落，是童话写作界里的“新新人类”。和许多具有颠覆、解构、游戏、乃至“恶搞”风格的网络作品不同的是，这些童话的质地，大致都是由真、善、美、爱编织而成，人间亲情的丝丝缕缕，成长过程的点点滴滴，生命最深处的伤与痛，爱和友谊的甜与苦，还有梦想和渴望的得到与失去……童话在这里成了对成长记录和思索的方式；“童话”概念的使用也比较宽泛，甚至打破了小说、诗歌的界限；个别作者的书写方式中带有常见的网络语码符号。所有这些特征，大致构成了“后童话写作时代”的姿态种种。

《阅读儿童文学》（梅子涵著）：“我现在每天都想着走近（外国儿童文学）大师的事。一个个地走近。走进他们的经典里去。我觉得这个过程一定应该发生，从而使我们在那些故事和语言中能学到些真正的儿童文学精神。”书里所写的，就是作者心目中这样一些大师。这本书解说了他对七十多部（篇）外国作品的推荐理由，以及对它们的欣赏与热爱。“我们要多读一些属于世界的故事，中国的儿童文学才会渐渐好起来”。作者是不惮于以“妄自菲薄”的心态来谈论中国儿童文学与外国儿童文学的距离的，例如在谈论小熊温尼时，他说：“这样的故事罗宾的爸爸讲了十二个，真是生动得神不知鬼不觉。罗宾的爸爸不是儿童文学作家，可是我们这样的参加了作家协会的儿童文学作家，面对罗宾的爸爸是自惭形秽的，连奋起直追也不太容易。”

《安琪拉的灰烬》（[美国] 弗兰克·迈考特著，路文彬译）：一本自述艰辛和苦难的书，也是一本感恩和励志的小说。小弗兰克的生命如苦根上开出的花朵、从混乱中诞生的星星。他是在母亲安琪拉的生命美德的照耀下，在不断地反抗周围环境中，一天天坚强地成长起来的。母亲坚忍、自尊、善良、乐观和宽容的性格，是弗兰克从小到大取之不竭的精神财富。母亲一生所蒙受的巨大创痛和苦难，仅仅用“令人同情”几个字来对待是不够的，而足以让每一个读过这本书的人在她的苦难面前低下头来。她承受过世界上命运最为悲苦的女人所承受过的苦难和屈辱，她的身上又保留着世界上最坚强、最高贵的母亲所具有的美德。安琪拉苦难的命运背后，有一颗高贵的天使的心。小弗兰克未来的天空的高度，正是从安琪拉的心的高度开始的。

《不可思议国的小豆豆》（[日本] 黑柳彻子著，朱春育译）：黑柳彻子担任联合国儿童基金会亲善大使二十多年，几乎走遍了整个非洲、中东和东南亚的广阔大地和近三十个国家，深入到了为贫穷、饥饿、疾病和战争所蹂躏的苦难的村庄和难民营的帐篷之中。本书讲述的是小豆豆长大之后的亲身经历，是她成年后的所闻所见、所思所感。这是一些像碎小的钻石般闪光的文字。亲善大使的无限爱心和充分的道义感，母亲般温情、细腻的观察、发现与感受，苦难的民族、妇女和儿童们求生的意志和对于温饱、和平的生活的憧憬与渴望，都通过素朴和细致的文字讲述表露出来，感人的细节俯拾即是。透过黑柳彻子笔下这些也有欢欣、也有伤感的记忆的碎屑，我们每个人或许也能找到自己的成长与思索的踪影，并且从中感到一些"深藏的力量"，从中获得一些人生的启示：比如，如何去爱这个世界，如何去尊重和关怀那些弱小的、卑微的生命，如何去建立起自己对于世界和人生的信念，如何去发现那些小小的真理：无论多么小的钻石，都会闪光。

《黑焰》（格日勒其木格·黑鹤著）：小说主角格桑，与其说是一头黑得像最暗的夜、像乌鸦的翅膀，黑亮的被毛呈现出一种金属般的蓝的獒犬，不如说是桀骜不驯、高贵不屈、与荒野最为接近的生命与意志本身。这本书里有一种发自生命深处的颤抖与幸福的呜咽。那其实就是一种爱，是所有的生命对悉心洞察了它们的秘密，然后表现出了对它们的存在的应有的理解、善意和尊重的一种感激与依恋。格桑的生命历程，似乎也是在印证这样一个真理：任何一个崇高和纯净的生命的获得，都须在烈火里烧三次，在沸水里煮三次，在血水里洗三次，然后它才能成为一只真正的藏獒：高昂的头颅在倾听远方旷野和祖先的召唤，永远为生命的尊严而战，在任何厄运面前，可以血流如注但誓不低头。然而，在藏北高原凌厉、壮美和辽阔的地貌之上，在藏獒高傲、狂野和冷峻的气质之中，作者并没有回避那种原始狂野与现代文明的冲突。他在充分地张扬了一种自由和狂野美学的同时，也解释和表达对人类文明的理解与应有的尊重。

《银顶针的夏天》（[美国] 伊丽莎白·恩赖特著，王昕若译）：青青山谷。呦呦鹿鸣。尚未被现代工业蚕食的淳朴的农业生态。散发着玉米、燕麦、干草和马粪气息的小农场。人情怡怡的邻里关系。热闹、祥和的小市镇。正午的锯木场和小商店。寂寞的、闪闪发亮的十字小溪。在黑暗中画着若有若无的银线的萤火虫。火光闪耀的石灰窑。正在成长和渴望远游的少年。安静又带点甜美忧伤的童年生活……如此的场景，如此的感受，在小乡村长大的一代人，都不会感到陌生和遥远。作家表面上书写的是一个“得到”的故事，而回荡在作品背后的，却是一曲“失去”的挽歌。银顶针带来的是一个美好的夏天，是一种使人心醉和难忘的最好的时光。

《阁楼上的光》（[美国] 谢尔·希尔弗斯坦著，叶硕译）：希尔弗斯坦是一位大幽默家和搞笑高手，同时也是一位具有深邃洞察力、并且善于“深入浅出”的哲学家和寓言家。可是如果仅仅认为这部绘本诗集里是写了些上述的那个长着一堆乱草般头发的小坏包的若干“蔫坏”的主意和故事的话，那你恐怕要错过许多更为精彩的人生寓言诗篇了。这些饶有理趣的诗篇，不仅文心独运，揭示了人与世界相遇之后，将会经历和品尝的许多尴尬、无奈的人生悲喜剧，同时也充分地呈现了一个天才艺术家的非凡的智力与豁达、乐观的性情魅力。幽默本身就是一种大智慧和大才华。“总得有人去擦擦星星，它们看起来灰蒙蒙。”希尔弗斯坦就是那个带着水桶和抹布，搭起智慧、乐观和想象的梯子，去为我们擦去蒙在星星上的灰尘的人。

《小豆豆和我》([日本] 黑柳朝著，张晓玲译)：如果说，女儿小豆豆（黑柳彻子）是黑柳朝献给这个世界的一份最好和最珍贵的“礼物”，那么这本书，就是关于这份“礼物”的最真实和最生动的注解。无论是作为一位教养子女的母亲、一位与丈夫恩爱一生的妻子，还是作为一位“大器晚成”的社会女性、一位老有所为的老人，黑柳朝都是成功的和令人敬佩的。她用自己一生的言行，奏出了一支美丽和谐的家庭与亲情的协奏曲，而其中的华美乐章，无疑就是她和女儿小豆豆的动人故事了。她以温柔和细致的目光，在回望和洞悉自己的人生经历、尤其是小豆豆的成长秘密的同时，也重新发现了自己，并且重新品味和整理了自己的人生经验与得失。这些经验与得失，对于作者来说，也许是极其自然或不经意间获得和完成的，但是对于今日的为人父母者而言，却足以成为一种珍贵的启示和借鉴。本书语言朴素、亲切，洗尽铅华，娓娓讲述，如话家常，字里行间弥漫着怡怡的亲情之美。

2006 年初夏

原载《中华读书报》2006 年 6 月

在辽阔无垠的童年梦想里飞翔

——读《一百个孩子的中国梦》

《一百个孩子的中国梦》是一支瑰丽的梦幻交响乐，也是一部结构恢弘的童年叙事曲。它既是董宏猷在三十年前创作的梦幻现实主义长篇小说名作《一百个中国孩子的梦》的“姊妹篇”，也是中华民族正在实现两个一百年的奋斗目标和伟大的中国梦的背景下所诞生的一部儿童文学力作，一部二十一世纪中国孩子的“心灵史”。

中华民族是一个从来就不缺少梦想的民族。故国月明，天宇星繁，仰望辽阔的星空，放眼人类未知的太空领域，探求和发现当下和未来世界的许多秘密，也从来就没有什么可以绕道而行的坦途和捷径，而是需要一代代后来者切实的经历、奋斗和努力。梦想的大鸟在天上飞翔，影子最终都要投射在大地之上。因此，董宏猷创作的“一百个孩子的中国梦”，并非在给孩子们描画一个个虚无缥缈的童话和梦想的“乌托邦”，而是在筑构一个奠基于深厚的现实土壤之上，力求宏观地和全景式地展示当下孩子们真实的生存状态与心理现实的、广阔的童年生活大舞台。在这个大舞台上，我们看到了生活在各种不同背景下的中国孩子的真实的童年故事和童年梦想：来自繁华城市的、贫穷乡村的、湖区的、林区的、平原的、草原的、高原上的，来自黄河边、长江边、汉江边、澜沧江边、偏远山区和边疆少数民族地区、海外华人居住区的……所有这些孩子身上，都带着中华民族的骨肉、血脉和精神与文化的基因，他们都是祖先赐给我们的正在生长的生命和属于未来的力量，是我们的明天和希望所在。董宏猷用这部大书搭起了一个广阔的舞台，让我们看到了中国孩子们真实的“连本大戏”，看到了他们的幸福、安宁和梦想，听到了他们朗朗的读书声、欢笑与歌唱，也看到了他们小小年龄所默默承担的沉重与痛苦，看到了他们脸上晶莹的汗水和泪水，听到了他们低弱的呜咽与呼唤，甚至也听到了他们渴望回家的流浪的脚步声……

贯穿在《一百个孩子的中国梦》里的一条温暖、隐形的主线，把众多的人物和故事按照年龄顺序串成了一个结实而有序的长篇的整体，这条隐形的主线，就是“童年关怀”。或者说，那是作家的一种深沉、博大的家国情怀与童爱情怀，是一种让所有孩子都能得到天赋的成长权利和均衡的教育与发展机会，并且能够拥有和放飞自己美丽梦想的“文化情怀”，流淌在每一段梦幻体的故事的字字句句里，如影随形。也如菌子的气息，散发在童年的草地上，你也许找不到菌子隐藏在哪里，但是它芬芳的气息却无处不在。

例如在《黑孩子》这个故事里，仔细阅读你会感到，从开头到结尾，好像时刻都有作家的牵挂和关爱，伴随在那个小流浪儿的身边，在默默地保护着他，不让他受到太多的伤害；也在一步步地指引着他，让他快快回到亲人的身边。

“……茫茫的夜色像风一样呼啦啦吹过来吹过来吹过来了……起伏的群山像风一样呼啦啦吹过来了吹过来了吹过来了……沉睡的田野啊村庄啊铁路边的树啊像风一样呼啦啦吹过来来吹过来了吹过来了……远处星星点点的灯光铁路两边蓝色的黄色的红色的信号灯像风一样哗啦啦吹过来了吹过来了吹过来了……”类似这样在全书随处可见的梦幻体的叙述语句，难道仅仅是在描写故事发生时的环境和景色吗？不，我读了这几句之后，分明已经看到了，作家正隐藏在这些景色背后，满怀焦急和忧虑地牵挂着那个八岁的小流浪儿的未知的命运。从这个意义上讲，这部长篇小说隐形的主人公，不是任何一个孩子，而是作家本人。

与三十年前的“一百个梦”有一个明显的变化是：当下的“中国梦”，是与信息化时代、全球化时代，与人类命运共同体时代息息相关的，因此，在董宏猷的笔下，今天的孩子们的中国梦，已经与时俱进地融入到全球化的浪潮之中。我们欣喜地看到，诸如地球村意识、全球化的空天探索进程、人类火星移民计划、世界不同文化之旅与文明互鉴观念、人类命运共同体背景下的环境污染与自然环境保护问题等题材和故事，都在新的“一百个中国梦”中有所表现。例如《火星新娘》《孤岛动物园》《天才与鸽子》《“丝绸之路”上的天使》等。这些生活在二十一世纪的孩子的中国梦，足以代表着辽阔无垠的全人类的童年梦想。

法国哲学家加斯东·巴什拉在他的经典论著《梦想的诗学》里，专门有一章论述童年的梦想，他说道，“梦想童年的时候，我们回到了梦想之源，回到了为我们打开世界的梦想。……向往童年的梦想使我们又看到最初形象的宏大与美丽。”奥地利儿童文学作家、一九八四年国际安徒生奖得主克里斯蒂·涅斯特林格在受奖演讲中也说过这样的话：我给孩子们写书的“办法”很简单，既然他们生长于斯的环境不鼓励他们建立自己的乌托邦，那我们就挽起他们的手，向他们展示这个世界可以变得如何美好、快活、正义和人道。这样可以使儿童向往一个更美好的世界，这种向往会使他们思考应该摆脱什么、应该创造些什么以实现他们的向往。

童年的梦想如火光一般闪耀夺目。当作家以温暖的情怀、用瑰丽的词句讲述着童年的梦想时，他再次发现了童年。《一百个孩子的中国梦》向我们呈现了董宏猷心目中的童年和梦想的诗学，让我们领略了他在纷纭和茂盛的童年梦想中所发现的童年之真、童年之善与童年之美。不忘初心，回到梦想之源，一个宏大而美丽的世界得以全部打开，而无数的孩子，将会端坐在梦想的火炉边，倾听着星星和月亮的话语与森林的言谈，待到午夜时分，他们也将在辽阔无垠的童年梦想里依依飞翔。

2016 年 10 月 4 日，东湖梨园

富安阳子的幻想小说

日本女作家富安阳子的作品里，也有许多是“幻想小说”，虽然也带有一点“魔法”元素，但与西方作家不同的是，她与安房直子等日本作家一样，作品里多有清新的田野气息和日本民族风格。例如她有一本幻想小说，书名叫《クヌギ林のザワザワ荘》，讲一个人和山里的一群妖怪的故事。我询问了几位翻译家，都说这个书名很难译，作品里充满日本乡土气息，和偏远山村的神秘气息。就像新美南吉的一些写山里的小狐狸的童话故事一样。这本书获得过“小学馆文学奖”和日本儿童文学者协会“新人奖”。

富安阳子是日本目前最具实力的儿童文学女作家。她的作品里既有“窗边的小豆豆”式的小学生现实生活的反映，也有山村森林里的小木屋、夏夜小乡村里的优美的幻想故事，非常适合小学生高年级和初中生阶段的孩子阅读。她的好几本小说，也被日本全国图书馆协会选定为儿童阅读书目。因此，我期待能有一家出版社，付出点耐心和精力，选择一两位优秀的翻译家，引进版权，精心翻译和出版一套《富安阳子儿童幻想小说》，包括她那些温馨、有趣的幻想故事，以及清新的校园友爱故事，带有小浪漫色彩的暑假奇遇故事，等等。我想，这样一个小说系列的出版，当会给目前中国儿童文学读物一味地追求魔幻、恐怖、搞笑的趣味的氛围里，带来一股夏日的清新之风。

2004 年冬末

小男孩的航海梦

在每一个小男孩的心中，都会藏着一个去远方航海的梦。当你沿着地球大陆和海洋去远行的时候，即使是弱小的孩子，也会获得坚毅的性格，获得自由、远大、开阔的目光与胸襟。

比利时童话家马克·德·贝尔为小读者创作的系列故事《可可船长奇遇记》，是一曲献给童年梦想和冒险精神的颂歌，是写给勇敢的孩子和小小梦想家们的行动之书与智慧之书。

故事的主人公小托马斯，是一个充满好奇心的小男孩。以前，每天晚上，爸爸都会给小托马斯讲个小故事，可是后来，爸爸到一个遥远的国家参加吸尘器推销员大会去了。妈妈从来不讲故事，因为她正忙着照顾她越来越圆的大肚子。于是，每天晚上，小托马斯就自己跑到黑咕隆咚的储藏室去，那里是他自己的一个“秘密世界”。他记得“口哨爷爷”的一句话：“船长的智慧，和大海一样深。”

终于有一天，他要驾驶着他的“阿巴扎巴号”出海航行了。他的梦想的小船，依靠着想象的风帆的鼓动，勇敢地启航了。

在大海上，化身为“可可船长”的小托马斯，遇到了很多奇怪的人和稀奇的事，如美人鱼、巨矮人、喷水鱼、胖仙人、海鸥厨师，等等。但他和忠心耿耿的水手小考拉一起，义无反顾，勇往直前，在曲折的航程中经历了一段段扣人心弦的奇幻冒险……

马克·德·贝尔出生在比利时的一个木匠之家，从小就喜欢小动物和大自然。他曾长期从事儿童教育工作，担任小学教师二十多年，对孩子的各种日常行为，尤其是孩子们喜欢如何与人相处，做过细致的观察和研究。他不愧为孩子们的心灵导师和生活中的朋友，迄今已为孩子们写过十七部儿童话剧和许多电影、音乐剧剧本，而他创作的童话故事书已多达一百二十六本。他的住处附近有一个小池塘，里面有小鱼、青蛙、蟾蜍和各种浮游小动物，池塘边的草地上生活着蜥蜴、蜻蜓、蜜蜂和各种小甲虫。他说，这些都是他每天的“邻居”，它们随时都会爬进他写的幻想故事里。

《可可船长奇遇记》这套故事书，是他最为得意的作品，包括《美人鱼的鸡蛋岛》《巨矮人的宝宝树》《喷水鱼的小雀斑》《胖仙人的魔法纹身》《瘦高个的指头帽》五册。这些故事充满想象力和美好的童趣，小主人公可可船长每一次大胆的探险，都充满了出人意料的刺激感，也让小读者领略了童话家那充满奇思妙想的“智慧风暴”。

那么，亲爱的小读者们，愿你们都能像故事里的小托马斯一样，像一名真正的船长一样，把心中的梦想变成自己的实际行动吧。谁能走遍世界，谁就能够拥有世界。没有什么力量能打败一名真正的船长，因为，一名船长的智慧，和大海一样深沉、辽阔和丰富。

2012 年春天

原载比利时作家马克·德·贝尔著《可可船长奇遇记》（5 册），新世界出版社 2012 年 5 月第 1 版

“请为我骄傲”

《请为我骄傲》是比利时儿童文学作家让-玛丽·德福赛的一本少年小说名作（吴萱译，湖北少年儿童出版社二〇一二年二月第一版）。这本小说讲述的是：一个名叫大卫的小男孩，在被森林环绕的湖水边长大。在学校里，他显得那么落落寡合、格格不入，可是一回到森林和湖边，他是那么快乐和舒展，因为有小鸟和微风给他做伴。他在阁楼里发现了爷爷的伐木工具之后，就开始度过一段段快乐的伐木时光。他多么希望有一天爸爸能够为他感到骄傲。他和那只忠诚的狼狗结下了动人的友谊。狼狗从激流中救起了大卫，自己却永远离开了小主人。假如我们不曾像大卫的爸爸一样走进这个性格孤僻的小男孩的生活天地，我们也许不会真正地为这样的孩子感到骄傲。而在我们身边，又有多少这样被忽视和被冷落的孩子。

这是一本温暖、明亮和澄澈的励志小说。温润的成长慰藉，细致的心灵疏导，对弱小的生命的悉心关怀，对人性之初的深切的爱与知，都像涓涓流淌的温暖的小溪，像照射进清晨的小树林的明亮的阳光，融化在清丽的文字和娓娓动听的故事里。——这就是我为读者朋友推荐这本小说的“推荐理由”。

2012 年冬天

辑　三

大地的花宴

野菊花正在盛开

——《金翠英校园诗五首》编后小札

也许是生活中有那么一段校园的岁月，所以每当我读到金翠英的校园诗，便总觉得一种愉悦和鼓舞，心中悄悄萌生了一种尚未远去的自豪感。

金翠英是一位很尽职的女教师，更是一位情感世界丰富和细腻的诗作者。她深深地爱着那些“星星样明亮的眼睛”和“燕子般活泼的身影”。在早春三月里，她会让一群孩子拉着她的手，一同去看“鸟儿们从远方飞来，在返青的枝头上筑起新巢”，去享受那种“涉过浅溪捉鱼儿和放纸船的欢乐”。而孩子们呢，自从用掌声把她拥纳进自己的童年之后，便“一刻也不愿离开她”，即使是在星期天，孩子们说，“我们的红纱巾，也要一闪一闪地飘进她的小屋”。总之，从女作者的笔下，我们看到的是一种多么纯真的、充满友爱的感情和生活！这种生活是人的生命中最为珍贵的。我们应当常常记起那些红叶飘飞、春雨潇潇的欢欣时代，那是充满温情和纯真的日子。

作为诗，具体地说作为校园诗或儿童诗，我想，金翠英还应该在保持这种童贞的前提下，更进一步地开掘生活的深厚岩层，而不仅仅是唱出这种人人所见的生活的牧歌。记得一位日本作家说过这样的话：如果少年的欢乐是诗，那么，少年的悲哀也是诗；如果说蕴藏在大自然心中的欢乐是应该歌唱的，那么，向着大自然之心私语的悲哀也是应该歌唱的了。毫无疑问，校园的日子里除了这么多的欢乐之外，还是有不少令孩子、老师和家长们感到沉重的东西的，比如说乡愁，比如说社会的陌生、复杂与神秘所引起的孩子们幼小的心灵的畏惧、迷茫与担心……假如我们能够就此观察和深入地思考下去，那么我们的校园诗就不单单是这么纤巧、轻松和愉快了。我们的校园诗也应该承受那些情感上与艺术上的重量，而不仅仅是玫瑰色的童话。校园诗是青葱、脆弱的草叶，也应该是茁壮、坚强的草叶。

金翠英这样自述："我出生在鄂南一个美丽的小山村，那正是野菊花盛开的时候。一九八四年底开始学习写诗，最喜欢和孩子们在一起，仿佛自己也是一个永远长不大的小孩。"那么，让我们一起期望着年轻的女作者的进一步的追求。目前在鄂南寥寥可数的几位诗作者中，她应当也有潜力成为佼佼者。

1986年4月10日，鄂南兴国镇

原载《富河》第16期（湖北省阳新县人民文化馆编），1986年4月20日出版

崇高与壮美

——读周云石儿童诗近作

曾有一位前苏联人批判他们今天的社会风气和人们的精神状态颓靡时，这样指出：老一代的俄罗斯人，是在托尔斯泰、屠格涅夫、陀思妥耶夫斯基等大师的文学滋养下成长起来的，而现在的文学，却不再给人们（特别是青少年一代）提供那样的精神养料了。

那么，我们今天的状况又如何呢？当千千万万的少男少女沉浸在诸如《翦翦风》、《心有千千结》和《爱的絮语》等儿女的哀怨之中时，我们又能够指望什么呢？即使有着众多的充满渴望的目光迷恋在《温柔的夜》和《天龙八部》里，而真正“能在浩瀚的大海中游泳的人”（维吉尔语）却寥寥无几。更多的是忽略了对作家的那种走遍大地、横渡沧海的顽强的探险精神的发现和体会，而沉湎于单纯的悲欢离合的浪漫情调之中了。

“大雅久不作，吾衰竟谁陈？”正是在这样一片无休无止的一己悲欢与儿女哀怨、似是而非的梦中呓语与半遮半掩的咖啡玄言之中，我读到了周云石的一些新作，便顿觉如同空谷回音，弥足珍贵和值得称赞。

就我的阅读范围所及，我所读到的是这几首诗作：《太阳与希望和我们一同升起》《我们一切都会拥有》《飞翔的遐思》和《这不仅仅是期许》，我有幸做了这些诗最早的读者和编辑。我相信肯定还会有一些更好的作品我没有读到。读了这几首诗歌，我一下子联想到了那已久违了的《向困难进军》《刻在北大荒的土地上》《雷锋之歌》等充满了英雄主义和理想主义气息的诗篇；我想到了那对我们今天的少年儿童来说已经近乎陌生了的盖达尔的小说，《卓娅和舒拉的故事》《钢铁是怎样炼成的》等崇高、壮美的，充满了正义、觉醒、奋斗、抗争、出生入死、仰天长啸的爱国和英雄民族主义精神的作品。

周云石的近作，正如这些作品一样，使我们感到了一种耳目为之一新，精神为之振奋的壮美与豪气。这些诗作中激荡着一种能够摧动人的襟怀与气质的阳刚大气和凛然雄风，有一种开朗的、刚健的时代的节奏与力度。比如这样的句子："……我想开拓一条空间大路，通向宇宙以外的宇宙；我想制造一种航天汽车，驶向另一宇宙的美丽星球……"还有："别人有的，我们要拥有；别人没有的，我们也要拥有。拥有高度发达的物质文明，拥有光辉灿烂的精神文明……"（《我们一切都会拥有》）；"开拓一个更加美好的理想天宇，奉献给我们的儿子、孙子……这不仅仅是期许，也是过去和现在给未来的历史赋予……"（《这不仅仅是期许》）这样的一些诗句，一扫那种繁琐而甜腻、浓得化不开的无病呻吟的风习，而是充满了催人上进的理想主义和英雄主义的气概。孩子们偶尔看到这些诗，也许似懂非懂，但我敢相信，他们的心灵将受到一种力量的催动。有时候，一首崇高与壮美的诗篇，就能成为一个少年人生路上的奠基石，就有可能成为照亮他们的精神世界的不落的太阳。因为，他们大多处在寻找人生的基点，塑造自我形象的年龄。他们需要一种生动、形象的英雄情怀和崇高精神状态来充实自己，来点燃自己心中的意志的火花。每一个面向少年儿童的诗人，每一位有责任心与使命感的儿童文学作家，下笔为文时，能不察乎？可不慎乎？

绝非危言耸听，我们真的渴望着今天的儿童诗作能有更多的崇高与壮美的气质。我们有理由召唤更多充满英雄主义和理想主义气质的诗篇的诞生。尤其在这沉重的世纪末叶，不仅仅是我们的少年儿童，就是我们的整个民族的精神状态和审美品位，不也需要振奋和提升吗？应当有所警惕了呢，我们的许多“为赋新词强说愁”的诗人们。

周云石同志出身戎马，由军人而文人，军人的经历与气质在他的诗篇中完美而自然地得以体现。诗如其人，诗格与人格原本就是密不可分的。愿诗坛能有更多这样具有崇高与壮美的气质与风格的作品。

1993 年夏天，武昌东亭

原载《文艺报》1993 年 7 月 3 日

当獐山狗爱上小麂鹿的时候

在儿童文学界，乔传藻先生是以擅长描绘大西南丛林中的动植物生活而引人注目的。他长期生活在彩云之南，心中有一种深远的丛林生活情结，作品里尤其注重森林野趣和动物生活情趣的知识性描写。这些有关森林和动物的知识，并非来自现成的自然百科或只是出于作家的想象，而是来自于作家足迹所至的守林人的小屋里，狩猎人的火塘边，以及岩羊、松鹰雀、野猴、大象、麂鹿、黑颈鹤、獐子和野麂们自由出没的林丛深处。数十年来，他抒写了大西南丛林中上百种动物的生存状态和生命史传，也为几乎同样多的花草树木精描细刻下了它们生命的花期和生长的年轮。

乔传藻善写森林和动物，却并不简单地停留在有关森林和动物的知识性描写上，虽然他知道的是那么多，那么丰富。他的作品似乎也不是单纯地在宣扬“回归自然”的主题。他是通过对动物世界和植物世界的认识与发现，通过人与自然这个广阔而古老的题材，传达着自己对当代人类生存处境与生命本源的理解与思考。他曾在一篇散文里谈到，他很喜欢有着“描写大自然的圣手”之称的俄国作家普里什文的两句话：“要知道我笔下写的是大自然，自己心中想的却是人。”他说，“我写的尽管是‘无人之境’，我寻访的尽管是一些没有闻见过炊烟气味的‘森林居民’，但我的心是和时代相通的，在人与自然这一古老的艺术命题中，准确地把握住当代人的生存情绪，这是我的意愿。”还有，“在山水中写出人情美，在人情中写出山水美，这是我对自己的要求。”

作家的自述是我们打开他的作品之门的钥匙。在《野猴》这本动物题材散文集里，我们看到，作家依靠悉心的观察、细微的感觉和生动准确的描述，向我们展示了机灵的澜沧江雨燕、狡猾的穿山甲、善良的大象、娴静的雪山岩羊、慵懒的懒猴、侠肝义胆的香獐、辛劳的岩燕、多情的攆山狗、喜欢音乐的灰叶猴、勇毅的松鹰雀，还有火狐、野猴、马鹿、牛背鹭、雁鹅、黑颈鹤、白鹇等众多的飞禽走兽的生态习性、生命传奇和生存环境。而在这些丛林动物家族的生活背后，漾动着和传递着的是当代人类的生存霸权以及由此而形成的生存危机的信号。

作家笔下的自然世界无不折射着人类社会的反光。从这本书中，我们当然看到了许多人与自然、人与动物和谐相处、亲密无间的生活场景——这也正是作家投入深情、如数家珍、津津乐道的那一面。同时，作家也没有回避人类滥伐森林、猎捕动物、污染环境、霸占土地、蚕食山林的那些野蛮与丑陋的作为。人类粗暴地对待动物们的生命，间接地在毁灭地球和自身的表现，正是作家心灵深处的忧患与隐痛。如果我们不是仅仅以阅读一个个轻松有趣的动物故事的姿态来看待这本书，那么，我们就不难感知和发现作者对这一关乎人类最后命运的主题的开掘。这个主题是本书对生命本源所思考的深度所在，体现着一个儿童文学作家对于世界的终极关怀意识。

乔传藻先生也是位注重文学品位，追求隽永、精致的写作风格的美文作家。他长期从事汉语写作的教学工作，对于散文语言的美学要求比一般作家更显苛刻。他使用的是一种既缜密、精当、规范，而又具斑斓的色彩和灵异的动感的文学语言。细节的真实、密集，文学感觉的醇厚与质朴，语言的鲜活、灵动，字词的准确与工稳，都是他作品的特色。读他这本书时，我曾一边阅读一边试图录下一些形象鲜活的和奇妙的句子，如写狡猾的穿山甲为了诱捕蚂蚁，在太阳下，“它脊背上的鳞片，全都像小窗似地向外撑起来”；蛇的“长长的身体像一列火车”；写季节的交替：“秋天咬着夏天的尾巴，小鱼似地游过去了”；“太阳斜倚在山桂花树上，看得呆了，忘记赶路”……到后来，我竟觉得没有办法把那些妙句一一录下了，因为全书中像此类奇思妙想的句子和段落实在是太多了。正是创作上的精心锤炼与打磨，使他的作品在质量上追求最大限度的文学化成为可能。他的这本动物故事集，无疑显示了国内此类题材作品所能达到的艺术高度。

我们只有一个地球。我相信，人类曾经非常友好地对动物们说过：这个世界是我们的，也是你们的。然而随着人口的剧增和生态环境的大肆毁坏，动物们假如能够开口说话，我相信，它们一定会这样忠告人类：当这个世界不再是我们的了，她归根结底也不会是你们的了！乔传藻先生在这本书里的《丑狗》一篇中，写到了一只长相丑陋的撵山狗，面对着一只漂亮可爱的小麂鹿，竟也情不自禁地生出了爱怜和倾慕之心，甚至充当起了小麂鹿的保护神。这节故事写得非常细腻和精彩，可以充分地感受到作家的情感和理想投入。我在想，无论怎样，这个世界还是有许多可以期待的东西的，既然连一只撵山狗与一只小麂鹿也会相亲相爱。

2002 年秋天，武汉

原载台湾《民生报》“儿童版”2002 年

练习曲停止之处

张爱玲曾如此描写茶花的绽放：也许是在午夜时分，更深人静之时，它不问青红皂白，没有任何预兆，在猝不及防间，就整朵整朵地、任性地、鲁莽地、不负责任地、粲然绽开了，“真让人心惊肉跳”。汪曾祺先生描写春天里杏花的开放：“杏花翻着碎碎的瓣子，仿佛有人拿了一桶花瓣撒在树上。”这样的绽放，真是太过奢侈了。

这让我想到“八〇后”这一代新锐作家的写作。他们往往也是不问青红皂白，没有任何预兆，在猝不及防间，甚至先一点点试探性的声音都没有，突然就会开放得满枝满树，一步就进入了缤纷绚丽的花期。他们一般不会像上几代青年作家那样固守寂寞和含蓄无声。有的虽然迟迟含苞未放，也不是要故意错过季节，也许只因为心中还另有期待。

如果说，“青春是用来挥霍的”这个说法是成立的，那么，对于这一代年轻的作家来说，任何有关少年才气和激情的挥洒、抛掷与丢弃，也都不足为怪了。青春酒神和少年才气，本来就是任性的，是一种地地道道的“奢侈品”。

《低城练习曲》这本书的作者孙雪晴，也是“八〇后”这一代“写作新人类”中的一名，已经在华文青年文学圈中拥有了一定的知名度。她读的是中央戏剧学院戏文系，从某种意义上说，这个专业本身也要求她必须尽情地去打开和绽放自己全部的才情。《低城练习曲》虽然已经不是她的第一本书了，却也是她尚未结束的青春期写作的集中呈现。泰戈尔有一句诗：“我要唱的歌，直到今天还没有唱出，我每天都在乐器上调理弦索。”这一册“练习曲”中，留下了作者变声期里的全部声音和音符。

全书分为五辑。辑一是她高中时代写的一些散文，虽然有些青涩，却闪烁着夏日小溪般的纯净和清亮。像《那年夏天》《温暖等待》《游戏》等篇，都写得空灵和俏皮。《游戏》一文里写母女之间的一种怡怡亲情，把一些细微的心理活动写得异常真实而饶有情致，使原本只属于个人的生活琐事超越了狭隘的个人色彩，变成了一种足以引起所有读者共鸣的、具有永恒和普遍意味的亲情依存和生命牵挂的主题。这些小溪的流动是充满随意性的，有一些必须拐弯的地方，偶尔也有一点点起伏的浪花，甚至也会有一点愁绪和怅惘的阴影投在溪流之上，但都覆盖不住她这时候的文字里的单纯与清澈。

辑二是大学时期写的散文随笔。懵懂少女的单纯和澄澈依然还在，但是心灵的旅途已经有了“浅褐色”。这一代少年人所拥有的独立、反叛和敢于解构的个性，已经开始显现。例如，她从自己所钟爱的沈从文小说里那些柔美的水光中，体会到了一种“透体的寒”(《柔美的水的折射》)；在《浅褐色的旅途，我的旅途》中，我们感到了一种少年人的恍惚、乡愁和春逝的情绪：“火车依旧摇晃着前进，我却在优雅滑动的电线边上惊喜发现了一只有着同样橘色灵巧小嘴的美丽的鸟儿。它又是谁流逝的青春呢。”在这一辑文字里，《我和妈妈的粥》《味道》《童年往事》《小外婆》诸篇散文，已经相当完整和优美，曾经获得过许多评论家称道了。而从《安全角落》《游走在现实与想象之间》这样一些十分独特的、“片断”性的文本里，似乎更容易感到一种即兴式的“练习曲”所带给我们的瞬间的激动。

记得汪曾祺回忆当年在西南联大念书时，沈从文给他们上“文学习作课”，有时会出一些带有“写作训练”意味的题目，例如：一间屋子里的空气。雪晴这时候的“写作训练”，也呈现在一些片断性的、即兴式的散文小品里。它们的文字都不长，但是可得出来，都是用心写的，一旦完成，便获得了独立存活的生命。

例如《安全角落》，只有几百字，写的是小时候对一间很旧的储藏室的印象和感受：“……储藏室不是十分干净，所以只要我轻轻一动，就会有细小的灰尘飞扬起来。它们柔软、安静，在从木缝里晒进来的阳光里飞舞，我不知道当时懂不懂得欣赏，但我会仔细地去观察它们与光线的温暖的动作，我狠狠地吸一口气，再缓缓呼出来，那些细小的灰尘就会从阳光缝里溢出去，像是把心中的不快发出去一样。”

简洁的文字准确地描写出了童年时代里最细微的感觉和感受。这是创作所必需的基本功。

再看她写在寂寞的火车上阅读川端康成的感受："他有像刀片一样锋利而尖锐的悲伤，从手臂上'嗖'的一声划过，竟然连疼痛也很清冽。川端的文字也是前段时间读的，《雪国》里那种悲伤的徒劳竟像火车上没日没夜疲惫的生理感觉，没落且辛苦，辛苦却清冽，清冽又无奈。"

这一小段文字里，颇有点日本新感觉派小说的味道。这样一些片断，正隐隐透露着一个年轻的写作者未来的文字走向。

《低城练习曲》中辑三、辑四和辑五里的文字，大约是她在大二之后的创作了，文本形式变得斑斓多姿，有一种看似凌乱的"混搭风"，而且作品里更多的是呈现了她们这一代人的疼痛、纠结、尖叫和疑问。无论是《地中海气候》《谁是谁的落花》这样的短篇小说，还是《绿烟草》《低城》这样的中篇"电影小说"，甚至包括《没有言语的生活》《苹果》等"戏剧小品"，以及"看风景的，拾风景的"这一组"电影解读"，都不再那么单纯和澄澈，而是不惮于以尖锐、凌厉、甚至是充满紧张感的文字，来揭开遮蔽在世界、尤其是笼罩在少年人身上的温情脉脉的青春面纱，让我们看到了一些更真实的东西。那是一种绿烟草的味道。其中有清芬，有苦涩，也有辛辣。

我非常认同这样一种说法："八〇后"青春文学，作为一种"被命名"的类型化写作已经终结，同时也预示着当下的青春写作拥有了真正的个体自觉意识，并正以多种形态和面目呈现着这个时代个人化经验的驳杂、丰富和多样性。我们从那些多声部的表达里，清晰地看到了在这个时代的资本、市场、时尚、偶像文化的支配下所形成新的青年亚文化的影像。

孙雪晴当下的写作状态正是如此。不刻意去编织复杂的故事情节，也不追求曲折和深刻，甚至也没有传统文本里所必需的交代、描写与对话。但是，准确、敏感和细致的观察与发现，却不缺少。叫做小说、电影小说、戏剧小品或街头 Sketch，也没有什么不可以的。

例如《低城》这篇作品，从篇幅上看已经是一个中篇的形制了，作品里出场的人物有五组共十四个。作者从分析他们各自的经历和性格入手，用这些不同年龄和身份、不同性别和性格，既各自独立，又互相有所牵连的人物，写出了一种温和与庸凡得让人难以割舍、却又令人窒息和绝望的“低城生活”。“而小染他们，都是英勇而绝望的小孩。因为他们在不成熟地经历着自己的青春，虚度着最好的时光。”这是一部清新的“电影小说”，充满了侯孝贤电影里那种对逝去的童年时光的依恋和对现实生活的疏离与抗拒。而且在文本上也显示了与传统小说和传统电影文学剧本上的对抗与疏离。

《没有言语的生活》和《等》，是两个“小电影”或两个独幕剧。前者散发着鲁迅《过客》的况味，后者似乎是在向塞缪尔·贝克特的《等待戈多》致敬。作者似乎很欣赏米兰·昆德拉的一个说法：小说应该毁掉“确定性”，而把一切肯定的表达转换成疑问。她这个时期几乎所有的文字里，都有这样一种“不确定性”，包括在文本形式上的呈现。“谜和悖论”，就像她的小说里那些失去的对话一样，使作品很自然地具有了一定的“先锋”意味。

《绿烟草》和《低城》一样，也是一部中篇规模的电影小说。现实和回忆两条叙事线索的并行和交织，使小说文本有一种复调音乐的艺术效果。这个故事写的仍然是一种“低城生活”，从主人公之一的杨夕身上，我们感受到了少年成长中那无法逃避的内心挣扎、纠结与反抗。“在这里生活，习惯这里的一切，然后喜欢上这里的一切，像是一种必须，一种强制的而又带有某些暧昧的妥协。杨夕觉得这和她与家人的关系很像，一出生就定下来了，无法改变。”小说也写出了一种在成人现实世界包围中的成长的艰辛、无奈和疼痛，作品里不时地显现出生活中的那些“速溶咖啡的毒”和“地图一样的伤疤”。以及谎言、欺骗、逃离和背叛；还有绝望、离散、沉沦和死亡。有追忆、质疑和反思。有梦想、渴求和独立的判断。有一些美好和正当的感情与尊严被粗暴地损折而发出的振聋发聩的声音。

《绿烟草》和《低城》显然都融进了作家自己的成长感受和低城生活经验。“所有的诗篇都是旅程”。从这个意义上讲，这两篇虽然是“虚构”的小说，却更像是成长自传。

在我看来，正是这最后的三辑作品，才更真实地呈现了作者个人无所顾忌的才情发挥、精神吐纳和独立个性，也更酣畅淋漓地呈现了这一代“写作新人类”在亚文化背景下自由不羁、无所依傍、甚至常常带有游戏性、恶作剧式和蛊惑意味的书写姿态。因为读孙雪晴的文字，我有一个感觉，在妈妈、外婆和父亲面前，她也许更多时候是一个“乖乖女”，但是在她的文学和艺术世界里，她呈现得更多的，是具有反叛性格和个性至上的、有点“蓝调”又有点“嘻哈”的先锋青年的姿态。

在这里，传统小说故事的完整性及其讲述和书写方式，似乎被作者轻松地颠覆了。作者吸收和调动了各种书写元素，任意拼接、跳跃、闪回、淡出、甚至突然“黑场”，向我们呈现了一些令人眼花缭乱的“万花筒”式的文本。面对这样一些才气冲天、想象力如狂风呼啸一般的作品文本，我想起一位传统文本批评家发出的哀叹：在这个时代，批评已经衰老，再也无力管教“现代写作顽童”们的“胡闹”了！写作正如脱缰的野马狂奔而去。至于它究竟会奔向何方，却无人能够知晓。我甚至还想到了：这样一种书写姿态，是否正暴露了我们现有的文学观念、教育体制、教学方式、甚至还有传统的文本范式上的局限、脆弱与可疑性？

不过，对于任何一位作家和艺术家来说，文学青春期的所有操练，都是时光练习曲，也都是必须的和弥足珍贵的。正如里尔克所言：“无论经过多久，我再读这些文字时永远还会感到惊讶，它们也永远不会失去它们的魅力。连它们首先给予读者的童话境界也不会失掉。”练习曲停止之处，新的生活就会开始。请记住亨利·詹姆斯的话：Live life to the full（结结实实去生活吧）。

2012 年早春时节，东湖梨园

原载《文学报》2012 年 3 月 9 日；台北《儿童文学家》2012 年第 4 期（标题为“绿烟草的味道”）

乡俗的教室，成长的课堂

当我们还在摇篮里的时候，那些古老而美丽的习俗就已经围绕在我们身边，仿佛是人类的另一种天性，它们先于一切法律，超越所有的艺术，制约和规范着每个人心中的价值趋向和道德标准。所以哲学家休姆有言：“习俗是人生的伟大向导。”

像所有生活在乡土上的孩子一样，郑宗弦先生的童年时光里虽然也不免艰辛和单调，但他却拥有许多孩子不曾有过的一间最好的乡俗教室和成长课堂——阿公的红龟店。

这是一家乡土老店。所谓“红龟”，是台湾一种传统的乡土食品，就是那种又香又 Q，印有龟形图案的，好吃的红龟粑啦！阿公的名字叫郑涂，十几岁就开始做红龟卖，一直做到七十多岁。因为阿公的红龟店是老字号，他老人家做的红龟味道又地道，再加上老人家晚年留有一捧长长的白胡子，虽然年高却手脚利落，远远地看起来就像一位美髯仙翁，所以乡土上的人们都称他为“红龟涂”。这个称呼也隐含着人们对老阿公的健康长寿的祝福与钦羡。龟，本来就是延年益寿的象征嘛。

打开封面，你仿佛立刻就会看到，像一朵一朵白云一样的水蒸气，正从书页间飘出。那是作者的阿公正在揭开蒸着一锅香喷喷的红龟粑的大锅盖。作者说："我们家的云可不是普通的云，我们家的云是香的。如果那一灶蒸的是红龟粑，那么云里面会飘散出菜脯料咸咸的、古早味的香气；如果那一灶炊的是红面龟，那么水汽里就会弥漫红豆馅甜甜的、新鲜的美味……"红龟不仅是一种价廉物美的乡土即食食品，同时它也蕴含着一种古老的乡土文化，体现着乡村百姓们生丧嫁娶、祭祀拜寿等红白喜事中的民俗与风习。这些淳朴美丽的民俗与风习，由作者童年时的目光来打量，更增加了它们的热闹和趣味。

例如"超级大红龟"一节，就写到了一只用来答谢神灵用的特大红龟，以及它所蕴含的祈求神灵保佑，好让大家都得到幸福的含义。每个客人看到或者分吃到红龟时，脸上都会露出幸福的笑容，"这不只是因为红龟好吃，而是里面充满了祝福。"阿公说，"……我们做了那么多红龟，其实就等于帮人家创造了很多幸福喔！"

在"圣诞千秋"一节里，我们看到了清明节、妈祖娘娘生日、"三界公"生日、甚至圣诞日里，人们用不同的红龟敬祭神明的诸多礼俗；而在"叫人害羞的红圆仔"一节里，我们又看到，曾被那位表哥骗去在学校才艺展示中用做"波霸秀"的，并且常常让作者感到害羞的那种乳房模样的红龟，原来是在小孩子满月时，用来祝福新妈妈奶水充足的供品；此外，还有做丧事用的“白龟”啦，祭祀“树王公”用的“面猪”、“面羊”啦，等等，都带着浓郁的习俗色彩，是多少年来的田园民俗文化在一种小小乡土食品上的沉淀与凝结。

作者用轻松、亲切、浅显和风趣的语调，细致地描绘着这些淳朴的风俗人情，娓娓动听地讲述着发生在乡土一角的那些日常生活故事，使我们在获得一些新鲜有趣的乡土知识的同时，也真切地感到了他对自己的乡土、乡亲的热爱与理解，感到了他对那种单纯、宁静和古朴的乡村文明的留恋与赞美。这时候，作者的所有琐碎的记忆与感受，其实都已经超越了狭隘的个人色彩，而变成了一代甚至几代人对于一种也许即将远去或消逝的乡村文明的留恋与追忆。它们是一代代乡土上的孩子的共同记忆，是一道具有永恒意味的梦想的风景。

当然，作者所着力刻画、全面展示的，是阿公的形象。在这位老阿公身上，充分体现了中国劳动人民的那些传统美德：勤劳、正直、善良、达观、讲究诚信、乐善好施、仁爱为本、助人为乐，等等。或者可以说，正是这些闪光的传统美德，才是阿公的红龟店真正的魅力所在，它们贯穿在阿公六十多年生意的每一个细节当中，使最小的生活叶片也散发着人情的芬芳，使一个小小的红龟店散发着无限的亲和力。这种人情的芬芳传播在古老安静的乡土上，为四周的乡邻所发现、所称道。作为回报，他们把朴素的敬爱之心献给了小小红龟店的主人。

从这个意义上讲，郑宗弦先生的童年是比许多孩子都要幸福的。人情怡怡乡土习俗，阿公的精湛手艺和诸多美德，是他从童年时代起就开始接受的最好的馈赠。阿公的红龟店成了他了解乡土、热爱乡土、感知人生、学习做人的最初的和最好的教室与课堂。因此，当他在阿公的红龟店中长大以后，当他也经历了无数的世态炎凉和风雨世事之后，再回首童年的时候，他才能拥有这样深刻的感受："那股红灿烂的红龟粑和纯青的炉火，深深刻入我的眼眸和心版，常常午夜梦回时，侵入脑海中反复翻搅。已经过世多年的阿公和乡下淳朴的人情令人怀念……"。而那花色多样的红龟粑，那凝结着人与人之间相互的祝福，蕴含着传统乡村民俗之美的美味食品所留给他的美好记忆，他也多么想与今天的小朋友们来分享。《阿公的红龟店》就是这样一本让我们来分享作者的甜美记忆的书。

2002 年秋天

原载台湾《民生报》"儿童版"2002 年

致《蓝天上的画页》研讨会

青岛市作家协会：

欣闻家乡的老作家孙震先生的散文诗选集《蓝天上的画页》研讨会即将在青岛召开，我感到十分高兴。作为孙震先生的老朋友和这本书的策划者、编辑者，在此向贵会表达由衷的感谢，向参加研讨会的专家、老师和朋友们致以真诚的问候。

孙震先生是当代散文诗创作界的耆宿，也是我素所敬重的一位善良和忠厚的长者。几十年来，他在散文诗和散文的园地里孜孜不倦地耕耘，不求闻达，默默探索，写出了许多格调健朗清新，文字素朴澄澈，艺术风格单纯明净的散文诗作品。其中有不少篇被选入了一些中小学语文教科书中，在少年儿童读者中有广泛的影响。

孙震先生的作品里，充满了对真、善、美的讴歌与追求。这源于他对祖国、对乡土、对自然、对大海、对童年，乃至对整个生活的最深挚的理解、宽容和热爱。他的内心里有过深深的创伤和悲苦，但他的散文诗里却呈现着他对这个世界的善良与感恩，以及宽容和悲悯。他的眼里有泪水，但从不为自己哭。他是一位生活的赞美者和乐观者。他的每一篇作品虽然篇幅短小，却给人以力量、希望、哲理和信念。

《中国儿童文学经典一百部》系列，是我们正在陆续编辑和推出的一项重要的出版工程。这套丛书将遴选中国儿童文学诞生一百年来诸多名家的最优秀、最经典的作品，《蓝天上的画页》这部选集能够作为其中的一卷与读者见面，是当之无愧和适得其所的。为此，我们也非常感谢孙震先生的加盟和支持。尤其使我感到自豪的是，在这套丛书已经出版的前五十册中，已有峻青、李心田、邱勋、严阵、王一地、王愿坚、孙震、勤耕等八位山东籍作家的儿童文学名作入选。我作为一名胶东籍的作家和编辑出版人，从心里为我齐鲁故乡的作家前辈们感到无比的骄傲。

我原本计划回到故乡参加贵会为孙先生举办的这个研讨会的，不巧适逢有德国作家来访，需要在武汉接待陪同，因此失去了一次很好的倾听和学习的机会。“虽不能至，而心向往之”。最后，再次表达我对这个研讨会的祝贺。祝愿孙震先生身心安康，不断有美丽的新作问世。祝愿与会的专家、老师和朋友们健康愉快。尤其要恭祝敬爱的耿林莽老师、邱勋老师两位文学前辈身心舒泰，安康长寿。祝研讨会开得圆满成功！

2011 年 8 月 12 日，于武汉

写在《红草莓书系》边上

《红草莓书系》（青岛出版社）是一套献给青少年读者们的散文丛书，相信也是一套能让爱书人和一般读者喜欢和受益的好书。著名画家张亚力先生为每一本散文集所做的风格卓异的钢笔插图，与正文相映成趣，富有文学韵味和艺术欣赏价值。

《溪边的小牧童》，熊召政著。生命有限而山水无量。花鸟鱼虫，风月林泉，其中无不蕴含着大自然的美质。为了不致使我们的灵性被万丈红尘和滚滚物欲所吞没，我们都应该尽可能地到大自然的山水中和林叶下走一走，听一听，看一看。本书是一位曾以一首《举起森林般的手，制止！》而使得举国皆知的诗人近年来写下的大自然题材散文集。无论是对童年山水的追忆，还是中年时独立山中，与山水的对话，抑或对于故国山川的文化旅思，都无不凝结着作者对于大自然的崇仰、膜拜和钟爱之情。“登山则情满于山，观海则意溢于海。”从这妙曼的山色水韵之中，我们也不难悟出许多艰涩的民生哲理。而弥漫于许多篇章中的禅意，也尽在言与不言之间；而笼罩于字里行间的乡愁，也止于了犹未了之际。

《逝去的琴声》，弦子著。一代人有一代人的青春经历，一代人有一代人的精神特征。但无论是处在哪个时代的青年人，有一点则是共同的，那就是：都崇尚真诚，都富于热情，都富有美好的理想，都憧憬着浪漫和高尚的人生。而且，都富有朝气，都富有力量，都渴望在天上飞翔。本书是一位“六八年人”的青春岁月的回忆。当她们回眸青春，缅怀往事，那无声地萦绕在她们心中的，却是一种高尚和骄傲的激情，那就是：青春无怨，青春无悔。她们感谢生活，感谢命运。青春的忧伤的琴声逝去了，但对于人生的理解与认识，对于生命的眷恋与热爱之情，却是清醒而永远的。

《相处的日子》，秦文君著。这是一本读来使人怡然自得的书。秦文君多年来一直是少男少女心中的“偶像作家”，她笔下的男生贾里和女生贾梅，早已走进千千万万少年朋友的心中，成为他们心灵的伙伴。而这本书则反映了作者的生活、写作和情感世界的另一种风格和另一种面貌。作者说：“写小说似乎是一种严肃的案头工作，往往劳心费神，处处带有操作的痕迹；而写散文，却像在悟人生，真情流露，自然顺畅。”同时她认为，一本书中只要有一句话能给人留下深刻记忆，有一处情节能令人感动，那就可能是一本好书。倘若以这个标准来检视此书，那么完全可以断定，这不仅是一本好书，而且是一本特别好的好书。因为，这本书中能给人留下记忆和使人感动的地方，太多了。这是一本极其温馨，心香可人的散文集。

《轻轻的呼吸》，梅子涵著。梅子涵是一位睿智的作家，也是一位浪漫的教授。在儿童文学创作界和批评界，他一直以其先锋性引人注目。《轻轻的呼吸》又是一本风格卓特的书。你阅读了第一篇便有点知道了：作者正在文本形式以及叙述方式上进行着极其自信的实验。当然，他这样做全是出于诚恳和为艺术的心情，所以他所有的“呼吸”也便自然成趣，别具魅力。在本书《自序》中，梅子涵如是写道：“我是个有激情和诗意的人，——我是把文学和语言看得很高的，以为顺着它走，可以到达一个富有魅力的境界。这个境界并没有许多人看得见，但我在模模糊糊中是有些看见的。”作者的自信由此可见。

《同有一个月亮》，徐鲁著。用散文的笔调写下的一个个鲜为人知的文学故事。我希望通过这样的“创作”，再现一些文学家和艺术大师的博大的爱心和高尚的情怀。而同时，也表达出作者本人对这样的爱心、这样的情怀的崇仰与礼赞，此所谓“虽不能至，心向往之”。倘若读者——尤其是我们的少年读者——能够从中有所濡染和感悟，或者哪怕仅仅获得一种爱与美的愉悦，仅仅能够产生一种对于崇高、仁爱、善良、坚毅、真诚——这些字眼的向往之情，对作者来说，也就于愿足矣。

1998 年春，武汉

原载《读者导报》1998 年 4 月

“白桦林”校园文学：从散文到小说

评论家王干先生最近有一篇文章，谈到了当下文学人口的资源走向，他认为出现了两个特点：一是女性化，二是低龄化。的确，自二十世纪九十年代中后期至今，写作人群中年轻的女性作家（当然也包括“美女作家”）的比例逐年增加，这在中国文学史上还属首次。其实这一特点并非“中国特色”。无独有偶，美国近些年来也出现了一种被媒体称之为“小鸡文学”（Chick Lit）的写作类型，Chick 在俗语中也指青春少女，“小鸡文学”所指的就是一些表现二三十岁的女性的生活、爱情与事业的作品，其作者往往也是这个年龄段的女性。据说“小鸡文学”目前在美国的人气越来越旺，和中国当下的“美女文学”的情景极其相似。有的出版商已经瞄准了“小鸡文学”的商业价值，纷纷策划此类选题项目，并成立了专门的写作班子，媒体谓之“孵小鸡”。

所谓“低龄化”，是指已经走向了社会生活边缘、在成人世界里遭到冷遇的文学，却在少男少女们那里恢复了往日的辉煌，少年写作（或谓“青春写作”）的高温持续不下，许多中学生创作的作品连续占据着文学类畅销书的排行榜。国内有些媒体把文坛的这种现象称之为“小鬼当家”。王干认为，这一方面说明中国父母望子成龙的心理被市场和趋之若鹜的出版社所利用，另一方面也是二十世纪八十年代文学梦的延续，因为这些文学少年的父母大多是八十年代的文学青年，他们的理想要通过后代完成。这种分析有一定的道理，却也并不完全是这样。我们不应该漠视当下的青少年文学中所呈现的独立、尖锐、愤怒、飘忽和反叛的个性，这是属于他们这一代自己的精神成分，并非父母一代所能强加和干预的。

以长江文艺出版社近几年来倾力打造的青春文学品牌图书“白桦林”校园文学系列为例，我们正可以看到当下青少年文学的整体写作姿态、独立的文学个性和新鲜的书写形式。“白桦林”系列最先是以校园散文的形式集结成书，自一九九六年至今已经出版了四辑共二十部，先后两次荣膺全国优秀畅销书奖。“白桦林”校园文学系列的“书魂”是“青少年写、青少年编、青少年读”，这些数字至少可以说明它在青少年读者中不胫而走的影响。我们从那二十部散文集的书名，似乎也不难想见它那美文的书写形式是如何契合了青春期男女生的心灵的。如：尖叫季节、水晶盟约、香草天堂、涉世笔记、造梦工坊；又如：紧身年华、玫瑰画廊、快乐尘埃、动词年代、青春气流；再如：抒情哲学、思辨摇滚、智者麦芒、锦绣心情、倾诉沧桑，等等。这些足以勾画当下青少年心灵特点、精神要素和书写姿态的书名，据说多半是出自“白桦林”系列的策划编辑和《白桦林》杂志主编、诗人和评论家赵国泰先生之手，其源于他对“这一代人”的精神构成的整体上的认识、理解与把握。

青春的年华充满了无限的可能。也许是散文有限的形式在某些方面制约着另一些“写作新人类”的创造力的发挥，所以，“白桦林”系列在校园散文之外，又搭起了校园长篇小说系列的平台。《高中的疼痛》(吴昕儒)、《星星草》(蔡怡琳)、《北京女生》(许毕基)、《感恩而死》(杨晨)、《橘子香水》(王丽娜)等便是这个系列的首批作品。这些长篇校园故事的书写者大多是二十世纪七十或八十年代出生的人，很多都是在校的高中生。这些作品可以说正是当下一部分高中生深感高考升学的压力和现行的教育范式的束缚，而被迫选择的一种逃离和摆脱的结果。他们的作品里有疼痛，有郁闷，有愤怒，有尖叫，有追忆，有思考，有独立的标准，有自己的判断，有太多的幻想，有美好的追求和向往，更有正当的愿望、感情和自尊被粗暴地损折而发出的声音；他们的书写与表达也许并非为着什么远大的理想和崇高的目标，甚至也未必会将写作视为自己今后唯一的事业追求。写作也许只是他们临时逃离充满竞争和压力的现实、纾解内心的郁闷和空虚、展示自我独立的个性和价值的手段。这些少年才俊无所顾忌、自由灵动和新鲜的、甚至常常带有游戏性和恶作剧式的反叛与蛊惑意味的书写姿态，而且显然是以群体的方式的出现，恰恰暴露了我们现有的教育体制、教学方式、成长范式和价值观念的局限、脆弱与可疑性。我想，这一点或许正是包括“白桦林校园长篇小说系列”在内的这些“写作新人类”的作品的价值所在。显然，这是贴着他们“这一代人”自己的明显的精神和个性标识的东西。如果简单地把他们的出现视为他们父母一代“八十年代文学梦的延续”，未免有点轻视他们了，他们自然也不会答应的。

在“白桦林校园长篇小说系列”已经推出的每一本作品的后面，都附录了一份类似“创作谈”的文字，我们不妨摘引一点：《高中的疼痛》的作者说：“在我的读书生涯中，我见到过许多王子凡这样的人物。他们质朴、聪明，但不是乖孩子、好学生。他们人性中单纯、善良、闪光的一些东西往往被油腔滑调、玩世不恭所掩盖。老实说，我很佩服他们，很喜欢他们，他们聪明的时候让你感到望尘莫及，他们义气的时候让你觉得匪夷所思。……（然而）中国现行教育‘优胜劣汰’的制度，总是过早地把他们划到‘劣’那一边，从而轻易地将他们淘汰出局。……我深深地为这些孩子惋惜。我甚至曾经不无偏颇地想过，中国教育一层层地把那些富有阳刚之气的学生筛掉，留下来的是越来越听话、越来越文弱、越来越谦虚的乖孩子，这对整个中国国民的气质会不会有影响呢？”《星星草》的作者说：“我像一只孱弱的蝴蝶。在暑假里，每一个灯火落尽的初夜，便是我的文字精灵游戏的时刻。我的记忆、我的心灵插上翅膀，飞回了离我遥远而又切近的年代。……”《橘子香水》的作者说：“我喜欢‘轻舞飞扬’，她是网络的经典。就像一条宽广的河流，横在那里，我看到她的美丽与平静，可是我无法跨越。她已经不容我接近，如同烟花，虽然美丽却只开一瞬，然后消失不见了。我不明白为什么一定要用死亡来维持她的美丽，所以我让故事中的晗子健康地存在，自始至终。……”从这些年轻作者坦率的自我表白里，我们可以窥见“这一代人”自由无羁、追索自尊与自立和独标情愫与个性的“文心”。

2002 年秋天，武昌梨园

书信散文的“诗与真”

现在几乎每个人的生活节奏，都是那么匆忙和快速。波音飞机、城际列车、高速铁路、互联网、Email、手机短信、微信，让每个人互相交往的距离都拉近了，整个世界也变成了小小的“地球村”，再遥远的空间，也变得越来越容易到达。所以，古人所说的“鱼雁往还”、“鸿雁传书”这种曾经流传了数千年的书信表达形式，到今天已经快要失传了。尤其是年轻一代，互相之间更是很少有手写的书信来往了。把自己最想说的话尽情地倾诉在好几页素净的信笺上，然后装进信封，贴上邮票，投进绿色的邮筒，没过几天，“绿衣天使”就会把这封信送到收信人手中……这样的表达形式，曾经带给人们多少想象、好奇、盼望和期待！我记得，在《汤姆·索亚历险记》里，汤姆还把自己的书信放在秘密的树洞里，等待收信人来收取。这是一种多么古老却能够给人们带来无限的惊喜的情感传递！

“烽火连三月，家书抵万金”；“乡信未传霜后雁，羁怀生怯晚来钟”；“别后书稀梦亦稀，忽传尺素到柴扉”……这些诗句咏叹的都是“尺素之美”。清代戏剧家孔尚任在《与徐丙文》一信中说：“人但知词为诗之余，而不知尺牍亦为诗之余也。”可见，古人是把词、书信都视作“诗之余”，也就是说，两者都有抒情言志、富有诗意的特点。我是从心底里喜欢和留恋这种手写的书信表达方式的。年龄稍大一点的人，有谁没有保存过好朋友多年前写来的、已经发黄的书信呢？谁的记忆里，不曾有过收到一封远方来信的惊喜与激动呢？

古今中外有许多情理并茂、文采斐然的书信，已经成为了脍炙人口的散文经典。例如苏轼的《东坡尺牍》，鲁迅和夫人景宋（许广平）的《两地书》，郭沫若的《樱花书简》，冰心的《三寄小读者》，巴金与杨苡的《雪泥集》，傅雷的《傅雷家书》，朱光潜的《谈美书简》，徐志摩的《爱眉小札》，凡·高的《凡·高书信集》，贝多分的《贝多分书信》，海明威的《海明威家书》……都是感真意切、文笔优美的经典书信。一部《傅雷家书》，向亿万读者袒露了这位大翻译家热爱人生、忠于艺术和苦心教子的一腔深情。有人称这部家书是“一座洁白的纪念碑”，是一本最好的艺术修养读物，也是一部充满父爱、苦心孤诣的教子诗篇。此外，像里尔克《给青年诗人的十二封信》，马·巴·略萨《给青年小说家的信》，汉德宝《给青年建筑师的信》，E. B. 怀特《最美的决定：书信集》，朱光潜《给青年的十二封信》，柯岩《写给寻找幸福的孩子》，林良《爸爸的十六封信》，等等，也都称得上是辞采斐然、深入浅出的书信体

“人文读本”。

殷健灵是一位擅长“书信体”的作家。《致成长中的你——十五封青春书简》，是她继广受好评、名传遐迩的《致未来的你——给女孩的十五封信》之后，为正在成长中的少男少女们所写的一部新的书信体散文集。这部书信集的语言清丽优美，在平和明亮、不焦不躁的叙述中，透出淡淡的抒情意味，读来真是令人感到“暖暖的，很贴心”。也使我想到现代诗人应修人年少时收到小恋人的情书时的感受：“行行是情流，字字心”。除了每一篇书信里所表达的内容本身，我们从这本书中可以充分领略到传统文体中的“尺牍之美”，重温现代书信散文的“诗与真”。

少年时代是每一个人最宝贵的欢欣岁月，也是属于每个人的“黄金时代”。张爱玲小说里有一句话：“你还年轻么？不要紧，很快就会老了。”这说明，时光的脚步总是匆匆的，每个人的少年时代只有一次，而且无一例外都是那么的匆促和短暂。健灵在这本书信集里，从第一封信“请从镜子里面对自己”、去认识你自己开始，不仅抒写了少年时代如何珍贵和美好，抒写了成长中的喜悦、灿烂与骄傲，同时也让读者清醒地看到了成长的艰辛与不易，抒写了成长中的疼痛、焦灼、纠结、疏离和孤独。每个人的成长过程，也都是为了争取和保卫自己的天赋权利与生存空间而进行的一场“圣役”，就像高尔基所说的那样：人，是在不断地反抗周围的环境中成长起来的。同时，成长也是一个人在不断地战胜自己，无情地否定和超越自身的过程。就像早春时节的竹笋，必须奋力钻出坚硬的地面，爆开层层裹缚自己的笋衣，然后才能长成一株挺拔和高大的绿竹；就像蛹，必须亲口咬破自己织成的精致茧壳，然后才能成为一只凌空飞舞的彩蝶。

成长是美好的，成长中有更多的真、善、美、爱，有更多的阳光、雨水和花朵，但是成长也会伴随着“恶”，伴随着自私、谎言、欺骗、冷漠、背叛、甚至死亡。当然，成长中还会伴随着少年身体里那些“蛰伏的小兽”。在书信中，女作家并没有掩盖这些东西，而是用她真诚的文字和亲历的故事，揭开可能会遮蔽着那些少年人面孔的温情脉脉的面纱，让我们看到了一些更真实、更凌厉、更残酷的东西，让我们看到了另一些心志高远的少年，他们也一直在飞，一直在找，却总是无法起飞，无法找到——就像一首歌里唱的那样，他们要找的那些幸福、那些真理，“在一片更高的天空”，要想到达那里，他们的翅膀往往会卷起更大的风暴。

这十五封信涉及了少年成长中的不能绕开、不可回避的许多重大问题，如认识自己、自我认同，如何善待他人、接纳外界，为什么必须拥有知识和智慧，如何与人沟通和交际，如何以乐观、健康的心态对待生活，“喜欢”与“爱”到底有什么区别，如何完善个人的人文修养，如何培养自己的优雅气质，少年人如何应对对异性的好奇，如何控制那些“蛰伏的小兽”，如何学会说“不”，拒绝“让魔鬼附身”，如何管理自己的情绪、校正自己的健康心态，培养自己开阔和包容的情怀，养成善良和感恩之心，完善自我个性与周围环境的关系，等等。圣埃克絮佩里在他的《小王子》里告诉我们：爱护和拯救一个人，就是要教给他口渴的感受，然后再给他一条通往泉水的道路。他借小王子之口说："沙漠所以美，是因为在某个地方，藏着一口水井。"我感觉，殷健灵不愧为一位专业的心理咨询师，她在一封封娓娓道来的书信里，正是先让那些处在饥渴期的、正在成长的少年们"认识你自己"，让他们懂得了口渴的感受，然后再指引给他们一条条通往涓涓清泉的道路。

一代人有一代人的性格特征，一代人有一代人的精神追求。但无论是处于哪个时代的少年人，有一点则是共同的，那就是，都是崇尚青春，都富于理想，都钟情于浪漫、高尚的幻梦。而且，都富于朝气，富于力量，都渴望在天上飞翔！成长是美好的，青春是无敌的。梁启超《少年中国说》中的一段话，说出了一个亘古不变的真理："今日之责任，不在他人，而全在我少年。少年智则国智，少年富则国富，少年强则国强，少年独立则国独立，少年自由则国自由，少年进步则国进步，少年胜于欧洲则国胜于欧洲，少年雄于地球则国雄于地球。"《致成长中的你》这本书的"文心"和精神支撑，正是出于这种崇高的情怀。一本好书，可以暖心，可以润身，也可以启智，可以养德。从这个意义上说，这本书信集真称得上是一部"心灵成长书"，既呈现了汉语书信之美，也是献给青春与成长的礼赞。

2015 年 7 月，沙湖边

原载《中国教育报》2015 年 9 月 14 日

大地的花宴

法国作家卢梭年轻的时候，曾遇见过一位长途跋涉、采集草药归来的友人。本来就对花草怀有某种神秘向往的卢梭，在一瞬间就被那位眉目间透露着无限的满足和幸福感的友人所蛊惑。许多年后，卢梭在《忏悔录》里回忆说，他原本有可能成为一名优秀的植物学家的，“因为我知道，世界上没有哪项研究比植物学更适合我天然的趣味和品位”。植物学家没有当成，但是卢梭的那颗迷恋花草之心，直到老年仍然那么活跃。一七七一年，有一位德莱塞尔夫人请卢梭帮忙，教她四岁的女儿小玛格丽特学习植物学，这使卢梭感到十分欢欣。于是他就用写信的方式，循序渐进而又清晰易懂为这个小女孩描述和讲解着各种花草之美和植物们生长、开花、结果的秘密。这些通信后来以《植物学通信》为名被整理出版了。这是一位伟大的思想家、文学家和儿童教育家撰写的一部通俗而珍贵的自然科普读物。

“来吧，明媚的花，碧绿的草地，凉爽的树荫，还有潺潺的小溪，树丛和牧场，快乐净化我那被一切令人作呕的东西污染了的想象力吧。”这些通信，重现了卢梭毕生没有放弃的植物学的美梦，重现了他那颗明亮的草木之心。他相信，“不管对哪个年龄段的人来说，探究自然奥秘都能使人避免沉迷于肤浅的娱乐，并平息激情引起的骚动，用一种最值得灵魂沉思的对象来充实灵魂，给灵魂提供一种有益的养料。”他甚至曾想亲自去编写一本植物词典，纠正一下长久以来人们在植物研究上的一些谬误。他认为，植物学最大的不幸，是一开始就被视为草药学的分支，结果导致人们把注意力集中在发现或想象植物的药性上，而忽视了花草本身所蕴含的自然之美和自然知识。

佟希仁先生是一位老作家、老学者，也是一位“超级花草迷”。他的《花之魂》是比卢梭的《植物学通信》更具文学色彩、也散发着浓郁的诗意的一部清新、明媚、隽永的花草之书，不仅散发着芬芳馥郁的大自然气息，也表达了作家对生活的热情、对大自然的挚爱。作家选取了人们生活中喜闻乐见的、或者人们平时并不关注却又一直默默生长和开放在我们周边的一百多种花草，用清新、平实的语言，写成百篇优美的小散文，并按照这些花草的生长和盛开时节，分列在春夏秋冬四季之中。

每一朵花，都是大地母亲温馨的微笑。二十四番花信风轮番吹过，无论是梅花、山茶、水仙，还是迎春、桃花、棠棣、蔷薇，也无论是牡丹、芍药、丁香、菊花……不同品格、不同气质与风骨的花朵，也是中华民族历尽艰难而不坠、曾经风雨而未泯的信念与追求的象征。一部《花之魂》，是大自然给予人类的启示录，也是作家献给大自然的赞美诗。这种人性与自然的交融，也显示了中国传统文化中求真、寻美、向善的特征，显示了一种人与自然和谐相处、淡泊世间名利物欲、杂花生树而共生共荣的人文价值观。全书中的一花一草、一枝一叶，都连接着大地的血脉，传递着生命和生活的正能量。

作家惜花爱花，对每一种花草的生长习性和特点，都怀着盎然的观察和探访之心，包括那些一般人不会稍加注意的乡土之花，如南瓜花、黄瓜花、枣花、稻花、落花生花，等等。在这位老作家童心未泯的文笔下，每一种花草植物都有它们自己的生态特征和生长规律，其中又有一些带有生存智慧、生命启示，富有哲理和诗意的东西。作家不仅观察和描写了它们的自然生长特点，给我们带来了许多准确和有趣的科普知识，同时也揭示了许多花草高洁的品性、气质与美德，让笔下的每一株花草植物都具有了“人格”和“灵性”，都彰显了普里什文所说的“合乎规律的美质”。所有这些发现，既源于作家对广博的、富于诗意的植物特性的观察与了解，又与作家对自然的钟情、对花草的爱惜、对生活的积极、乐观的态度息息相关。

例如在《南瓜花》一篇里，作家把不起眼的南瓜花写得那么可爱、那么令人肃然起敬：“南瓜花儿花香不浓，只有淡淡的清香味儿。在那授过粉的南瓜花下，就像变魔术一样转眼就会长出晶亮的南瓜来。那瓜由小变大，几天不见的工夫就会变出一个又大又傻的彩色南瓜。在平常的岁月里人们好似不把它放在眼里，可到了灾荒之年它便成了扶危济贫的侠客，救民众于缺粮断顿的危难之中。”“小时候，每当秋天来临时，我常常在夜晚抓几只萤火虫儿放在南瓜花儿里，然后将花瓣用线轻轻扎上，放在自己的书桌上，那朦胧光亮的萤灯真是别有一番浪漫的风趣。这更是城里人轻易难以享受到的。”

再如在《五味子花》这一篇里，作家观察到，五味子花儿谢落后，在秋天里会结出一串串红宝石般的浆果五味子。“大自然是多么的有灵气，小小的浆果竟然能凝聚人生的酸、甜、苦、辣、咸五种滋味儿。”作者进而想到人生境遇中的各种可能、各种滋味，很自然地发出了这样的感慨：“大自然是个伟大的艺术家，又是一位含蓄的哲人。透过小小的浆果告诉人们深奥的道理。小小的浆果五味子啊，不仅有安神镇静的功能,还能帮助人们理解人生中的大道理。”

花草树木是大自然中神奇的精灵，它们不仅有各自的生命，还有自己的语言、感情、性格和故事。我很欣赏作者在《覆盆子》那篇小散文的结尾写到的，一位生物老师对孩子们说的话：“这绿色的大自然，包藏着数不尽的神秘和奥妙，它需要我们大家去研究，去探索。”

爱花是中国人民的传统美德。古代的人们甚至还设想过，所有的花儿有一个共同的节日，这便是旧俗中二月十二日的“花朝节”，又称“百花生日”。许多史书上也记载过，在这个富有诗意的“花朝节”里，人们都会庆贺一番，妇女头戴蓬叶，读书人和孩子们游玩于乡间田野。在山水明秀的江南一带，人们在这一天还会用彩绸或五彩纸剪成一面面小旗子，称为“花幡”，挂在花卉、树木上，以此为百花“祝寿”。这样一个风雅的花朝节，一个用百花装饰的“美育节”和“文化节”，在今天却失传了，未免太可惜了！

俄罗斯散文家普里什文以描写大自然的美丽为擅长，他的朋友巴乌斯托夫斯基曾赞扬说：“倘若大自然对于悉心洞察它的生活并歌颂它的瑰丽的人，能够生出感激之情的话，那么，这番情意首先应该归于普里什文。”《花之魂》同样也是一本抒写了对大自然的爱与知的美文集，欣赏着佟希仁先生的这本花草之书，我想到了巴乌斯托夫斯基这句话。

2015年初夏，沙湖边

原载《天津日报》2015年8月18日（题为“二十番花信风轮番吹过”）；《人民政协报》2015年9月7日

享受虫声相伴的小童年

在儿童小说名著《小海蒂》里，海蒂跟着她的爷爷住在阿尔卑斯山上的小木屋里。海蒂的爷爷勤劳善良，却又有些古怪和固执，当山下的人们劝他把小海蒂送去上学时，他却固执地说："不！我可不想送她去上学。"这位老爷爷有一个朴素的"教育观"就是："小海蒂是和阿尔卑斯山上的小羊、小鸟、小虫子一起长大的，与它们相伴是一件幸福的事，况且山羊、小鸟和虫子是不会教她做坏事儿的。"

我这样说，倒不是想要所有的小孩子都不要去上学念书。不是的，小孩子去上学念书是必需的。我只是希望，今天的小孩子都能够时常从作业、玩具、电子游戏、动画片里走出来，多去亲近一下绿色的大自然，多去认识几种花草和昆虫，能准确地叫出更多一些小鸟、昆虫和绿色植物的名字。这也是两千多年前，我国古代的大教育家孔子说过的，小孩子在读书的同时，还应该"多识草木鸟兽之名"。

《小小自然迷》是一套漂亮的低幼科普图画书，给小朋友们讲述了蝴蝶、蚂蚁、蜜蜂、瓢虫、蜻蜓和蜘蛛的“秘密生活”，故事性、认知性、幼儿趣味性和低幼文学的审美性，都照顾到了，不仅图画画得精细、唯美，文字表述也简洁、清浅，非常适合小孩子阅读。这是大自然妈妈送给小朋友们的美丽的“绿色课堂”。家长们陪伴着小孩子们亲子阅读时，不正像带着小孩子在美丽的花园和草地上散步一样吗？小孩子在轻松、快乐和好奇中，获得了对大自然的认识和好感，享受了大自然带给他们的有树荫、花香、鸟啾、虫鸣相伴的小童年。这是多么幸福、快乐和美好的事情！

大自然是属于每一个人的，我们不要去伤害它、破坏它，也不要去疏远它和冷落它，而应该像善待我们的生命一样去善待它、珍视它。年轻的家长们也都应该拿出更多一点时间，陪伴孩子去绿色的草地上散散步，到美丽的植物园里去多认识几种野花、野草和小甲虫，或者，引导小孩子多阅读一些有关大自然，有关花草树木和小鸟、昆虫的书，这样不仅能为孩子们营造出一个“绿色童年”，也能够让他们真正享受到一个“绿色童年”。

2016 年夏天

繁花渐欲迷人眼

——首届“金蕾奖”参评作品述评

如果说，湖北的儿童文学在新时期最初的十年间，能够在全国范围内产生较大影响的作家和作品还不是太多，题材范围、创作观念和艺术风格上也略显狭窄、陈旧和滞后的话，那么，进入二十世纪九十年代之后，在小说、诗歌、散文、童话、寓言等各个门类里，不仅题材和创作观念上有所创新、拓展和突破，而且也都拥有了在全国范围内处于“领军”地位或较强实力的代表性作家与作品。董宏猷、韩辉光、林彦的小说，徐鲁的诗和散文，黄瑞云、凡夫的寓言，萧袤的童话，都可名列国内前茅。他们在各自的领域里为湖北的儿童文学界赢得了引人瞩目的成就和荣誉，不仅分别获得了中国儿童文学的最高奖项，而且已经成为中国当代儿童文学史中的名篇和佳作。由中国作家协会儿童文学委员会主要成员组成的“高端选编委员会”编辑的《百年百部中国儿童文学经典书系》中，湖北就有董宏猷、韩辉光、徐鲁三人的三部作品入选。

参加本届评奖的儿童小说数量并不多，但质量上却令人欣喜。《一滴泪珠掰两瓣》（黄春华）这部作品以严肃的心态和细腻的笔触，书写了现实生活和少年成长中那些不能承受的“生命之重”。小说撩开了遮掩在青春花季外表的矫饰的面纱，让我们看到了一些真实的和令人无法回避的成长现实。沉重的童年故事，隐秘的少女心理，伤感的成长心事，以及善良、温和和自尊的人物……使小说充满一种温润的悲悯情怀和强烈的成长关怀意味。《老爸你真笨》（张年军）是一部系列儿童小说集。本书贴近当下儿童生活，讲述一个小学生的日常生活和成长故事，以及父子之间的交流与冲突，显示了作者对儿童心理的熟悉与把握程度，以及节制有度的文学浅语艺术。小说整体上呈现着轻松幽默的风格，极力张扬了和维护着这类男孩子顽皮、率真、自由和快乐的天性，而对成人们（包括家长和老师）一厢情愿地强加给孩子们的许多观念和苛求，做了不动声色的质疑和否定，在叙事上表现得单纯而流畅。同一个作者的另一部短篇小说集《男生和女生的战争》，也是以幽默喜剧的风格讲述当下的校园生活故事，全书充满浓郁的儿童趣味和校园气息。这些妙趣横生的故事，足以吸引渴望快乐的小读者，在轻松的阅读中感受到彻底放松的愉悦。同时，从这些洋溢着儿童游戏精神的故事里，我们也可感知创作者对校园生活的熟悉，比较从容的创作能力，以及对一些从儿童本位出发的教育观念的期待与呼唤。

童话寓言类参评作品中，最具文学品质的应属童话集

《波波熊的故事》（萧袤）。本书以丰沛的想象力，机敏和适当的智慧含量，浅显而又准确的童话语言，塑造了一只憨厚可爱的小熊作为童话主角。一个个既独立又互相连贯的小故事里，蕴涵着高尚、美好、善良和充分的道德感，以及浓郁的情感力量。作者对故事情节的繁简，故事节奏的快慢，知识含量的比重，哲理认知范围的宽窄，文字表达的深浅，等等，都有自觉的考量和规划。文学性、教育性、趣味性兼而有之，显示着一种比较成熟的写作状态。其次是寓言集《团结友善乖乖兔》（凡夫）。作者用篇幅简短的道德寓言故事，引导小孩子正确对待学习和生活中的困难、挫折、骄傲、不良诱惑等问题，培养小孩子正义、友善、勇敢、勤劳、谦虚等美德。故事简单而有趣，语言浅显而准确。大多寓言的构思显示出作者真诚的人生经验与儿童文学写作的智慧。《动物全运会》（章建华）从内容上看属于科学童话。作者以童话故事的形式，讲述一场动物运动会的比赛经过，将不同的动物习性、自然科学知识和关于环境保护的忧思主题融入充满童趣的童话故事里，构思独特，具有一定的想象力。语言也颇具生动的文学色彩，是一篇清新可读的作品。

《三峡小移民》（冯绪旋）以报告文学和纪实故事的形式，反映三峡移民工程中库区孩子的生活变迁和心灵轨迹，书写了一个特殊的儿童群体的命运波动与生存状态。作品贴近现实生活，基调健康明朗，语言也清新晓畅，对少年读者具有一定的教育意义和文学感染力。

参评作品最多的是儿童诗和童谣。《蚂蚁爬山》《轻轻地走路》（徐焕云）是同一作者的两首儿歌。《蚂蚁爬山》写得饶有童趣，朗朗上口，且具一种儿童游戏精神；《轻轻地走路》意在告诉小孩子懂得一种尊重他人的礼貌美德。相比之下，前者更为完美和易于流传。《啄木鸟》（刘碧峰）是一首以啄木鸟捕捉害虫喻廉政反贪建设的歌词。作为儿歌，有一定童趣，但未见得有多少新意。写啄木鸟的儿歌太多了，都难以跳出固有的窠臼。儿歌集《童年的航标》（李月生）立意于小孩子的成长美德和好习惯的培育，状写各种童年礼仪细节，比较生动形象和具有童趣，对于矫正儿童的不良习惯，培养儿童的美德，有一定的教化作用。但大多数作品为了突出教化的意义，反而显得无趣和说教气太重。《小雨点》（黎修彦）本来是在写小雨点的奉献和牺牲精神，但整体表述并不明朗，尤其是最后两句，会让小孩子感到费解，不那么完美。《与花对视（外二首）》（彭天喜）是一组较有诗味的儿童诗，短小的形制之内，既有抒情又颇具理趣。作者表面在写自然界的花朵与萤火，其实是想表达对美与爱、对理解与奉献的赞美与呼唤。有一定的诗味，构思也算精巧。但语言略显出雕琢痕迹。《雨天》（王铁栓）用儿童们可感可见的形象，宣示生活中的互相友爱与关心，意在培养孩子的爱心。语言浅显而生动，朗朗上口，容易念诵，是一首比较完美的童谣。《生肖歌》（任文胜）以风趣快乐的童谣形式，告诉小孩子中国传统文化中十二生肖的动物知识，并将热爱中华文化以及一些传统美德和荣辱观念融入其中。立意高远，表述也比较生动，做到了寓教于乐。《化妆》（李明灯）表现了热爱大自然、保护人类生存的环境的大主题，形象鲜明，又颇具童趣，也获得了寓教于乐、润物无声的效果。《风华人生少年始》（王义功主编）以诗体形式抒写中华民族的爱国正气和道德文明，咏赞历史和当代英雄人物，作为对未成年人进行思想道德教育的乡土读本，立意明确，形式上也有所创新。惜乎说教气太重，文学色彩不足，只能当德育读物看，而不能做文学作品观。

2006年夏，武汉

书边微言录

鲁迅先生的儿童文学

鲁迅先生的儿童文学作品里，充满了温润的悲悯情怀和深挚的人间大爱。他不仅用自己的亲身实践在告诉我们，应该怎样做父亲，而且也用他的小说和散文作品告诉了我们，什么样的儿童文学，才是伟大和杰出的儿童文学。

原载《故乡》(鲁迅儿童文学经典·小说卷)、《从百草园到三味书屋》(鲁迅儿童文学经典·散文卷)，北京联合出版公司 2013 年 8 月第 1 版

“小香咕”带来的童年美学

“小香咕”系列为孩子们呈现了一种恣意、灿烂和美好的阳光童年。澄澈的故事和温暖的浅语里，涓涓流淌着女

作家细腻的柔情与母爱。对儿童天性的尊重、赞赏与呵护，对儿童文学和儿童教育之美的悉心追求，尽在其中。“小香咕”所带给我们的童年美学，堪与世界著名的“小尼古拉”的故事和“玛蒂娜”的故事相媲美。

原载秦文君著《小香咕全传》(全15册)，同心出版社2013年5月第1版

提灯年代

《中外少年》曾经伴随着无数的少男少女度过了他们的“提灯年代”，成为了一代人美好和温暖的童年和少年回忆。二十多年前，我也曾有幸成为她的一名作者，在这份刊物上发表过《向少女安妮致敬》等作品。时光在流逝，水在流动，而梦想永存，青春无恙。祝愿《中外少年》华丽转身、成功转型。

2011年4月16日，为《中外少年》改版题词

在拉风和时尚的风格背后

雨君虽然已经不是小女生了，可是她的作品却总是“浪漫满屋”，令所有的男生和女生着迷。因为她一直生活和呼吸在当下城市校园男女生的趣味和风尚里，自从开始文学写作至今，从来也没有停止过对青春男女生的成长心理、生

活细节和精神趋向的探究与追踪。她的每一本书，都是为校园男女生而写，在拉风和时尚的风格背后，是一册又一册正在成长的这一代人的心灵小传。

原载郁雨君著《辫子姐姐男孩专列》，外语教学与研究出版社 2010 年 5 月第 1 版

四月桑园里沙沙的声音

《十三岁的秘密》是郁雨君少女小说的一部标志性作品，风格清丽,充满了春天四月桑园里沙沙的声音与清新的气息。温暖的、洒满阳光的人物，舒展的、渴望飞翔的心灵，积极的、健康向上的故事，足以在每一个少年读者的心上，为每一个丑小鸭式的男孩女孩的梦想，插上一对白天鹅的翅膀。

原载郁雨君著《辫子姐姐纯情经典·十三岁的秘密》，山东文艺出版社 2011 年 4 月第 1 版

少年人格教育小说

这是一些讲述着弱小、单纯和无助的生命如何一步步变得坚强、丰富和拥有尊严与自信的故事。这是一种引领着单纯的童心去追慕高远、走向开阔和博大的“少年人格教育小说”。翌平的小说创作在致力于故事的好看、人物个性的发现、细节的真实生动的同时，更致力于对生命的尊

重，对生命价值和某种道德完整的思考与张扬，致力于带给小读者以心灵的感动、真善美的润泽和成长的启迪。愉悦和精彩的故事，也许只是小说里甜润可口的“果肉”，而蕴含在故事深处的人格教育理想，却是一颗颗坚实的果核和种子。“果肉”被吃掉了、消化了，种子就会播撒在了那些弱小的心田里。正如菌子没有了，但是菌子的气息一定还会留在金色的草地上。

2012 年秋天

原载翌平著《穿透云霞的小号》，同心出版社 2013 年 1 月第 1 版

爱祖国，爱我们的母语

偶尔读到德国诗人海涅的一段话，心中突然感到一阵微颤。海涅说：“夜间，想到德国，睡眠便离我而去，我再也无法合眼，泪流满面。”这使我不禁又想到俄罗斯白银时代诗人曼德尔施塔姆，他也有一段谈论自己对祖国的感受的文字：“我回到我的祖国，熟悉如眼泪，如静脉，如童年的腮腺炎。”

这些文字有如电光火石，炽热而耀眼。它们使我想到的是：爱祖国，就应该这样爱，就应该爱得这样深、这样真挚。作为一名使用汉语的写作者，我还想到，爱祖国，还应该好好爱我们的母语，应该用自己所写出的每一个字、每一个词、每一个句子，去体现、去维护、去张扬我们伟大的汉语的精确与美丽、丰富与神奇。

屠格涅夫在索居巴黎的日子里，曾经这么说过："在疑惑不安的日子里，在我痛苦地思念我的祖国，惦记着她的命运的日子里，给我鼓舞和支持的，唯有你啊，美丽的、有力的、真挚的俄罗斯语言……"

爱祖国，爱我们的母语，也应该这样爱，也应该爱得这样深挚。

2009 年秋天，写于武汉

原载《作家通讯》2009 年第 4 期（应《作家通讯》之邀，为庆祝新中国诞生六十周年而写的"作家心语"）

文学必须关怀世道人心

能够再次获得湖北文学奖，我感到十分荣幸。感谢评选专家们辛苦的阅读，感谢评委们对我的散文所给予的肯定。作家从来就有"大作家"和"好作家"之分。我一直在努力，今后也将继续努力，去做一个都德、梅里美、亚米契斯和巴乌斯托夫斯基式的、我心目中的"好作家"。因为我非常清楚地明白，我永远也做不了巴尔扎克、托尔斯泰、雨果、曹雪芹和鲁迅这样的"大作家"。但是我坚信，世界上只有渺小的体裁形式，而没有渺小的作家。文学写作，也绝不仅仅是作家个人的一种生存方式。不，真正好的文学，必须关怀世道人心，必须具有干预和纠正低俗的社会趣味、引领民族的文明道德的担当精神和职业道义感。我深爱着我们的祖国，包括她所有的悲苦；我深爱着我们的生活，包括它全部的艰辛。

2009 年 10 月，武昌梨园

原载《湖北作家》2010 年第 1 期（为散文集《翡冷翠的薄暮》获得第四届湖北文学奖而写的“获奖感言”）

“德育”的光芒

儿童文学界的前辈陈伯吹先生说过一句话：“儿童文学虽是派生于文学的一个组成部分，但它又不能不受制于教育。”近几年来，《童话王国》所刊发的童话作品虽然风格多样、样式各异，但有一点却始终坚定不移，那就是，每一个好看的故事背后，总有一些“美育”和“德育”的光芒在闪耀。编辑者从来也没有放弃儿童文学作品对小孩子引导与引领的社会责任。许多放在头条或重点栏目里的作品，往往会涉及诸如谦让、分享、诚信、专注、承担、奉献、勇敢、自信、友爱、互助、智慧、感恩等成长主题。这些美德都是小孩子在成长过程中所不应回避和绕过的，而且，正在成长中的小孩子们也是需要这样一些“德育故事”的滋育的——当然，编辑者和创作者们是把它们作为好看的童话故事来讲述、来编辑的。每一期刊物里故事丰富，插图精良，每一篇故事文字不多，却充分地显示出了低幼文学特有的一种“浅语艺术”、一种亲切而有趣的亲和力与感染力，显示了编辑者和出版者们对待儿童文学的严肃、耐心和细致的态度，也呈现着一种有理想的出版人对于自己所从事的职业的“爱与知”。

原载《童话王国》(应邀为新蕾出版社《童话王国》写的“寄语”)

儿童诗的荣耀

没有任何声音，比抒情诗的声音更美；没有任何翅膀，比幻想的翅膀飞得更远、更高。啊，今夕何夕？你们以诗的名义聚会，你们用分行和押韵的方式，狂欢、嬉闹、跳舞、拥抱！让诗歌发出嘹亮的声音。让童话带上铿锵的韵脚。让小说和散文传达出心灵的节奏。甚至让评论家的文字，也来跟随着诗人们的激情舞蹈……这，就是我今夜的诗情，也是我发自内心的祝愿，以及作为一位诗人的荣耀！

2007 年秋天，致鲁迅文学院“儿童文学高研班”诗歌朗诵晚会的贺辞

做自己最好的朋友

认识你自己，相信你自己。我自信，故我快乐。

在成长的道路上，对自我认同的程度，将直接影响着自身的心理状态和人格发展的方向。芭比在《芭比快乐生活秘诀》里与大家分享的建议，可以帮助你充分地认识自我、肯定自我，建立起强大的自信心，跟身边的朋友和谐

相处，赢得友谊和幸福。

原载《芭比快乐生活秘诀》，[美] 路易斯·吉科薇著，严谨译，上海人民美术出版社 2008 年 6 月第 1 版

筑造童书出版的“巴别塔”

国际青少年图书馆和国际青少年读物联盟（IBBY）创始人叶拉·莱普曼夫人，曾经这样描述过：世界上有那么一棵长满书的大树，每一根树枝上都挂满美丽的童书，而那些最美丽的图画书，都挂在最矮的树枝上，这样，即使再小的小孩子，只要一伸出手就能够摘到它们，而在这棵大树的浓荫之下，所有为儿童写书、画画、出版的人，都相聚在一起，为了让所有的孩子都有书读而努力工作……这个美好而崇高的愿望，直到今天依然是我们还在为之努力、渴望实现的一个梦想。来自中国和英国的两家出版公司，联手在深圳创办“心喜阅”儿童教育与出版机构，期望你们致力于传播人类最先进的文化，致力于采撷世界上最美好的文学、艺术和科学智慧之果，像当年的马可·波罗一样，在东西方的童书出版领域，探寻和拓展出一条新的“丝绸之路”；也如那些伟大的巴别塔（Babel）的筑造者，在不同肤色的孩子们之间，在孩子们的过去、今天和未来之间，建起一座座高接云端的通天之塔。

2010 年 8 月 12 日，致“心喜阅”贺信

探险小说的意义

彭绪洛的少年探险小说，十分看重故事的讲述。从他从容的故事讲述里，我们能感到作家对一种睿智的叙事艺术的把握与掌控。作者就像一位出色的少年心理专家，他懂得如何把现实中最常见的生活细节，甚至把一些自然、地理、人文、环境和生活知识融入到紧张的历险故事之中。而隐藏在故事背后的真正的“主角”，就是小说作者本人——他是这些敢于冒险、敢于行动的少年的最知心的朋友。他用自己的爱心，用自己的赞赏和嘉许的热情，在鼓励和帮助着这些少年一次次顽强地通过青春的危险地带和种种障碍，一次次从惊险、艰辛的困境中突围出来，获得成长的自信和人生的经验与力量。

原载彭绪洛著《少年奇幻冒险系列》，吉林人民出版社2010年1月第1版

关于《中国当代童话名家自选集》

从这些题材繁富、风格多姿的精品中，我们看到了中国当代老、中、青三代童话家在追求儿童文学的爱与美、真与善、快乐与想象等品质上所做出的努力；也可以充分感受到那些伟大和温暖的、既属于中国也属于全人类所共有的童话精神和文学精神，那些天真的和具有童年趣味的儿

童精神，那种舐犊般的母爱情感，那种对于每一个弱小的生命个体的充分的尊重、理解与呵护，那种纯真、仁慈、宽容、细腻与柔和的情感，以及对儿童本位的坚持，对儿童游戏精神和幽默品质的寻找，等等。从这些作品里我们也仿佛听到了冰心老人曾殷切寄希望于儿童文学作家们的话语，在原创童话中的回响："必须要有一颗热爱儿童的心，慈母的心；为儿童创作，就要和孩子交往，要热爱他们、尊重他们；有了爱，就有了一切。同时，我们从这些作品中也不难感知童话家们在追求儿童文学的完美性与恒久性，在追求艺术个性化的道路上所付出的艰辛，所付出的创新精神和探索勇气。漂亮的插图，清新的书装，细致的编排……也使得这些具有经典气质的作品，散发出芬芳的书香和纯美的艺术气息。

2011 年 6 月，武汉

2011 年 6 月，为新蕾出版社出版的《中国当代童话名家自选集》撰写的推荐语

《哈哈画报》卷首语

美国著名的朗读研究专家吉姆·崔利斯，在那本儿童朗读的研究著作《朗读手册》里说到，朗读是一件关乎孩子们一生的事情。"我们教孩子去热爱与渴望，远比我们教孩子去做重要得多"。他告诉我们说，让孩子们每天大声朗读十五分钟，是美国教育成功的"秘诀"。大声朗读，绝不

仅仅是孩子们的事情，而是所有父母亲、祖父祖母、老师、校长、图书馆管理员——即所有承担着儿童教育责任，承担着哺育孩子的心灵与成长、也可能将影响着孩子一生的选择与去向的责任者共同的事情。

朗读的最佳文体，首选当然是诗歌。特别是在一些节日集会、校园晚会上，诗歌朗诵，总是少不了的“保留节目”。优美的诗歌往往会展示出一种高昂向上的精神风貌和色彩缤纷的大自然之美，也呈现出一幅幅绚丽多姿的，充满了欢乐、渴望、美梦、幻想和许多小秘密的儿童情感世界。在快乐的校园里，在和美的家庭里，如果老师和家长们能给孩子们提供更多的朗诵的机会和展示才艺的舞台，引导孩子们大声朗诵，不仅可以使孩子在语言、智力方面得到更好的培育和发挥，更重要的是，能使孩子在情感和心理上得到健全的发展。这是因为，大声朗诵，可以使孩子们增强自信心，促进他们在表达、交际以及对环境的适用能力。愿甜美和响亮的朗诵声，响彻在每一座校园的课堂上、草地上和节日晚会的舞台之上。

2010 年秋

原载《哈哈画报》2010 年第 11 期

辑　四

相信童话

寻找独角兽的银色蹄印

儿童文学界的老前辈陈伯吹先生说过一句话：“儿童文学虽是派生于文学的一个组成部分，但儿童文学又不能不受制于教育。”就我所知，儿童文学界有许多人对这个观点不以为然，尤其是在二十世纪八十年代里，儿童文学作家们正在努力使中国的儿童文学从长期受制于简单的教育功能的状态，向“文学本位”和“儿童本位”转变的时候。可是，经过了几代作家二十多年来艰辛的努力，当中国的儿童文学已经回归到文学和儿童本位之后，我们看到，有不少作家和作品，却沿着这条被拓宽的线路，继续以“文学”和“儿童”的名义，渐行渐远。儿童文学的传统观念已经被这些作家彻底地解构和颠覆。魔幻、卡通、动漫、武侠、电玩游戏、网络语言等各种书写元素，取代了传统的故事和讲述方式，一个个怪异、随意和“恶作剧”般的文本，让人眼花缭乱，乃至瞠目结舌。这种状况不能不让人想起西方一位传统文本批评家所发过的哀叹：在这个时代，批评已经衰老，再也无力管教“现代写作顽童”们的“胡闹”，写作正如脱缰的野马狂奔而去——至于它究竟会奔向何方，却无人能够知晓。

也许正是因为近几年来所看到的这种“脱缰的野马”式的所谓儿童文学太多了，近乎泛滥，所以我对一些具有传统风格和意味的儿童文学作品，不免有深深的“怀旧”之感。甚至对陈伯吹先生的那句话，也仍然抱有好感和认同感。或许，我还在心里暗自期待、并且时常在寻找着一些关涉儿童成长的，带有积极的“教育”意义的作品。最近看到的一套童话绘本——《欢乐的动物世界》，由《小花鹿》《小刺猬》《小山羊》《小灰兔》《小毛驴》和《小松鼠》六册组成。这是老作家葛翠琳为低幼孩子们写的一组以小动物为主角的图画书，是一组充满舐犊温情的“美育”和“德育”童话故事。它们所涉及的主题包含着诸如谦让、分享、诚信、专注、承担、奉献、勇敢、自信、友爱、互助、智慧、感恩，等等。这些美德都是小孩子在成长过程中所不应回避和绕过的。而且，正在成长中的小孩子们也是需要这样一些“德育故事”的滋育的——当然，童话家是把它们作为文学故事来讲述的，她讲述的是那么单纯、亲切和有趣，每一篇故事文字不多，却充分地显示出了低幼文学特有的一种“浅语艺术”的亲和力与感染力，显示了一位老作家对待儿童文学的严肃、耐心和细心的态度。这些作品，可以视为一位老祖母与幼小者们的心灵对话，是一棵浓荫郁郁的大树对身边的小花小草们的关注与祝福。从那些小动物的生动的生活细节和童话家的温情脉脉的故事编织里，小读者不仅可以获得成长的启示，也可以得到文学的享受、美的熏陶。

国际安徒生文学奖获得者、前苏联著名儿童文学家和教育家谢尔盖·米哈尔科夫，写过一本关于儿童成长与素质教育问题的散文名著《一切从童年开始》。他认为，无论孩子们的家庭生活和学校生活多么有趣，可是如果不去阅读一些美好、有趣和珍贵的书，也就像被夺去了童年最可贵的财富一样，其损失将是不可弥补的。他举了自己在八岁时所记住的诗人涅克拉索夫的几行诗为例，它们出自《涅克拉索夫选集》："在我们这块低洼的沼泽地方，要不是总有人用网去捕，用绳索去套，各种野兽会比现在多五倍，兔子当然也一样，真让人心伤。"他说，过去了许多年——超过了半个世纪之后，这些诗句仍然没有失去当年迷人的魅力，它们仍然在不断地唤醒他的良知和爱心，像童年时一样。他小时候还读过一本文字优美的诗体小说《马扎依爷爷》，当他自己也成了一名作家后，他仍然要特地去看看当年马扎依爷爷搭救可怜的小兔子的地方。他举这些小例子只为了说明，一些美好的、高尚的和有趣的童书，对小孩子们的童年和成长，对他们未来的精神世界，有着多么重要的影响力量。那么，从这个意义上讲，强调儿童文学的"美育"和"德育"等教育作用，强调儿童文学作家的道德责任感和社会使命感，并非是一个陈旧和可笑的话题。有人把儿童文学创作比喻成去"寻找独角兽的银色蹄印"。可惜的是，我们有许多人忘记了童年记忆里的"马扎依爷爷搭救可怜的小兔子的地方"，也失去了那美丽的独角兽的银色蹄印。

此外，这套童书开本较大，张蔚昕的别具匠心和童趣的绘画，造型和构图十分讲究，色彩和环境描绘细腻生动，已然逼近世界一流儿童图画书的水准。这是我所看到的近年来出版的极为少见和最具水准的国内原创图画书之一。

写于2005年秋天

原载《中国图书商报》“阅读周刊”2006年2月

张嘉骅和他的《梦中奇旅》

念初中时读鲁迅先生的《故事新编》，别的没有记住，倒是牢牢记住了他用汉字写出的那几个英语单词的音译，如“古貌林”、“好杜有图”、“古鲁几哩”，等等。这是鲁迅先生的冷幽默。后来我自己学着写校园小说时，也模仿过这样的幽默笔法，写过“鼓捣么呢”、“鼓捣衣服呢”、“鼓捣奶”、“三克油喂你妈吃”以及“班长，爱老虎油”之类。其中“爱老虎油”是从港台电影里学来的。

现在，我从张嘉骅先生的童话里，又读到了一些同样好玩的“英语汉译”和怪味名字，如“占母湿·膀得”、“阿里妈妈”（没错，既然有“阿里巴巴”，自然就应该有“阿里妈妈”）、“占天右”、“锺国仁”，等等。如此“音译”，几乎不动声色就先给读者送上了几分幽默效果。

我最早读到的张嘉骅先生的作品，是他的《怪物童话》和《蝗虫一族——昆虫趣味童话》两本书。那是将近二十年前，散文家和出版人桂文亚女士在《民生报》报社主持童书出版的时候，曾极力向我推荐过嘉骅的作品。当我读过了那些以传说中的“双头蛇”、用两个乳头当眼睛的“刑天”、有十个身子加一个脑袋的“何罗鱼”等稀世怪物为主角的“怪物童话”，读过了那些以生存在旧书页里的小小蠹鱼（又叫“书虫”）、一生的生命短暂到不足二十四小时的蜉蝣等鲜为人知的奇异小虫为主角的“昆虫趣味童话”之后，我就明白了，天才的童话作家应该是什么样子的。

面对一只生命短暂得可谓“朝生暮死”的小小蜉蝣，你将如何去想象和发现它们的生存秘密与生活故事？你是否也曾想象过，只因为生命太短了，所以每一只蜉蝣从出生的那一瞬间开始，生活的一切都可能是以“秒”作为计算单位的。于是，蜉蝣之间就有了这样的对话：

“快，快走，早场电影赶不及了……”

“亲爱的，你就赶快答应嫁给我吧。我可没那么多耐性，我只打算花六十秒跟你求婚……”

“喂，老婆，你别拖拖拉拉的行不行？生个孩子也要十五秒！到底生完了没？我们还得赶去看职业棒球赛呢……”

正因为小小蜉蝣一生的每个瞬间都是如此之“赶”，所以其中有一只蜉蝣开始思考生命的真谛了：“生命虽短，有必要那么赶吗？为何不好好品味这一天呢？”然而，就在这只蜉蝣思想者刚刚停在山涧，准备从容品味山中风景时，“呼”的一声，一只鸟掠过，小小蜉蝣在一瞬间“过完了他非常有品味的一天”。

这篇名为《蜉蝣新新的一天》的童话，到此也戛然而止：“好啦，故事说完了。够快了吧！”

张嘉骅先生和他的童话，留给我最早的感受就是这样：他能从最混沌、最狭小、甚至最暗黑的空间里，去找到和打开可以透进光亮的缝隙，然后发挥出自己天才般的想象力，去搭建起一个童话的舞台，让那些你可能从来也没有看见过、也无从想象的、鲜为人知的生物、动物乃至怪物，去演绎他们各自的生命的故事，去讲述他们各自的生存的秘密。更重要的是，他用一支生花妙笔，把这些童话故事演绎和讲述得那么幽默、好玩，怪味连连，妙趣横生，简直令人有点匪夷所思了！所以我说，张嘉骅先生是一位天才的童话作家。这样的人不写童话，那才叫奇怪呢。

《梦中奇旅》是张嘉骅先生的儿童文学精选集。在这部选集里，童话自然是“主打”作品。除了“怪物童话”和“昆虫趣味童话”，他还有两类童话，也是怪味十足，“笑点”不断，充满了荒诞、夸张、谐谑和游戏精神。

一类是“押韵的童话”，即每篇童话的语言，通篇押一个相同的韵，一韵到底。如《一篇押 a 韵的童话》《神奇的推销员——一篇押 an 韵的童话》《梦中奇旅——一篇押 ang 韵的童话》等。这几篇童话，在语言的运用上，无疑带着试验和游戏的性质。除了故事本身的夸张和谐谑味道，整个故事读下来，还有一种聆听说书、鼓词、快书或童话诗的感觉，小读者在享受童话故事的同时，还可以领略和体会到汉语言的文韵之美，感受到生动、鲜活、繁复和婉转的母语之美。另一类童话如同鲁迅先生笔下的“故事新编”，如《白蛇传》《阿里巴巴》等。这些童话取材于小读者耳熟能详的经典故事，又重新演绎出新的情节、新的主题，有点像“经典故事接龙”的写法，却又融入了童话家全新的想象、智慧和趣味，甚至会与这些经典故事“抬杠”，“恶搞”一番。例如《星座占流年》这篇童话，就把那些煞有其事的星座运程占卜家们“恶搞”和“反讽”得无地自容。童话家自己把这类童话命名为“怪怪书怪怪读”。

阅读这种“故事新编”式的童话，我想到了国际安徒生文学奖得主多维·扬森的一个观念：在一本儿童书中，应当有一些什么东西解释不清和不必图解的，应当让小读者们自己去想象，或者让他们在可能和不可能的情况下去自我感受；应当留下一条小路，作家暂时在此驻足，而孩子们将独自继续走下去。张嘉骅的这类“怪怪书怪怪读”童话，正是可以让小读者们沿着他所重新开辟出的想象的路径，沿着他重新演绎出的故事思路，继续想象、追寻下去的一类作品。

毫无疑问，无论是哪种风格的童话，都表现出了张嘉骅作为天才的童话家而异于常人的机智、幽默与趣味，以及他善于别出心裁，敢于独创新意的艺术探索精神。

童话之外，这部选集里还选有少量的儿童诗、儿童小说、童年回忆散文各四篇。《我坐在红色屋顶上》是张嘉骅的儿童诗处女作，却获得了台湾《民生报》童诗奖。这是一篇爱心怡怡、想象力丰沛、意境辽阔的童话诗。《鞋子》《压岁钱》和《你肚子里有没有屈原？》也含有单纯的故事性，富有真挚感人的童贞之美。可惜的是，张嘉骅先生后来把主要精力都用在了童话写作上，儿童诗的数量并不多。有舍才有得。我们可能失去了一个好的儿童诗人，却换来了一位独一无二的童话家。

因为他拥有狂风呼啸一般的想象力，而且敢于从混沌、暗黑和经典故事早已结束的地方去展开幻想的翅膀，去施展自己的“智慧秘辛”，所以他写起科学幻想和奇幻类小说来，更是得心应手、举重若轻，而且同样可以写得十分快乐好玩。虽然他的科幻小说写的是辽阔的“宇宙题材”和蓝色的“海洋之书”，但是像《古碑之谜》《奶奶的瓶中信》等篇，依然带着他那种惯有的“怪怪书怪怪读”的味道。

我有时候也不免会好奇：一个写惯了夸张、荒诞、变形、谐谑风格的幻想类作品的童话家，他会不会做任何事情都变得不再严肃、不再一本正经了呢？就像那些总是给观众带来笑声的喜剧演员，如果需要他“严肃一点”，乃至演一场“哭戏”，他会吗？

当我带着这种好奇心，读过了张嘉骅先生回忆自己童年生活的散文——他的选集中唯一的一辑“现实类”题材的作品时，我的好奇心得以释然了。喜剧演员，当然也可以出演“哭戏”。不信你们读读书中的四篇散文，写得多么严肃、真实和深挚，尤其是《宛如花在迷雾中》和《留在脸上的雷声》，实在就是“喜剧演员”张嘉骅的几幕难忘的“哭戏”。读着这样情真意切的散文，我的脸上好像也挨了那位老师的巴掌，我自己好像也置身在那个夭折的孩子的追悼会上，再也笑不起来了。

2013年农历端午节，写于东湖梨园

原载《海岸线书系·梦中奇旅》，张嘉骅著，浙江少年儿童出版社2014年10月第1版

在琴键上跳舞的手指

“美丽而神奇的童话城堡在哪里？”童话家张秋生的回答是：“它在每一个纯真孩子的心灵里。”他这样解释他心目中的童话的意义：“在清晨和黄昏的阅读中，在漆黑夜晚的梦境里，它会时时出现在你的眼前，悄悄矗立在你的心坎里。你奇幻的想象，美好的憧憬，真挚的情感陪伴着它。那里面藏着神奇的故事，有趣的人物，藏着真善美，藏着你的惊叹、热爱和悲欢，它是你心中充满激情的一角……”

“二十一世纪新童话书系”由目前活跃在国内童话创作一线的老、中、青三代童话家联手打造。张秋生、孙幼军、任大星三位堪称中国当代童话界的“老魔法师”，这次分别献上了自己的新作《森林里的红鬼和蓝鬼》《葛嘟嘟大师》和《大力王子》；薛涛、孙迎、王一梅、易羊、张洪波、陈奇等青年作家就像童话世界里的王子和公主，他们拥有自己的童话王国和最亲爱的臣民，《到魔镇度假》《住在雨街的猫》《迷路的小影子》《九头鼠和八爪猫》《魔女表妹》是他们各自精心导演的最新的童话剧。这是一个异彩纷呈的舞台组合，一次快乐的童话展演。角色不同，故事各异，但主旋律都是一样的：给新世纪的孩子们送上一种轻松、快乐和充满想象与惊异的阅读经历和阅读体验。

童话家们的每一个故事，都像是用灵巧的手指在琴键上跳舞时所奏出的美妙乐音，它们倾诉着作者对所有小孩子的怜爱、发现与祝福，也展现了一个由童趣、幻想、天真和稚爱交织而成的纯美的童心世界。那些灵巧的、仿佛带着魔法的童话的手指，使我想到了雅克·夏尔庞特笔下的那个“在书的森林里，沿着一条条字句的小路走啊走”的小小的手指头。一字字，一行行，一段段，一页页，小小的手指头朝着森林的中心走，会遇到越来越多的好朋友，就连等待已久的琴鸟，也会站在高高的枝头为它唱歌。

这些美丽的小故事带给我们的阅读感受，再一次证明了从瑞典的林格伦到德国的卡斯特奈（一九五八年和一九六〇年两届安徒生文学奖得主）都认同的那个儿童文学观念的合理性，那就是：即使能够生儿育女、了解孩子的人，也不见得就能够写出优秀的儿童文学作品来，要紧的是了解“过去的那个孩子”——自己。只要做到了这一点，你就有可能写出最细腻和最具儿童意识的作品来。

2005 年夏天

“快乐阅读”如何实现?

白冰的低幼文学新作《小老鼠稀里哗啦系列》，塑造了一对名叫“稀里”和“哗啦”的小老鼠姐弟。他们显然都属于“LD”类型的小孩子。小老鼠姐弟俩几乎每时每刻都在闹腾，而且总是异想天开，敢想敢做，结果往往弄巧成拙，事与愿违，无论是自己的家里还是周围的邻居，常常被闹腾得天翻地覆、不得安宁。凡是那些顽皮、淘气、好动的小孩子能够想到和做到的一切，这对小老鼠姐弟也都能够想到和做到。他们自由自在、无拘无束、快乐无畏。有时就像一阵狂风，呼啸而来；像一场骤雨，突然从天而降。所到之处，往往就像他们的名字所预示的那样，一片稀里哗啦。

对于两只小老鼠的顽皮好动的天性，评论家汤锐这样分析过：“除了精力旺盛、热情善良、活泼可爱，稀里和哗啦身上还有一种生气勃勃的自信和乐观精神，一股初生牛犊不怕虎的勇气和丰富的想象力。这是一种只有在身心健康、发展良好的儿童身上才会表现出来的可贵的创造精神。”这也正是睿智的儿童文学作家白冰的文心所在。他把一种最恣意、最舒展、也最快乐的童年状态，呈现在自己简单、明快、轻松、幽默的浅语书写里。他用他的富于想象和智慧的好玩的故事，讲述着、倡导着和维护着一种健康、自然和灿烂、蓬勃的成长。

美好的想象、快乐的智慧、无限的童趣，在这个系列故事里随处飞翔。大象的长长的鼻子管道，可以成为两只小老鼠飞往奶奶家的“飞船发射塔”；满身的泥巴可以成为小老鼠抵御蚊子和蜜蜂的厚厚的盔甲；一到深夜，大飞狼可以从童话书里钻出来，吓唬和欺负小老鼠姐弟俩；为了战胜大飞狼，姐弟俩想出一个主意：用画笔改变了童话书里的大飞狼的形象，把他变成了可爱的小飞象和友好的小飞羊。我们来欣赏《稀里哗啦变变变》这一册里，小老鼠姐弟用画笔把大飞狼变成了小飞羊后的一小段：

有一次，小飞羊飞到了星星旁边，要吃星星。

稀里和哗啦不高兴了。

稀里说：“你把星星吃了，谁给小鸟照亮儿呢？”

哗啦说：“就是，星星照在水里，小鱼儿要用它当灯笼。我们还养过小星星呢！”

小飞羊说：“要是这样，我就不吃了，不过星星肯定很甜很香。”

稀里说：“我给你出个主意，你可以假装吃了好多星星。”

小飞羊说：“什么叫假装吃呀？”

稀里说："你不真吃，你唱，一边唱，一边想，就好像真吃了好多好多星星。"

哗啦说："这是甜美的幻想。"

因为故事里充满智慧、快乐和趣味，所以小孩子美好的天性就有可能跟随着这样的故事一起飞翔，在故事里得到润泽、滋育和引领。低幼时期，作为儿童成长的第一个阶段，已经变得越来越重要。这个年龄阶段的一些哪怕是极其细微的心理趋向、生活习惯和价值观的培养，都将直接影响着一个人成年后的生活品质、性格气质和价值取向。所以有的专家就指出过，如果说人类文明中的"单纯的人性"有所成长的话，那么它们始终是跟随幼年的脚步一起成长起来的。

在白冰的这套低幼文学新作里，快乐有趣的故事，简单、开放而又连续性的篇章设置，也恰当地对应了低幼年龄的小孩子对文字阅读缺少足够耐心的实际。每一个故事几乎都可独立成篇，就像一集集的动画剧，大约三五分钟之内就能轻松读完。每一本书由十来个故事构成，整本书大约半个小时内也就可以轻松地读完。这就像目前分级阅读中的一些"桥梁书"一样，可以起到帮助小孩子从图画书阅读向文字阅读过渡、帮助他们提升阅读自信心的作用。单纯的故事、简单的叙述、浅显的文字，都是对孩子的一种关怀。当创作者压根就不想让自己的小读者在阅读这本书时带有任何负担的时候，真正的"快乐阅读"才有可能实现和完成。

白冰的这套低幼故事书里，根据情节的需要，不时地穿插着一些短小的、谐趣的童诗和儿歌。这些小歌谣有时也纯粹为了轻松、逗趣，没有什么逻辑性可言，甚至带点“无厘头”的意味。但是因为有了语言文字上的回环往复的韵律效果，小孩子们念起来就像在念文字游戏般的“绕口令”一样，会觉得十分开心和有趣。这使这套童书里的“游戏精神”更显得突出。小读者们获得的是心灵上的愉悦和放松，是语言、文字、音韵上的戏谑和趣味，是对自己母语的语感的玩味和体会。

安徒生奖获得者、儿童文学作家门德特·戴扬有几句话说得好：“如果小读者喜欢它们，那很好，只要能派上用场，尽可以享用，这书一出版就是他们的了。”《小老鼠稀里哗啦系列》就是这样一套属于小孩子们的书。

2011 年 7 月，武昌

给孩子们一个幻想的空间

一个五年级的小学生，暑假去了一趟山里，回来时竟学会了一身轻功，被人们称为“小飘侠”。可是就在这时候，一个可怕的鳄状怪影出现了——后来的结果将如何呢？另一位小朋友，从商店里买回了一套怪兽拼装模型，商店里同时赠送给他一副红蓝双色眼镜。可是，这个孩子拼装出来的怪兽竟是一个十分丑陋的怪物！而且他一戴上红蓝眼镜，还发现怪兽和书柜里的玩具会说会动。这又是怎么一回事呢？童话家魏滨海的《拼装怪兽和红蓝眼镜》由三部中篇童话组成。三个故事扑朔迷离，曲折紧张，引人入胜。透过这些充满幻异色彩的故事，孩子们将认识到什么是正义、友爱、勇敢、善良，什么是邪恶、仇杀、懦弱、残忍……

既没有胳膊也不长腿儿的圆豆儿，为什么会跳跃？海底花园里那美丽的红珊瑚，怎么一夜之间竟变成了一堆白色骸骨？辛勤的蜜蜂为什么竟把一只丑陋的飞蛾认作蜂王？迷路的小花猫在谁的帮助下回到了自己的村庄？象鼻鱼为了海洋不被污染而拍发给人类的电报，人类能够收到吗？小黑熊真的具有即时测温的“特异功能”吗？还有，小橡胶圈儿的“爷爷”到底是谁呢？由儿童文学作家兰帆和王玉合著的科普童话集《海底花园奇案》，汇集了四十篇妙趣横生的科普童话新作。这些有趣的故事把孩子们带进了那神奇诡秘的动物世界和气象万千的植物王国。大自然是一本美丽和神奇的书，大自然也是一部气势恢宏的交响乐。绿色的植物世界里，飘荡着绿色的旋律；快乐的动物乐园里，跳跃着快乐的音符。这部科普童话集是两位作家多年的积累，也是他们献给所有热爱大自然、热爱科学知识的少年朋友的一份小小礼物。丰富的见闻，有趣的故事，美丽的想象，细致的观察，再加上生动的描述，既充分展示了自然界的动物之美和植物之美，也使这些科普童话本身别具魅力。

彭懿先生的《金星蜘蛛人》，汇集了他的中短篇“梦幻童话”的代表性作品。绿星、鬼星、强盗星、沉睡星——那是一些时常有魔鬼和幽灵出没的时空；金星蜘蛛人、矮星人、幻想博士、太阳系警察——他们都生活在一个幻异和神秘的世界里。童话家彭懿的幻想触角惯于在超时空的星际宇宙间延伸，打开他这本书里的任何一篇童话，你都可能与一些古老的幽灵擦肩而过，或者被一艘神秘的飞舰载到古老的昨天或遥远的未来的时空里去。读彭懿的童话，使我们充分领略到了人类幻想空间的开阔与美妙。

徐建华的《外星恐龙》是一部以“外星恐龙”为主人公的科幻童话。英俊少年阿虎和他的伙伴们冒险乘上太空飞船，飞向了茫茫的星空。在星际探险中，他们遇到了凶狠的天龙人、巨大无比的魔星巨怪和神秘莫测的外星鸟。经过了种种惊险曲折之后，他们把一头外星恐龙带回了地球。而这头神奇的恐龙不仅会飞，而且还具有许多人们难以想象的魔力——童话家将科幻和童话两种模式糅和起来，发扬了两者的长处，创造了一种新的儿童文学样式。而有关恐龙的生活习性、生存之谜和失踪之谜，也在一篇篇引人入胜的故事中得到了展现和揭示。

《太阳鸟童话丛书》除了上面提到的这几本之外，还有谢璞的《打败了烦恼》，杨世运的《神农架童话》，邓小秋的《小猎狗探案》，戎林的《吃青草的老虎》等。这套丛书集中了国内一批具有创作实力的中青年童话作家的最新中短篇童话力作。每一本书在题材选择和风格样式上各有侧重，色彩纷呈。其中涉及家庭生活、校园生活、科普知识、生态环境保护、太空历险、森林探秘和恐龙世界漫游等领域。这些作品在语言上也都做到了准确、规范，具有优秀的童话在语言上应有的魅力。

1997 年秋天，武昌东亭

相信童话

儿童文学界以前并没有“儿童阅读推广人”这种身份，甚至也没有这个说法，这种特定“身份”的出现，只是最近十年内的事。本书的作者新月的身份之一，就是一位“儿童阅读推广人”。她做儿童阅读推广的公益活动，已经做得很出色了，甚至比她写作童话的时间还要长。

“讲故事的人”，却是一种“古老的”身份。当这个世界上还没有正式诞生儿童文学的时候，也许，我们就先拥有了一些“讲故事的人”。毫无疑问，早期的儿童文学的一部分，就是由这些“讲故事的人”留下来的。等到伟大的儿童文学诞生之后，一代代“讲故事的人”就层出不穷了。无论是中国还是外国，都有一些著名的故事奶奶、故事姥姥、故事爷爷、故事妈妈、故事爸爸、故事叔叔、故事姐姐。远的且不说，就我们耳熟能详的，外国的如“温迪嬷嬷”、“塞居尔夫人”、“海狸爸爸”等，中国的如“孙敬修爷爷”、“花婆婆”、“鞠萍姐姐”、“董浩叔叔”等，都是一些“讲故事的人”。这些称呼，有的已经不单单是指他们中具体的某一个人，而是成为了“讲故事的人”的代名词。

新月的另一个重要的身份，就是一位著名的“故事姐姐”，一位给孩子们“讲故事的人”。她的职业是广播电台少儿节目《新月读书会》的主持人。前不久，她获得了全国广播电视节目主持人的最高荣誉“金话筒奖”。这是对她多年来孜孜不倦地给孩子们讲故事的最好肯定。

现在，在继续做儿童阅读推广人、继续给孩子们讲故事的同时，新月又开始自己来创作童话故事了。那么，这意味着她又有了一个新的身份：儿童文学作家。

春播秋收，天道酬勤。一分耕耘，一分收获。很好。茎里有的，种子里早已有了。

《妈妈，谢谢你的爱》是她的第一本长篇童话，也是一个亦真亦幻、比较独特的童话文本。

如果仔细阅读，你会发现，在这本童话里，作家根据自己的故事情节和人物对话的需要，巧妙地融合和“植入”了《小王子》《海的女儿》《彼得·潘》《不老泉》《柳林风声》《爱丽丝漫游奇境》《猜猜我有多爱你》《活了一百万次的猫》等经典童话的元素。就我的体会，我猜测，作家这么做，大约有两层意思：

一是要借自己创作的这个童话故事，向这些经典童话“致敬”。无论遥隔着多么汗漫的时空，所有儿童文学作家的心，都是相通的。当他们一旦返回了自己梦想的源头，重新找到了童年时代的“那个孩子”，他们的想象力和全部性灵与感觉的开放程度，竟是表现得惊人的一致。他们都端坐在有一群群孩童经过的道路上，在那里倾听着星星的话语和树木的言谈。新月在自己的童话里借主人公之口，多次写道："这是一个美好得让人不想离开的世界，我们在这里快活无比……"；"我们能离开这里吗？这是一个多么奇怪的地方啊！从我们掉进树洞开始，就像进入了一个梦境，不过，这里发生的一切都那么的真实，对！也许，还会有更离奇的事情发生，那会是什么呢？我出神地想着……"这种对于神奇的童话世界、童话故事的眷恋、向往和礼赞，几乎就是一位以给孩子们讲故事为乐事的"故事姐姐"的"职业使命"。另一层意思，作家是要借助自己的这个故事，去探讨一个让许多小读者、甚至成年人十分好奇的命题：为什么要阅读童话？童话的真谛究竟何在？作品里有这样一个情节：

亲爱的小朋友，如果在彩虹桥上看到一个走来走去的小小人，你可千万别奇怪，这是我的妈妈在纠结呢，到底是该回到人间，做我的好妈妈，爸爸的好妻子，姥姥姥爷的好女儿，继续给小朋友讲故事，还是留在精灵的世界，和黑炭哥哥一起，做一个无忧无虑、永远也不会老的精灵呢？我一直在等待答案。……

童话的主人公"我的妈妈"的纠结，是因为在现实和童话之间，她难以取舍；在爱与不爱之间，她无法选择。而关于童话的意义，新月分别借另一些人物之口，做了这样的探讨：

童话能滋养人的心，会让你想要去爱，就像妈妈那样，迫切地想要爱，甚至放弃做一个精灵。但是爱呀，不是那么简单啊，你需要一辈子去了解。你心里的洞洞越多，对爱的了解也就越多。精灵国最讨厌童话，因为这会影响他们的寿命。你要知道，不管是人类还是精灵，只要心里有爱，就会有伤，就会生病，慢慢走向衰老。

在彩虹国，童话就是糖果，是粮食。每吃一个童话，心就会变得柔软一点，颜色会更鲜红一点。越柔软越鲜红就越容易有洞洞。

只有心的柔软度到一定级数，洞洞的数量够多够深，才可以写出真正的童话……真正的童话是活的……童话里的人物永远都不会老……

这样的探讨，让我想起德国女作家玛亚蕾娜·棱贝克写的那本获得过“奥地利少年儿童图书奖”的童话《童话是童话是童话》。

这位女作家写的也是一个寻找童话和相信童话的故事：一个年轻的童话作家，遇到了这样一个难题。他想写的一个有关国王、王后和公主的童话，刚刚写了一小半，就写不下去了。他甚至开始怀疑：是否还有人会喜欢阅读童话、相信童话？自己到底还应不应该继续写下去？在童话里，他可以给许多无家可归的孩子提供遮风避雨的住所，然而在生活中，他却无能为力去做到这些。但他又总是会那么认真地去追问：生活应该怎样继续下去？他有点落落寡欢地坐在湖边的长椅上，看着过往的行人，感到十分迷惘和孤独。这时候，一个老人出现在他面前。老人以自己的经验，向这个年轻的童话作家解释了童话的意义："它们带给我许多许多东西。它们把我带到了另一个世界……"

"你一定要写下去！"老人鼓励和叮嘱这个青年童话家，"但是你要记住一点，一定要让童话里的一些人过上幸福的生活……"

是的，"让童话里的一些人过上幸福的生活"。新月的这本童话，显然也是在探讨这个问题。故事里的"我的妈妈"也都是这么在做的。

当"我"和妈妈谈论到生死，妈妈告诉孩子，"总有一天妈妈会死去，爸爸会死去，姥姥、姥爷、爷爷、奶奶都会死去……"的时候，作品里写了这样一段：

> 我紧紧地抱着她，难过得说不出一句话，生怕她真的离我而去。妈妈好一会儿才恢复过来，她的身子重新变得柔软而温暖。她在我的耳边轻轻说："宝贝，别哭了，妈妈一定会找到咒语，让大家都好好的，你就放心吧。"

正是因为妈妈对人间的冷暖、对自己的亲人有着割舍不断的牵挂和千丝万缕的爱，所以她宁愿选择了放弃去做一个快乐的、不老的精灵，而回到人间，回到亲人身边，哪怕心上会有洞洞，会承受许多痛苦，甚至会衰老、死去……

她也无怨无悔。就像她多次讲过的《海的女儿》里的小人鱼，宁愿舍弃三百年的生命，去为自己所爱的人做出痛苦的牺牲，去换取一个不灭的灵魂。

童话的最终意义，是让人心变得柔软和温暖，让心里拥有爱，是去战胜自私和孤独，是陪伴着你所爱的人一起承受痛苦、分享欢乐，是和自己爱的人一起走向衰老和死亡……

这不仅是童话的真谛，也是爱的真谛、人生的真谛。

新月的这本童话的主题，就在于此。

在童话故事的结尾，新月假借月亮公主的口说道："我的使命是向符合条件的心发出邀请……"

是的，她这是在向所有喜欢听她讲故事的小读者、小听众发出邀请：阅读童话，就要热爱童话、相信童话。——这，才是童话故事的终极意义，也是童话阅读和故事讲述的真正魅力。

2014年4月2日（国际儿童图书日），东湖梨园

原载《谢谢你的爱——妈妈的故事》，新月著，长江少年儿童出版社2014年12月第1版

《小靴皮皮》导读

冬天的晚上，三条腿的桃木椅子，正在陪伴着自己的女主人。女主人又老又病，身边没有一个亲人。现在她躺在床上睡着了。屋子里很安静，风在窗外呼呼地吹着。一会儿，三条腿的桃木椅子也睡着了，它做了一个梦，梦见了从前的时光：它原本是一棵小桃树，是女主人出生那天，她的父亲栽在院子里的。小桃树年年开桃花，小姑娘也一年年在成长。她给小桃树浇水，小桃树结出很多桃子报答小姑娘。后来，小姑娘长大了，要出嫁了，桃树被做成一张漂亮的新椅子，成了姑娘的嫁妆。从此，桃木椅就陪伴着女主人，春夏秋冬，度过了漫长的一生。现在，桃木椅和女主人都变老了，桃木椅老得只剩下三条腿了，它不知道自己还能为善良的女主人做点什么。就在这个冬天的晚上，当桃木椅从梦中醒来，看到女主人冷得打着寒战，而壁炉里的火很微弱的时候，它毅然一跳，跳进了木柴快要烧完的壁炉里。它用自己最后的生命，为女主人换来了温暖和光亮……

这是我从白丁先生的儿童故事书《小靴皮皮》里随意引出的一个故事。这本书里有三十篇优美的故事，每个故事都那么短小和完整。它们使我再次想到童书作家们耳熟能详的一句名言：一个好的故事应该具有“把玩耍中的儿童和坐在壁炉边取暖的老人都吸引过来”的力量。

《小靴皮皮》里的每一个故事，都是作者为自己的一对小儿女（当然还有他想象中的正处在同样年龄段的其他小读者）“量身定做”的。因此，作者事先对要讲的故事情节的繁简，故事节奏的快慢，知识含量的比重，哲理认知范围的宽窄，文字篇幅的长短，叙述语言的深浅，等等，都有自觉的考量和规划。作者说，“为这一对小女儿编童话，我有三个原则：第一是教育性，第二是知识性，第三是趣味性。这两个小朋友却把趣味性摆在第一。”正是有了这样一些童书创作理念，我们才看到《小靴皮皮》里，新颖、简单和完整的故事，真挚感人的情感脉络，丰沛和完美的想象力，机敏和适当的智慧含量，浅显和准确的叙述语言等方面的良好呈现。

如果此刻你手中正有《小靴皮皮》这本书，你不妨找到《猎人和狗》《小靴皮皮》《老鼠、响尾蛇、大花猫和野猪》这几篇先读为快，从这几个小故事里你将看到作者剪裁故事、删繁就简的技巧。而读过了《胖子、瘦子的影子》《四季的眼睛》《小老鼠办工厂》《十二只麻雀和一只大蝴蝶》（当然还有《小靴皮皮》）这几篇，你也许可以领略到，在一个好的故事背后，总会有一些丰盈和美好的想象力在悄悄运行。至于《大森林的环保干事》《红、黄、蓝的故事》《小猫检查清洁》《小鸭迷路》等，在大陆是被称之为“科普童话”的（不知台湾通常怎样命名这类童话），它们一般都是以童话故事的形式讲述着一些小学生应该及早掌握的科学知识，所谓故事性、知识性与趣味性的结合。如果，你是一个特别喜欢看好玩、好笑的故事，而且很有幽默感的读者，那么，我劝你先去看看《谢谢你搔痒痒》《猎人和狗》《伐木工人留下的怪物》《会孵蛋的小猪》这几篇，它们正是因为有趣、好玩，所以好看。

至于像我在前面复述的那个《三条腿的桃木椅》这样真挚感人的，具有高尚、善良和充分的道德感与浓郁的情感力量的故事，在这本书里就更多了。这一类主题的故事，无疑是《小靴皮皮》这本书的“主打”，这些故事确定了这本童书真、善、美的品质。

写于 2002 年秋天

原载童话集《小靴皮皮》，白丁著，郭冠忻图，民生报社 2002 年 8 月第 1 版；《民生报》“儿童版”2002 年 9 月

《和平之歌》小析

一首来自遥远星球的“球歌”，竟然穿越茫茫光年，被地球的卫星捕捉到信号，还原出来，然后在地球上广为流传，成为了一首祈求世界和平、呼唤宇宙大爱的“和平之歌”，并且成功化解了一场即将爆发的星球大战……这篇童话融合了科幻、童话、惊险等元素，用较短的篇幅表现了一个宏大的世界和平的主题。年轻作者的想象力，驾驭重大题材和主题的控制力，还有删繁就简的布局和剪裁能力，都在这篇童话里得到了表现。

我们经常会看到，一些作者在处理这类带有未来幻想元素的题材时，容易变成一种天马行空般的“玄幻”与“无厘头”风格，但这篇童话在这方面有所节制，虽然人物和故事也穿越了时空，从过去、现在跨越到了未来，但是幻想的踪影还是有迹可循，故事也比较符合情理逻辑。空灵的语言特色，又为整篇童话蒙上了一层淡淡的抒情色彩。“……战火无法焚毁圣洁的花朵，只因你我心里永远有声音在唱，在唱，听到了吗？在唱着和平的歌。”童话里始终回荡着这首《和平之歌》的主旋律。它为整个故事起到了纽带和“黏合剂”的作用。

要说这篇童话里的不足，我觉得至少也有两点：一是细节上稍欠不够，叙述语言太多，故事框架显得有点空洞；二是童话里的人物形象没有凸显出来。

2010 年岁末

原载《童话王国》2011 年第 3 期

童话世界里的“巴学园”

《大象学校》系列童话是迟慧创作的第一部儿童文学作品。在这之前，她出版过诗集《流浪的爱》，散文集《慢生活》等。诗歌和散文的写作，使她练就了一手纯正、清丽和优美的文笔，再加上她作为一位“70后”妈妈十几年来的亲子和教子经验的积累，当然，更重要的是，儿子的出生和成长，使她重新认识和发现了儿童的世界，也为她打开了一扇童话之门。国外曾有一些儿童心理学家和文学研究学者指出，成年人创作的儿童文学里，大多弥漫着一种“母性”，因此，儿童文学是一定意义上的“母性文学”。冰心老人也有一句名言：从事儿童文学创作的人，“必须要有一颗热爱儿童的心，慈母的心”。《大象学校》正是在母爱之树上结出的果实。这部系列童话里的每一个章节、每一个故事里，都涓涓流淌着清澈和明亮的“母性”，荡漾着温润和细致的舐犊柔情。

“所有的孩子都会长大的，只有一个例外。”这是经典童话《彼得·潘》的开头。童话家创造了这个家喻户晓的形象，意在告诉我们：人类有着周而复始、永存不灭的童年，还有伴随着永恒的童年、绵延不绝的伟大的母爱。“小飞侠”彼得·潘可以永远停留在满口乳牙的孩童时代，可是生活在现实世界里的温迪姐弟们，却没有办法不长大。成长，是每一个孩子的天赋权利。他们总是要长大的，世界也需要他们长大。孩子的生命也是无限的，每一个成年人最神圣的使命之一，就是要帮助每一个孩子健康、快乐、幸福地长大。《大象学校》虽然是以各种动物为主角，实际上却对应着现实生活中的任何一所小学。发生在大象学校里的每一个故事，其实都能从当下的儿童成长和小学教育中找到最真实的事例。各种不同家庭背景、不同性格的小孩子，在这部童话故事里的大象学校、昆虫学校、怪物学校、怪怪国、僵尸王国里，都能够找到。每一个小孩，在成长过程中都会遇上自己的难题，而真正的成长，往往是需要独自去完成的。每个人都应该对自己的成长负责，没有任何人可以取代一个人的“自我成长”，无论是朋友、同学、老师或家长。《大象学校》自始至终也贯穿着这样一种儿童成长观。

如何对待小孩子好动和好奇的天性？小孩子害怕黑夜，不敢独自去睡觉，该怎样去战胜这种恐惧心理？怎样对待比自己弱小的生命，如何与小昆虫为友？怎样去尊重和守护好朋友的秘密？如何去对待自己最心爱的宠物？如何与自己的爸爸妈妈交流感情？怎样大声地说出你对他们的爱？小孩子都喜欢冒险和探险，可是遇到挫折和困难该怎么办？

如何让孩子们接受这种“挫折教育”？如何克服自卑、害羞、胆怯的心理障碍？怎样去获得勇气和自信，认识到自己的价值？怎样学会担当，成为值得伙伴们信任的人？如何去和周围的人沟通与协作，成为受大家欢迎的人……所有这些在小孩子成长过程中不能绕开的问题，在《大象学校》的故事里，都能找到合乎儿童天性的“解决方案”。所以，《大象学校》不仅仅是一套亲子童话故事书，也是一套儿童成长“教育诗”。称它是“童话世界里的巴学园”或“心灵启蒙哲思童话”，亦洵为恰当。

孩子在成长过程中都会自然而然地向往一种“独立”，对任何事物都想自己动手试试。这时候，如果父母亲过于照顾孩子，反而会养成他的依赖心，使他渐渐放弃自己做任何事的念头。当然，正如作家书中所言：“如果你想做一个省心的妈妈，那真是痴心妄想，无论是人类世界还是大象王国的小孩，都有各种各样的小毛病，通常是这波未平那波又起。”大象学校里的故事，不仅告诉了小孩子如何自己管理好自己的日常生活，其实也让所有的为人父母者明白一个道理：对于一个成长中的孩子，周围的大人们最需要学习的一件事是懂得慢慢地等待,静静地守候孩子的成长。

童话里的吼吼老师说过一句话：“不犯错误的孩子，还是孩子吗？”为此，大象学校里就专门设立了一个“犯错误节”，意在宽容和允许孩子们随心所欲地犯一些小错误。于是，在这个奇怪的节日里就发生了很多奇妙的趣事。当然，重要的是让孩子在生活中学会自我纠错，从日常生活的细节中明白什么是对的，什么是不对的和应该纠正的。孩子们在尝试一切不懂不知的事物的过程中，自行发现错误并且独立纠正，这就是“成长”。学会小步走路，甚至可以像小象慢慢那样，“昨日比赛今日到达”，那又有什么关系呢！每天进步一点点，对于孩子来说就是一种最好的成长奖励，那正是他们所获得的成长智慧。

儿童的生命是无限的。谁能够像巴学园里的小林宗作校长那样，循循善诱，针对孩子的不同特点进行适当的、完美的引导和教育，充分地理解和帮助他们发展自己的个性和才能，谁就是这些孩子成长道路上最伟大的朋友和老师了。看得出，迟慧和她的儿童文学写作，正朝着这种理想走去。她以一颗细腻的、温暖的母爱之心，展现了儿童文学的美感和儿童教育的理想趣味，同时也以大象学校为“标本”，给我们展示了一个理想中的、放松而恣意的童年，一个在想象和发现中展开的活生生的小童年。叙述语言清浅、明快，人物对话简洁、幽默，对故事的推演也尽可能删繁就简，照顾到了儿童阅读趣味。虽然并非只有女性作家才适合写儿童文学，然而在许多时候，出现在女性作家笔下的故事和细节，往往更为细腻、准确和温暖，正如最美丽、最动听的摇篮曲，总是从妈妈的口里唱出来的。黑柳彻子用她的书表达了对童年时代的巴学园的怀念，迟慧也用她的《大象学校》，呼唤着她理想中的“巴学园”。

2015 年 9 月 30 日，东湖梨园

原载《中国新闻出版广电报》2015 年 10 月 9 日

给孩子一个灿烂和舒展的童年

《小猪唏哩呼噜》是童话家孙幼军先生的童话名著，与《小布头奇遇记》和《怪老头儿》一样，在小读者中享有盛名。现在，童话家和画家裘兆明、裘的女儿阿波一起合作，把这个系列童话故事改编和绘制成了一套生动有趣的原创图画书，这无异于给小猪唏哩呼噜和他的小伙伴们插上了翅膀，可以让这些小小的童话明星飞翔到更多的孩子中间，去成为他们生活和心灵上的伙伴。

顽皮好奇和憨态可掬的小猪，从来就是中外图画书作家们颇为青睐的主角形象。从近几年出版的图画书中，我们看到了不少以小猪为主角的作品，例如——

荷兰图画书大师汉斯·比尔的《小猪闹闹》；

比利时图画书作家艾米莉·贾德的《小猪的爱情》；

德国芭芭拉·波曼的《小野猪威利》系列；

德国图画书大师雅诺什的《你好，小猪》；

英国米克·英克朋的《吉祥宝贝小猪》系列；

美国威廉斯的《小象和小猪》系列；

美国霍利·霍比的《嘟嘟和巴豆》系列（书名即两只小猪的名字）；

日本中川李枝子和大村百合子两姐妹的《三只小猪上幼儿园》；

蒲蒲兰图画书系列里的《小猪菲奥娜的重要一天》《喜欢戴帽子的小猪》；

美国乔恩·谢斯卡的《三只小猪的真实故事》……

这份书单可以罗列得很长很长。

图画书里的小猪形象、性格各异，但有一点是共同的：他们都拥有小孩子的憨厚、拙笨、好奇甚至顽皮的天性。而几乎所有的图画书作家和画家，都在用自己的笔，用自己温柔的疼爱之心，守护和赞赏着这神圣的天性。

西方有一句谚语："当小孩子呆立不动，定然是做错了事情。"顽皮、淘气、好奇，从来都是一个人童年时光里熠熠闪光的东西。从顽皮淘气的"窗边的小豆豆"，成长为世界著名作家和电视艺人，并长期担任联合国儿童基金会亲善大使的黑柳彻子女士，在她的书里专门谈到过，有些小孩的顽皮、淘气和好奇，与一般孩子相比，发挥得更为超出常规。自然，谁能够对这类孩子进行适当的、完美的引导，谁能够充分地尊重、理解和帮助他们发展自己的个性和才能，谁也就是这些孩子成长道路上的最伟大的朋友和老师。

可是，在许多时候，在成年人的世界里，甚至在父母亲那里，小孩子顽皮、淘气和好奇的天性，往往得不到应有的理解、尊重和引导。人生的复杂与无奈，也正表现于此：本来每一个人都是经过了顽皮、淘气的童年而获得了智慧和经验，而渐渐长大的，可是，当我们终于长大成人之后，往往就把童年时代最重要的体验和快乐都忘记了。从这个意义上说，为孩子们写过许多有趣的儿童诗的“湖畔诗人”华兹华斯，他所提倡的“回归自然、回归童年”的观点，无疑仍然是一个值得今天所有的家长和成年人思考的命题。华兹华斯一句伟大的名言就是：“儿童乃是成人的父亲。”

《小猪唏哩呼噜》系列在故事的写法上与图画书大师汉斯·比尔的《小猪闹闹》一样，都是取材于儿童生活的片段与经验，用轻松幽默的浅语，讲述活泼好玩的故事。故事里也许会蕴涵着一点点引导、鼓励和教育的意味，但作家十分懂得儿童们的心理、趣味和语言特点，寓教于乐，故事里充满了机智的儿童游戏精神，也洋溢着轻松的雅谑与幽默的故事风格。

童话家举重若轻，润物无声，意在交给孩子们一个舒展和自在的童年，展现出一种放松和恣意的童年生活状态。我相信，能够拥有小猪唏哩呼噜这样的童年生活和童年记忆的孩子，应该就是幸福、幸运和快乐的。童话家就像汉斯·比尔笔下的小猪闹闹的妈妈，对孩子的好奇、顽皮、拙笨、渴望冒险的举动，总是宽容和接纳的，宁愿让孩子自己直接去面对、去思考、去解决一些生活难题，也决不去简单、粗暴地阻止和呵斥他们的好奇和恶作剧。因为童话家也充分地相信：他笔下的唏哩呼噜和他的小伙伴们，都会在一次次的经历、体验、挫折、冒险和失败中长大。

《小猪唏哩呼噜生日礼物》讲的是小猪付出自己辛苦的劳动，换来两个萝卜和一只鸡蛋，想送给妈妈当作生日礼物。可是等回到家他才发现，原来今天是他自己的生日，爸爸妈妈和全家早已为他准备好了一个大大的生日蛋糕。这个故事的结尾出人意料，让我们看到了亲情和感恩在孩子的成长过程中所散发出的温暖与芬芳。

《小猪唏哩呼噜和蛇》写的是小猪和一条小蛇的友爱故事。小猪不小心把裤带弄断了，小蛇很愿意给小猪当裤带，不过他提醒小猪说，“别系成死扣儿”，而小猪也担心小蛇会找不到回家的路。而为了能和小猪在一起玩耍，小蛇一会儿伸直身子，给小猪的妈妈当“树枝”，好敲去毛毯上的尘土，一会儿又给小猪妈妈当“竹竿”，让妈妈在上面晒晾衣裳，以此来博取小猪妈妈的信任和好感。因为小猪的妈妈像全天下所有的妈妈一样，不喜欢儿子在外面交上“野孩子”的朋友。这个故事写得十分真实和生动。小蛇的任劳任怨，小猪的无可奈何，还有妈妈的颐指气使……都在浅白的故事和细节里得到了表现。

对于小孩子来说，好玩和单纯的故事就像明亮的阳光，会带给他们快乐和温暖。《小猪唏哩呼噜上学记》《小猪唏哩呼噜当大侠》《小猪唏哩呼噜和蛇》《小猪唏哩呼噜当保镖》《小猪唏哩呼噜卖橘子》等，都是充满快乐和温暖的故事。《小猪唏哩呼噜历险记》和《小猪唏哩呼噜和狐狸》里虽然也有一点点“负面”的情节，但童话家寓教于乐的智慧，已经把那些负面的东西处理成了小孩子可以分辨和消受的快乐元素，所以，这些故事读起来仍然是明亮好玩的。即便是像大狼、月牙熊这样的“反派”角色身上，也有着良善、憨厚乃至幽默可爱的一面。

这套图画书的绘画风格，与芭芭拉·波曼的《小野猪威利》系列有点类似，既有细致的写实的一面，也有夸张和变形的细节。小猪可爱的憨态，小蛇温善的眼睛，小狐狸的机灵和调皮……像一个个我们在现实生活中常见的孩子一样，被刻画得神气活现，跃然纸上。

《小猪唏哩呼噜》系列无疑也可以让为人父母者，让我们每一个成年人，都能从一只小猪和他的小伙伴们的恣意和舒展的童年生活里，领略到什么是“好的童年”，什么是“好的家长”，什么是“健康和健全的个性”，什么是“快乐的成长”。

2009 年冬末，武汉

原载《中华读书报》2010 年 4 月 20 日；《深圳晚报》2010 年 5 月 30 日（有删节）；《齐鲁晚报》2010 年 6 月 3 日（有删节，题为“成长，就是一本书”）

用温暖的浅语编织的故事摇篮

美国儿童阅读研究专家吉姆·崔利斯在《朗读手册》一书的扉页上，引用了这样几行诗："你或许拥有无限的财富，一箱箱的珠宝与一柜柜的黄金。但你永远不会比我富有——我有一位读书给我听的妈妈。"这本书中还引用了儿童文学作家格雷厄姆·格林的一段话："对于小孩子来说，所有的书，所有的故事，都是'预言书'，可以预示我们有关未来的种种，就好像占卜师在纸牌中看到漫长的旅程……这些书会影响到未来。"由此可见，有一些书，有一些故事，孩提时读到了、听到了，也就是永远地读到了、听到了；相反，孩提时错过了、缺失了，也可能就永远地错过和缺失了。

《婴儿画报》自一九八五年创刊到现在，一直致力于"婴幼文学"、"图画故事"、"亲子共读"、"亲子游戏"这样一些属于幼儿成长早期的，以启蒙阅读、亲子阅读为主的故事呈现方式和阅读方式的探索与拓展。最近十几年来，伴随着这本刊物每月发行量远远超过一百万册的业绩，她们所倡导、引领和推动的“婴幼文学”也渐渐变得清晰、独立和成熟，并且越来越为众多的婴幼儿家长所认同和接受。同时，也有越来越多的儿童文学作家、画家自觉地蹲下身来，牵起孩子的小手，一起走进了“婴幼文学”的小百花园之中。这种可喜景观的形成，《婴儿画报》功莫大焉。我们不妨简单地想一想，二十多年来，一期期《婴儿画报》，影响了中国多少家庭、多少年轻的父母和多少婴幼儿启蒙期的故事阅读。

现在我看到的这套《婴儿画报精品故事书》，是从《婴儿画报》创刊二十六年来所发表的众多作品中，精挑细选出的最受爸爸妈妈们欢迎、也给一代代小家伙留下了美好记忆的一部分婴儿故事和儿歌精品，分编成了“樱桃红”、“柠檬黄”、“蓝莓蓝”、“苹果绿”四册精装故事合集。参与故事创作的作家金波、白冰、高洪波、郑春华、武玉桂等，都是有着多年婴幼儿文学创作实践和丰富的写作经验的著名作家。为这些故事做插画的画家张蔚昕、吴带生、沈苑苑、费嘉、李全华、李红专、钱继伟、信东、安宏等，也都是长期从事儿童读物插画的著名艺术家，其中不少人的儿童插画作品多次获得过国际儿童插画奖。

优美的浅语故事，细腻的手绘插图，加上编辑们用心的文图布局，使整套故事书具有了婴幼儿图画书的品质和风格。细心的编选者还在每一个故事之前，提炼出了“故事主题”，给年轻父母们的亲子阅读做出准确的“阅读指导”，而在故事结束后，又根据故事内容和孩子的不同年龄，编制了一页带有实用性和可操作性的“亲子游戏”方案，分别适应不同年龄小宝宝的语言学习、动作协调训练、智能培养、情绪管理等方面的需求。可以说，这是一套既有婴幼文学阅读功能，又有幼儿教育实用性和幼儿趣味性，集中了国内众多知名婴幼儿文学作家、幼儿教育专家、儿童插画艺术家的创作智慧和舐犊之爱的“亲子阅读”故事书系。

例如高洪波写的《调皮的小樱桃》，文字浅显、单纯而又富有韵律：“有只小樱桃，喜欢蹦又跳。蹦到山坡上，骨碌骨碌跑。滚到小河边，水里洗个澡。蹦到石缝里，哎呀呀，不好真不好！左蹦蹦、右跳跳，蹦不出石头缝缝！风来了，雨来了，泥土树叶也来了。石缝里的樱桃安家了。不再蹦，不再跑，小小樱桃要睡觉。春天到，百花笑，石缝里的樱桃不见了。有棵小小樱桃树，结满一树红樱桃……”像这样的小故事，如果家长能经常为孩子朗读，或者和小宝宝亲子共读，不仅仅能使孩子在语言、智力方面得到更好的培育，更重要的是，能使孩子在情感和心理上得到培育和健全发展。这样的故事讲述，也可以使孩子们增强自信心，促进他们在表达、交际以及对环境的适用能力。再如白冰写的《风娃娃》，更是一篇十分讲究的浅语美文：“风娃娃来了，她带着小花的种子，到山上山下去安家。风娃娃来了，她托着小鸟的翅膀，小鸟飞呀飞呀！风娃娃来了，她转动了小狗的风车，风车转呀转呀！风娃娃来了，她把小兔的风筝吹上天，小兔笑呀笑呀！风娃娃来了，她吹动了小松鼠的小船，小船鼓起了风帆，跑呀跑呀！风娃娃来了，大家都欢迎她！”

回环往复的语言，能让小孩子感到一种声音和韵律的美。简单的故事里又带着一点认知功能，可以让宝宝对“风”和“风声”有了初步的认知，同时也能引导小孩子去展开想象。编辑在这篇小故事的前面所写的主题提示是：认识风；学会模拟风声。这是很准确的。一篇短小的故事里，单纯的认知形象，适当的智慧含量，浅显的叙述语言，还有好玩的游戏趣味，都得到了良好的呈现。

这四册图画故事书大都是以小童话故事和故事歌谣的形式，讲述着小宝宝应该能够理解和认知的事物，做到了故事性、认知性和幼儿趣味性的结合。插画家为这些故事所配的每一幅图画，也以满版的手绘大图为主，并在一些故事细节、人物和动物形象特征上有所夸张和突出，强化了小孩子在视觉上的认知功能和艺术美育的成分。

婴幼儿时期，作为儿童成长的第一个阶段，已经变得越来越重要。婴幼儿时代的一些哪怕是极其细微的心理趋向、生活习惯的培养，都将直接影响着一个人成年后的生活品质、性格气质和价值取向。《婴儿画报精品故事书》是一些用温暖的浅语编织的故事摇篮，希望有更多属于小孩子的美好的天性，在这些故事摇篮里得到培养、滋育和引领。

2011 年初夏，武昌

原载《新京报》2011 年 7 月 9 日

播下图画书的种子

“世界上如果真有那么一棵长满书的大树，该有多么好……那些美丽的图画书，总是长在最矮小的树枝上，再小的小孩子，只要一伸手就能够到它们……”这是国际青少年读物联盟（IBBY）创始人叶拉·莱普曼夫人曾经有过的梦想。是的，虽然并非所有的图画书都是写给小孩子看的，但是也只有图画书，才是真正属于小孩子的书。正如没有一个小孩子不喜欢小甲虫和八音盒一样，也没有一个小孩子不喜欢图画书的。可以说，世界上大部分国家、尤其是经济发达国家里，学龄前儿童的主要读物，就是图画书。

当又一个“六一”国际儿童节和暑期阅读时光临近的时候，我向年轻的父母和孩子们推荐近期出版的这些图画书，其理由略述如下。

《胡桃夹子》（明天出版社）：将近二百年前，一八一六年圣诞节前夕，多才多艺的德国诗人恩斯特·霍夫曼应邀去一位朋友家里做客。朋友家里有好几个小孩，霍夫曼特意带去了一个有趣的故事，作为送给孩子们的圣诞礼物。这个故事，就是被后来的人们称为德国文学史上“一部真正的童话”的《咬核桃小人和老鼠国王》。后来，大音乐家柴可夫斯基把它改编为芭蕾舞剧《胡桃夹子》，使这部作品从此成为世界童话舞台上常演不衰的经典剧目。《胡桃夹子》的故事就像有名的“俄罗斯套娃”一样，一个故事里面又套着另一个故事。仔细理一下故事线索，我们会发现这里面总共“套着”四个故事。整个故事里充盈着一种快乐和明亮的童话精神，也洋溢着一种温暖和宽容的圣诞气息。这部大开本经典图画书的插图家罗伯特·英诺森提，是享有世界级声誉的意大利插画大师。他为《胡桃夹子》所做的插图可谓美轮美奂，华丽夺目，呈现着他一贯的细节精确绵密、观察细腻入微、场面开阔宏大的风格。

《敌人派》（海豚绘本花园）：“敌人派”是什么派？“敌人派”也像苹果派、红豆派、香芋派那么好吃吗？故事是由一个小男孩“我”和另一个小男孩杰米闹了一点小别扭引起的。这个故事讲的是多么机智俏皮。第一人称的叙述方式，真实而细致地呈现了一个小男孩从最初的想要“报复”，然后渐渐感到了对方的友好，到最后又担心朋友受到伤害的心理变化过程。故事里充满了一种润物无声和潜移默化的教育智慧。在这个趣味横生的故事中，小男孩终于懂得了将自己的“头号敌人”变成好朋友的秘诀。而所谓“敌人派”，也成了孩子们友爱与信任的餐桌上，一道最美味的点心。

《你从哪颗星星来？》（明天出版社）：一颗奇怪的、闯入地球的流星，把一只小星蛙带到青蛙一家的客厅里。青蛙一家敞开了热情的怀抱接纳了他。可是这个看上去是那么小、那么羸弱的小家伙，却是一个十足淘气包和超级捣蛋鬼。顽皮和淘气是儿童的天性，中外童书人物形象长廊里，塑造和刻画得最生动、最成功的，十之八九都是“淘气包”的形象。毫无疑问，小星蛙也是一个刻画得十分成功的“淘气包”的形象。自然，谁能够对这类孩子进行适当的、完美的引导和教育，充分地理解和帮助他们发展自己的个性和才能，谁就是这些孩子最伟大的朋友和老师了。雅各布通过这个夸张的故事，给我们呈现了一种童书阅读的快感与美感，呈现了儿童成长教育中的一种疑问与智慧，呈现了一种放松而恣意的童年状态，一种在想象和幽默中展开的、浪漫的童年。

《流浪狗之歌》(海豚绘本花园)：从一九八〇年开始，直到她二〇〇〇年去世，嘉贝丽·文生一直沉浸在“艾特熊和赛娜鼠”这套图画书系列的人物与故事里。这套图画书获奖无数，几乎每一本问世后，都会引发艺术爱好者的狂欢与追踪，成为他们阅读和收藏的盛宴。这些作品不仅深受孩子们喜爱，也在成人世界引起强烈的情感共鸣。二〇〇〇年九月二十四日，嘉贝丽·文生因病逝世，享年七十二岁。在病重住院期间，她仍然惦念着自己的“艾特熊和赛娜鼠”，坚持在病榻上完成了这个系列故事的“终结篇”。在生前，她几乎谢绝了所有媒体的采访。她说，“请原谅，我没有什么可说的，我的一切都写在书里。”她终生独身，没有孩子。她把自己全部的爱情和母性，献给了图画书，献给了她图画书里的人物。《流浪狗之歌》是嘉贝丽·文生的一本只有五十多页的炭笔素描故事书。这本几乎没有什么文字、仅有黑白两色的故事书，却是一部展现出生命真谛的不朽之作。我们的浪掷与抛弃，我们的渴求与期盼，还有我们的真情、善意与相互慰藉，尽在其中。

《中国原创图画书》（中国少年儿童出版社）：这是目前国内规模最大的原创图画书系列，计划出版一百册。参与故事创作的作家有金波、葛翠琳、白冰、高洪波、郑春华、方素珍、冰波、徐鲁、萧袤等，为这些故事做插画的画家张蔚昕、吴带生、沈苑苑、费嘉、李全华、李红专、钱继伟、信东、安宏等，也都是长期从事儿童读物插画的著名艺术家，其中不少人的儿童插画作品多次获得过国际儿童插画奖。优美的浅语故事，细腻的手绘插图，加上编辑们用心的文图布局，使整套图画书既具有低幼文学的阅读功能，又有儿童教育实用性和童年趣味性，也是一套优质的，集中了国内众多作家、教育家、儿童插画艺术家的创作智慧和舐犊之爱的“亲子阅读”故事书系。

《面具小鸡布莱兹系列》（接力出版社）：这是一套让孩子们觉得“好玩”、享受“好玩”的图画书。正如图画书作者、法国作家旁帝所言，是一套“让孩子们拥有最灿烂、最快乐的童年”的图画书。孩子们可以跟着戴红色面具的布莱兹，跟着他的浩浩荡荡的小伙伴们，在各种突发奇想的游戏中，享受好玩与狂欢。在欧洲，旁帝被称为足以和《爱丽丝漫游奇境记》的作者刘易斯·卡洛尔相媲美的童书作家。他曾经获得过法国童书界最高荣誉奖项“魔法师特殊成就奖”。他的图画书杰作“面具小鸡布莱兹系列”，先后荣获过一九九九年法国国家文化及图书馆联盟颁发的最佳图画书奖、二〇〇八年度意大利撒丁岛首届儿童文学奖等多项国际大奖。“面具小鸡布莱兹系列”和中国小读者见面时，他向读者透露了一个秘密：“我创作的所有故事，都想让孩子们拥有最灿烂、最快乐的童年！”

《小步走路》(海豚绘本花园)：赛门·詹姆斯先后从事过十四种不同的工作，包括警察、农夫、美术老师等。他从不同的职业经历中获得了丰富的人生经验和生活智慧。他的图画书作品大多能够深入浅出，大智若愚，散发出令人会心的智慧的芬芳。《小步走路》是他的图画书代表作品之一。这本图画书就像一则言近而旨远的经典寓言，用一个十分贴近小孩子日常生活经验的小故事，告诉了小孩子一个深远的人生哲理：只要一小步、一小步，专心而坚定地往前走去，就一定会达到最后的目的地！自然，每一个小孩子都可能会像小步一样，在困难面前产生一种无力感和迷茫感，找不到自信心，也看不到希望的亮光。因此，他们更需要温暖的鼓励，需要智慧的点拨，需要耐心的引导和帮助，帮助他们建立起自立和必胜的信念。就像小步的大哥所做的那样。《小步走路》的故事和图画融合得极其巧妙，故事浅显温馨又带有很强的启发性和励志意味，整本图画书画风柔美而淡雅的气质，被一些图画书专家和年轻的妈妈赞誉为“图画书中的极品”。

2011 年 5 月 26 日，武汉

原载《燕赵都市报》2011 年 6 月“暑期阅读专版”

它让你发笑，又引导你思考

古罗马有一位寓言家说：最美妙的故事，就像生活中最智慧的朋友，“它让你发笑，又引导你思考”。图画书《十只小鸟斗怪兽》讲述的，就是这样一个“让你发笑，又引导你思考”的故事。说的是十只小鸟，在家里玩得正开心的时候，突然，门口出现了一只张牙舞爪的“大怪兽”。这可怎么办啊？“小鸟们，快快想主意，准备来战斗！”于是，十只小鸟齐心协力，用各自的智慧、勇气和弱小的力量，组成了一个团结、牢固和强大的团队，开始了一场神圣的“家园保卫战”……

这个情节离奇、充满悬念，图画也十分夸张和搞笑的故事，带有明显的寓言意味。是的，身处今天这个多变的世界里，什么事情都有可能发生，谁又能保证现实生活中，没有这样的“大怪兽”、这样的意外发生呢？重要的是，当意外的事情来临了，我们应该如何学会接受和面对，如何勇敢地去担当和解决它们。

这十只小鸟，就做得很好，可以称得上是十只“励志的小鸟”。你看，当意外突然降临了，它们不慌乱、不畏缩、更不逃避，而是团结一心，敢于担当，毫不犹疑地贡献出各自的智慧、勇气和力量，用一种积极、乐观的姿态和信心，去共同面对困境，去迎接挑战。

一只小鸟的力量是渺小的，所有的小鸟团结起来，力量就变得强大了。看，在这场“家园保卫战”中，小鸟团队齐心协力，变成了各种各样奇怪和强大的“战斗组合”，一起去迎接挑战、解决问题，大家的主意和办法也变得花样百出、层出不穷。可以想象一下，这时候，不仅是小鸟们自己会感受到团队的力量，就是真的遇见了“大怪兽”，大怪兽也会被吓得逃之夭夭了吧？

在“大怪兽”没有被彻底打败、赶走之前，可以说，小鸟团队的表现都很棒！它们的智慧、勇气和力量，它们的积极、乐观和必胜的信念，已经感染了我们，使我们快乐、发笑，也情不自禁地要站在小鸟们这一边，为它们加油、叫好。好在小鸟们遇见的，并不是一只真正的“大怪兽”，而只不过是一只小小的手套的黑影子。

故事的结尾，那第十只小鸟，勇敢地走出来，要和“大怪兽”去“单挑”，这不仅是一种勇敢、自信的表现，也代表了一种特立独行的个性，显示了一种在强大的困境面前、在难以解决的问题面前，如何去拓宽思路、另辟蹊径，尽快找到解决问题的办法的大智慧。这种特立独行的个性和善于“创新”的大智慧，和前面说到的“团队意识”一样，都是生活在今天的孩子们所必须具备的素质和能力。

从这个故事的结尾，我们会更真切地感受到，美妙的故事，果然读来总会让人开心和愉悦，而且，“它让你发笑，又引导你思考”。

原载《十只小鸟斗怪兽》，[加拿大] 西布莉 · 杨著，徐鲁译，接力出版社 2015 年 8 月第 1 版

《成长树绘本馆》里的幼儿教育

亲情是什么？是小兄弟俩心中最温暖的那盏“许愿灯”；是谁也拿不走的那只重新归来的“红袜子”；是“爷爷和我”之间的爱的传递；是美丽的“小天使”在人间无声的降临……感知亲情的温暖，认识亲情的宝贵。美好的亲情故事滋润着孩子的成长，养成小孩子们珍惜亲情、感恩亲情的美德。

还有比《特别的礼物》更温暖的母爱故事吗？还有比《神奇的爸爸》更风趣的父爱故事吗？还有比《睡觉的时候》《你愿意和我做朋友吗》更智慧的亲子故事、爱心故事吗？无论是一个好爸爸，还是一个好妈妈，都是孩子的“第一所学校”。这些优美和温暖的亲子故事，是送给小宝贝们的最特别的礼物。愿每一位爸爸妈妈，都成为会讲故事的爸爸妈妈。

心怀梦想的“小房子”，在等待着一家人的到来；那双“一动不动的眼睛”，给你送来信任和光明；因为富有爱心，

"候鸟和他的朋友"才能亲如家人；在参与和接纳中，"小象长大了"。在这个世界上，每一个孩子都无法单独生活，必须互相交往，互相帮助。最快乐的人际关系，就是能够真心倾听对方的诉求，真诚地表达自己的想法，彼此关爱和信任。这些故事温暖的绘本，能教会孩子迈开正确认识"人际关系"的第一小步。

听，"小山羊的铃铛"在呼唤你和我；看，"会喷水的小鲸鱼"多么善良和快乐；谢谢你们，"我的动物朋友"！因为有了你们，我们的世界才变得更加快乐、美丽与和谐……没有一个孩子不喜欢小动物和大自然的。所有的爸爸妈妈，都应该陪伴着孩子，一起去亲近大自然，去爱上小动物。孩子们透过小动物的生长习性，可以了解生命的现象，唤醒爱心和热爱自然的天性。

"世界上最美的地方"在哪里？你认识我们每一个人的"地球妈妈"吗？橙色的、慈祥的"太阳奶奶"，给每个人送来温暖和光明；当你抬起头，遥望美丽的夜空，就会看见那一轮"完美的月亮"，在遥远的地方朝着我们每个人微笑……一个绚丽、丰盈、健全和快乐的小童年，一定是由好奇、想象、参与、发现、创造构成的。地球、太阳、月亮、星空……这些故事宏大的绘本，为孩子们开启了一扇辽阔、绚丽的自然和哲学之窗，向孩子们呈现了大宇宙中的各个星球的美丽与神奇，引导孩子们饶去认识、发现和探索大千世界的许多秘密。

这个世界是美丽的，有着很多的"正能量"。这个世界也是纷纭复杂的，充满了很多负面的东西。有白天、阳光和星辰，也有黑夜、闪电和乌云；有公主和王子，也有巫婆和魔怪；有英雄、巨人，也有骗子、窃贼；有小鹿、小鸟和小羊，也有狮子、巨蛇和喷火龙……

这是一本教孩子们如何去战胜“黑暗”书。一本教孩子们如何去看待巫婆、黑夜、骗子、窃贼、巨蛇、狮子、闪电、魔怪等等“负面”的东西的书。一本教孩子们怀着一颗乐观、积极、健康的心，勇敢地走向世界、走向人生的书。一本教孩子们去认识和接纳一个真实的世界的书。一本培养孩子们的大智慧和大胸怀的书。

也许，大片大片的黑夜般的色彩，就是这个世界真实的色彩。因为，世界并不全是玫瑰色的。处在今天这个多变的世界，什么事情都有可能发生。即使是那些“假设”的灾难和变故，也随时都有可能降临。重要的是，当意外的事情来临了，我们应该如何学会接受和面对——请用你积极和乐观的心，去看待这个世界，去对世界和人类抱有善意的理解和坚定的信念。这，也许正是这本带着绚丽的伊朗文化风格的哲学绘本，所要告诉每一个读者的。

“我不怕你！”是的，无论处在什么境遇里，永远也不要怕，不要退后！世界如此广阔和复杂，你的心，必须坚定、乐观和强大。

2015 年春天，武昌

让小孩看到静美的文字和意境

——《秦文君温暖绘本》赏读

世界上有一类杰出的绘本，并不以故事性见长，却能给读者带来一种大气象、大智慧和大感动。比如英国作家汤姆·波尔和澳大利亚插画家罗伯·英潘合作的那本《世界为谁存在》。波尔四十七岁那年到非洲旅行，当他站在非洲大地上，举目所见全是那些在草原上奔驰、在林间跃动、在水中栖息的，与人类一样有着鲜活的生命气息的狮子、斑马、鸟禽、昆虫和鱼儿。这让他情不自禁地发出了这样的感叹："世界为谁存在？"波尔借助故事里的狮子爸爸之口告诉小狮子说："这个世界有那么多绿油油的草原，让你奔跑跳跃；每一只斑马、羚羊和大象，帮助你茁壮成长；每一块耸立和平滑的岩石，让你享受阳光。你应该相信，世界为你存在！"

秦文君和插画家刘洵合作的抒情绘本《好像》，也是一本可与《世界为谁存在》相媲美的、散发着大自然的智慧之光与诗意的芬芳的“哲学绘本”。创作者并没有给读者讲述一个完整的故事，但是，每一节文字，每一个大跨页的画面，在描绘了雨水滋润、云雾缭绕、草木青翠、生命气息浩荡无边的大自然的大气象的同时，也把雨后的大自然中的许多生命细节，呈现在了读者面前，使我们看到了万物有灵、每一个生命之间的美好的相互依存关系。

比如，“挂在树上的雨点像美丽的水晶，掉落了一滴，打在蜗牛的壳上，躲在壳子里的蜗牛一阵紧张，好像在想：是客人在敲门吗？”比如，“一只金龟子仓促地飞来，又飞走了，慌得好像迷路的小孩：哎呀，走错了地方，也许要迟到了。”比如，“一只活泼的云雀成了自由的写手，在空中兜了一大圈，写了很多字，它叫个不停，好像在解释：我的字总也写不好，不过，你们能懂我就行了。”比如，“小松鼠看到穿小红鞋的妹妹，轻挠着她的小胳膊，好像在问：你有口香糖吗？我的小屋漏雨了,想借一块口香糖补一补。”比如，“鸽子从草叶中跳出来，轻轻地叫了一声，好像在对自己说：哎，又要去送信了。”又比如，“每一根小草都在做着自己的梦，草叶的影子连起来，起起伏伏一长条……”

透过白雾轻绕、露水映亮的每一个细节特写，再加上带有梦幻般的童话色彩的对话，我们在惊讶、感叹、领略了大自然怀抱中的万物之美的同时，也不能不对大自然母亲满怀感恩和敬意！不能不油然而生一种热爱生命、尊重生命、敬重自然、感恩世界的温润感情。

大自然对每一个生命都是温柔、平等和极尽呵护的。秦文君告诉我们说：“《好像》是在极度安静、空灵、松弛的状态下产生的灵感。”是的，万物有灵，才能美好如斯。“一个人的心灵能不能飞翔，跟音乐有关、跟艺术有关、跟文学有关，如果小孩从小接受了好的、美的、雅的文学，未来的道德选择往往会比较准确，更容易去追求光明、美好。”《好像》这样的绘本，无论是文字，还是图画，都带给我们一种清新、安静、温柔、辽阔和澄澈之美，带给小孩子一种美好与光明的向往。两位富有女性的柔情、知性和大自然情怀的创作者，用她们珠联璧合的大智慧，细细密密地完成的这本散发着花草芬芳的绘本，寄托着“让小孩看看静美的文字和意境”的美好愿望。

如果说《好像》是可以给读者带来大气象、大智慧和大感动的抒情绘本、哲学绘本，那么《奶奶家的大猫和小猫》是以幽默、轻松的风格来讲述故事，让小读者在故事追寻中感受到一种恣意、烂漫和无拘无束的小童年的快乐。

两只小猫或者两只小狗互不相让、互相排斥的情景，我们平时不难见到。这也会让我们联想小孩子天性中乃至成人世界中的自私、狭隘与盲目等弱点。但是，无论是小猫们还是小孩子们的天性中的弱点，都不是不可改变的。所谓“成长”，就是每天改变一点点，每天一小步一小步地向前走去，渐渐能够宽容和接纳他人、也渐渐学会完善和完美自己的过程。两只小猫最后可以握手言欢、友好相处，不也让我们看到了成长的不容易、成长的乐趣和成长的美好吗？

关于这个故事对小孩子会有怎样的启迪，秦文君在她的创作谈里说得很好：“我愿小读者拥有公平的心，善意的眼光，因为看出去是花，对自己好，对别人也好，能获得幸福感。而看出去都是刺，往往会束缚自己，毁坏和谐的生活。”明亮的“文心”，像屋顶上的阳光一样照亮了这个快乐的故事。

细心的小读者，请一定不要忽略一个小细节，那就是插画家弯弯在这个故事里添加一个可爱的小角色——一只出没在奶奶家各个角落的小壁虎。小壁虎是个无声的“旁观者”，也是两只小猫的故事的见证者，就像阅读故事的你、我、他。因为有了这只时隐时现、好像在玩捉迷藏一样的小壁虎，我们阅读这本绘本时，就又多了一些快乐的趣味。你难道没有感觉到吗？

《香喷喷的节日》是另一种“喜气洋洋”风格的绘本。那些满版的和跨页的画面，充满了繁复的细节，洋溢着热闹的气氛，让我们看到了在不为人知的小老鼠的世界里，也有他们自己的期盼、喜悦、等待、担忧、伤痛和怡怡的亲情。

这个故事在喜气洋洋的背后，也无声地流淌着一种淡淡的忧伤，使人想起诗人约翰·多恩的那首被人传颂诗歌：“没有谁能像一座孤岛，在大海里独居。每个人都像一块小小的泥土，连接成整个大陆……任何人的灾难都会使我蒙受损失，因为我包含在人类之中。”

记得冰心奶奶有一次见到一只出来觅食的小老鼠，不幸被人给踩死了。冰心奶奶说：“你们想过没有，等天色晚了，小老鼠还没回家，小老鼠的妈妈在家里该多着急哪！”

我想象着，秦文君写这个故事时，一定也是怀着和冰心奶奶同样的感情。“只要亲人平安，伤痛和创伤很快会愈合。能在一起团聚，有爱的光辉照拂，不孤独，会安心啊。”“节日，亲人，厮守，团聚，相爱。在一起，在一起，感恩吧，相伴吧。”她是这样想的，因此，故事里自然而然地就流淌出这样一些真挚而有温度的感受：

“美好的节日，能和亲友一起度过，那是香喷喷的事情呀。”

“我们是一家人，……能想着彼此，最好。”

“亲人，就是谁也舍不得不顾谁呀。”

“米尼忍不住和爸爸妈妈抱在一起……他好庆幸，自己是一只幸福的老鼠。”

而且，作家最满意的描写就是：没有一只老鼠不愿意等待自己的亲人。

幸福的家庭都是相似的，不幸的家庭却各有各的不幸。故事里的老鼠叔叔遭遇的不幸和伤痛，不也是我们每个人和我们的家人在生活中可能遭遇的伤痛吗？因此，我们不能简单地把这个故事当成一个快乐的童话来阅读。想象一下，小老鼠们的节日就是我们的节日，小老鼠们的家就是我们的家，小老鼠们的生活就是我们自己的生活吧。

正如插画家徐晓璇所希望的那样：爱和想象，会吸引我们沉浸在这个老鼠王国；也是爱和想象，让我们对小老鼠米尼和他的家人付出自己的担忧，也分享他们的欢乐。

2015 年初冬，东湖梨园

《小欢和爷爷》导读

每年农历九月初九，正是橙黄橘绿、秋空爽朗的时节。这一天，人们会陪伴着家里年老的亲人，一起登高望远，饱吸秋阳之光，吐纳晚水之气，把万山红遍的金秋美景尽收眼底……这就是中国美丽的传统节日之一——重阳节。重阳节又叫“登高节”、“敬老节”。重阳节里除了登高，还有赏菊、插茱萸等美丽的习俗。三国时代魏文帝曹丕（也是著名的文学家），在写给朋友的一封信里就谈道：“九月九日，草木遍枯，而菊芬然独秀，今奉一束……”这些美好的节令习俗，是中华传统文化的组成部分，我们今天都应当传承、尊重、保护和完善它们。

《小欢和爷爷》以重阳节为背景，给我们讲述了小欢和爷爷祖孙俩的亲情怡怡的故事。爷爷像许多老年人一样，心里头越来越孤独和寂寞，有时还会生出一些奇怪的念头，就像重新变成了一个天真、单纯、甚至有点顽皮的小孩一样。是的，每个人都有年老的时候，每个人年老的时候，也会像故事里的爷爷一样，寂寞、脆弱、古怪，喜欢回忆往事，渴望家人的陪伴……这是每个人生命中的自然规律，孩提时代、中年时代、老年时代，不同阶段里都会有不同的性格特点和生命需求。故事里的小欢，就像陪伴在年老的爷爷身边的“安慰天使”和“快乐天使”，他给爷爷的每一天都带来了阳光、笑声、力量和幸福。因为有了小欢的陪伴，爷爷即使在年老的时候，生命依然散发出活力和光华，就像重阳时节的爽朗秋空一样美丽。小欢和爷爷的故事，也是无数中国家庭里祖孙生活的真实写照。这个真实和温馨的故事，可以启发我们如何去更好地理解、尊重和热爱生命，该用什么方式去关爱、陪伴和帮助老年人的生活和内心世界。

这本书的绘画里也洋溢着秋高气爽的自然气息，展示了热热闹闹的节令风俗。我们从画面里不时会看到一些亲切和熟悉的细节，如青花瓷茶壶、牌坊和石狮子、小石桥、太湖石、门神年画、竹凳和竹躺椅，等等。所有这些“中国元素”，也在无声地讲述着这个中国故事，传递着一些温暖的中国情怀。

原载《小欢和爷爷》，中国少年儿童出版社 2015 年 12 月第 1 版

《雨伞树》导读

《雨伞树》是一支纯美的梦想之歌，也是一个闪耀着明亮的诗意、飘散着分享与感恩的情感芬芳的小童话。

那两只又憨又萌的熊猫瓜瓜和丫丫，让我们想到了每一个正在成长的孩子，以及孩提时代的你和我；那把很旧很旧的红雨伞，让我们想到了童年时曾经各自拥有过的最心爱的东西，包括妈妈的爱，包括我们曾经拥有过的最美的梦想和心愿。小熊猫在寻找他们失去的红雨伞；红雨伞也在想念两只小熊猫，以及一起友好相处、亲密无间的时光……一个关于童年时代的“失去”和“获得”的纯美故事，在作家清丽的小溪流似的浅语里，缓缓流淌着，故事里呈现着一种淡淡的、富有抒情意味的散文诗风格。

从白冰先生的创作自述中，我们知道了，这个故事源于他小时候的真实经历。

一把红色油纸伞，曾经是他童年里的妈妈的象征，也是经常陪伴着他的一个“朋友”。后来，红雨伞失去了，再也找不到了，就像每个人的童年时代，终归是要离我们远去的。但是，小时候他却幻想过：要是把雨伞插在土里，它也许会变成一棵“雨伞树”，长出无数红雨伞来。这个美丽的心愿，从小时候起一直萦绕在他脑海，珍藏在他的心间，似乎从来也没有远去过。终于，有一天，他在路边散步时，看到一棵树的枯枝上，盛开着一朵红雨伞一样的小花。于是，那一瞬间，时光重现，灵感降临，他又想起了小时候的红雨伞，和小时候有过的“雨伞树”的愿望……

这个美好的故事的来龙去脉，本身也是十分感人的，并且给我们带来启示。是的，每个人小时候的梦想和心愿，还有他小时候读过的书，似乎都带有“预言”意味，都可以预示着未来的种种，就好像占卜师能从小小的纸牌中看到未来的旅程一样。也就是说，这些梦想、心愿和书，会影响到这个孩子的未来。因此，对每个孩子来说，有些梦想、心愿和书，还有一些故事，童年时拥有过、读到过、听到过，也就是永远地拥有了、读到了和听到了；相反，童年时空缺了、错失了、省略了，也可能是永远地空缺了、失去了和不再拥有了，它们可能会成为一个人终生的缺失和遗憾。

故事最后，童年的梦想开成了鲜艳的小花。那把失去的红雨伞，真的变成而来一棵“雨伞树”。两只小熊猫，也重新找到了失去的红雨伞。这时候，红雨伞以为自己在做梦，可是，她分明又感觉到了熊猫脸蛋的温暖。当她晃了晃自己的枝桠，摇落了更多的小红伞时，她的爱、她的心灵的天地变得更加丰富和阔大了；而曾经失去的东西，又以新的形式和姿态回到了瓜瓜和丫丫身边。雨伞树用自己的小红伞为他们遮挡着阳光，他们幸福地依偎在雨伞树下，身边落满了更多小红伞……我们想象一下，这个时刻，无论是熊猫还是雨伞树，想必都已经长大了！

心中有梦，就会开花；只要寻找，就能寻见。童年有梦且缤纷；有梦不觉人生寒。或许，每个人的童年里都曾有过一把难忘的红雨伞，都曾有过一些像“雨伞树”一样的梦想和心愿。重要的是，你是否一直在心中珍藏着它、守望着它呢?

原载《雨伞树》，中国少年儿童出版社 2015 年 12 月第 1 版

《过中秋》导读

一轮又圆又大的、金黄色的月亮静静地升起来了。

老爷爷，老奶奶，还有他们的儿子、媳妇、孙女，一家人温馨地坐在飘着淡淡花香的桂花树下，吃着老奶奶亲手做的桂花糕和桂花、果仁馅儿的月饼。

吃完饭，一家人又围坐在秋风习习的院子里，一起欣赏着美丽的中秋月。当然啦，这时候，老爷爷老奶奶还会给小孙女讲一讲美丽的嫦娥、玉兔和蟾宫里的桂花树的故事……

汤素兰创作、陈香果绘画的图画书《过中秋》，讲的就是中国最古老、最美丽的传统节日之一——中秋节的故事。

高高的、皎洁的月亮，给人类带来了多少美好的遐思和梦想啊！

两千多年前，中国伟大的浪漫诗人屈原，仰望着天空中的一轮皓月，禁不住生出种种憧憬和遐想，曾经这样发问：

“夜光何德，死则又育？厥利维何，而顾菟在腹？”

意思是说：月亮究竟具有一些什么德性，为什么能够缺了又圆、死而复生？它又是为了什么，要把小小的蟾蜍养在自己腹中？诗句里的“顾菟”，指的就是蟾蜍。

在中国古代神话里，遥远的月亮上，也蒙着一层关于蟾宫、玉兔、吴刚、嫦娥和桂花树的美丽面纱，给人们、尤其是给孩子们带来无数美丽的想象。

中国人过中秋节赏月，都和这些美丽的传说有关。也就是说，中秋节不仅是一年四季里的一个自然的节日，也是一个凝结着古老的传说故事、蕴含着中国人美好梦想和情怀的文化的节日。

有意思的是，这本图画书在讲述老奶奶一家人过中秋节的时候，还并行讲述了另一个完整的故事：一只可爱的小老鼠，也邀请了自己的朋友们，一起来过中秋节。

当老爷爷老奶奶为家人准备桂花糕、月饼的时候，小老鼠也在为朋友们精心准备着过节的点心；

金色的月亮升起的时候，小老鼠在急切地等待朋友们的到来；

当夜深人静，老奶奶一家过完了中秋节，幸福地进入梦乡的时候，小老鼠和朋友们，也在圆圆的月亮和高高的桂花树下，分享着节日的快乐、彼此的友谊和大自然赐予的各种食物。

不知不觉，月亮西斜了，东边的天空中泛出了鱼肚白的光。

“哎呀，天要亮啦，咱们该走啦！”

于是，小老鼠的朋友们互相扶持和帮助着，与小老鼠道了别，并且幸福地约定：“明年中秋见！”

小老鼠的朋友们走了，但是给老奶奶一家留下了野花、胡萝卜和松果，留下了他们小小的爱心和奉献。

小老鼠真心地说：“只要你们喜欢，我明年再送给你们！”

只可惜，小老鼠的声音太小了，老奶奶一家人没有听到。

但是我相信，小老鼠的话，每一个小读者都听到了。

所以，读着这本图画书，我还体会到了作家的另一层意思：中秋节来临的时候，也正是一年中秋高气爽、瓜果成熟、桂花飘香、丰收在望的季节。当老奶奶一家人幸福地团圆在一起，说说笑笑地享受着怡怡的亲情，丰收的瓜果、美味的月饼的时候，当小老鼠和他的朋友们相聚在一起，分享着彼此的友谊和大自然赐予的各种食物的时候，谁能说，这不是一个感恩的节日呢？

大家不仅会在心中真挚地感恩自己的家人和朋友，还会在心中默默感恩大地母亲给予我们的瓜果、稻菽和其他各种农作物的收成，感恩大自然赐予我们一个桂花飘香的节日！唐代诗人王建写过一首吟咏中秋的诗《十五夜望月寄杜郎中》：“中庭地白树栖鸦，冷露无声湿桂花。今夜月明人尽望，不知秋思在谁家。”中国有自己美丽的节日习俗，中国也有自己温暖的节日情怀。我想，阅读这本图画书，小朋友们一定要体会出其中的感恩情怀。

2016 年夏天

原载《过中秋》，中国少年儿童出版社 2016 年 10 月第 1 版

史努比带来了什么

美国西蒙和舒斯特出版社创始人和掌门人之一的舒斯特先生，在他那篇著名的《给有志于编辑工作者的一封公开信》里说过这样一段话："对编辑而言，验证真理的时刻就是问：假如别的出版社出了这样一本书，你会不会掏腰包来买？你也可以用许多经验法则来思考，假如在任何一页戳一刀，看看会不会有血滴出来。假如跳过一段不读，你会觉得错过了什么宝贵的经验吗？阅读这本书会不会令你汗毛直竖？所有的衡量标准，都要回归到两个基本原则：你自己会不会舍得掏钱出来买这本书；还有更重要的是，你会不会想把这本书列为自己的藏书，多年后，你还会很高兴在书架上找到这本书，并且很期待阅读这本书，甚至享受到一读再读的乐趣？"

如果也允许我用舒斯特先生的这个"衡量标准"来回顾一下我对希望出版社近年来的出版品的印象，那么，能使我脱口而出的可能会是这样一些丛书或单本书：如《中华儿童文学名家名作书系》(中英文对照本),《中国著名儿童文学作家评传丛书》,《中国当代儿童文学国际性主题作品选》,《希望童话宝库》中的一些童话原创新作,以及引进版的《史努比黄金五十年》《与史努比一起过圣诞》等史努比系列,还有从“DK公司”引进的《太空知识百科》《动物百科》等。

尤其是最近一两年来,希望社依靠带有经典意义和收藏价值的大型引进版图书“史努比”系列,瞬间武装了自己,令整个书界对希望社刮目相看,同时也拓宽了通往图书市场的路径。现在几乎在每个城市的新华书店和街头书刊摊点上,我们都可看到“希望版”的史努比。对于引进版图书的选择是需要文化和市场的双重眼光的。看得出,希望社在对待引进版图书方面是有眼光、有计划、有步骤地在进行着的,虽然起步稍晚,但后来居上,不仅起点颇高,气度不凡,而且品种、规模和引进理念都越来越理性化和自觉化,并且获得了实际效益。

一般说来,经过认真考量和精心选择之后而引进的外版图书,往往都是世界级的精品,进入市场比较有把握,最终可以做到两个效益俱佳,而且能够促进本土编辑及作者的编写理念的更新与提高,甚至照亮并引导人们去发现、挖掘和重新利用一些沉睡的、潜在的出版资源。我想,史努比“落户”希望社,其意义和价值远远超过了一两本图书本身。如果说,近一两年来,希望社正在悄悄地加大和加强一般图书的品种规模和经营理念,是她赖以腾飞的双翼之一,那么,她的另一只有力的翅翼,便是以“双赢方案”

为出版理念的教辅读物在图书市场的铺展。这里的“双赢方案”，一是指赢得广阔的市场，即让每一本希望版的教辅读物尽可能地和最大限度地去赢得它的市场份额，获得最充足的利润空间；二是指赢得良好的品牌形象，即不断探索和寻找最佳的和符合二十一世纪青少年素质教育策略的教辅读物编写和编辑方案，使教辅读物也带着一定的文化含量和编辑出版者的人文关怀气息，最终在读者当中树立起希望版教辅读物的品牌形象。

还是让我们回到舒斯特先生的那封著名的公开信上来吧。他提醒编辑们说：“当你听到另外一家出版社即将出版一本差不多的书时，千万不要气馁。‘成为最好的’永远比跑第一重要得多。”

2000 年春天

两部作品的获奖评语

应中国作家协会儿童文学委员会邀请，参加了第七届全国优秀儿童文学奖终评的工作，并为本届获奖作品中的两部，撰写了获奖评语。

《黑焰》（长篇动物小说，格日勒其木格·黑鹤著，接力出版社出版）：这部小说以藏北高原苍凉、壮美和辽阔的地貌为故事背景，讲述了一头藏獒曲折跌宕的生命传奇。小说以一头藏獒的目光来打量人类现代文明，叙事视角十分独特。在刻画了藏獒格桑高傲、冷峻的性格气质的同时，也展现了一种原始狂野与现代文明的冲突。这部作品也显示了青年作家黑鹤对于动物的生命与生存秘密的悉心洞察与敬畏，对于人类文明的深切理解与尊重。

《核桃山》（中篇童话，葛翠琳著，少年儿童出版社出版）：这是老作家葛翠琳近年来为孩子们奉献的一部童话力作，系“山林童话三部曲”之一。作品融动物生活习性、人类感情道德和童话艺术趣味于一体，讲述了一只从小失去了熟悉而温馨的家园的孤儿小熊，历尽千辛万苦，终于找到属于自己的幸福的故事。作品告诉孩子们一个道理：一颗不想索取、只愿给予的心，总是很快乐的。这部童话语言清浅而有韵致，刻画小动物的生活习性和心理行为皆细致入微，饶有童趣。

2007 年深秋，北京

原载《作家通讯》2008 年春季号

为幼童架起一道通往阅读的小木桥

——王蕾和她的“爱悦读”桥梁书

十多年前，我在做出版的时候，曾从法国一家著名的童书出版社巴亚出版社（Bayard）引进过一套儿童分级阅读读物，取名为《我爱阅读丛书》，共有六十册之多，在封面上分别用红、黄、蓝三种色调，标示出小学低年级、中年级、高年级三个适读年龄段。当时，无论是“儿童分级阅读”的概念，还是“桥梁书”的概念，在中国内地都还是比较陌生的。因此，在出版这套读物的时候，经过多次阅读调研之后，除了“我爱阅读”这个丛书名，我们还在封面上特意标注了“儿童分级阅读”、“儿童阅读桥梁书”的字样。这是从当时台湾地区出版的一些童书中借鉴过来的两个概念。

《我爱阅读丛书》出版后，受到了小读者、家长和学校的广泛欢迎。为了向更多的家庭、学校和阅读培训机构推广“儿童分级阅读”和“桥梁书”这两个概念，我还邀请王林、徐榕等阅读推广人一起做过几次对话和阅读推广活动。直到现在，从网上还能看到一些儿童阅读推广机构（也可能是热心的家长）根据我的录音整理出来的有关“桥梁书”的诸多特点。

《我爱阅读丛书》的引进与出版，也带动和催生了国内一些原创桥梁书的问世，却是我始料未及的。比较成规模的原创桥梁书，有海燕出版社的《我爱阅读·桥梁书》（这个丛书名显然有向“巴亚版”《我爱阅读丛书》“致敬”之意）、明天出版社《金谷粒桥梁书》。这两套桥梁书都是由数十位作家合作完成，各写一册或数册。最近我看到的由安徽少年儿童出版社出版的《“爱悦读”桥梁书》，虽然规模不算大，却是由王蕾独立担任文字创作，并且是作为“教育部人文社科研究项目成果”而推出的。

王蕾近几年来一直致力于儿童文学教育和课堂教学的实验与研究，也是儿童文学教育项目“海绵故事乐园”的发起人。可以说，她在理论研究、课堂教学实验、文本创作、校园阅读推广等几个方面，多管齐下，辛勤耕耘，收获了一些令人瞩目的、可喜可贺的成果。《“爱悦读”桥梁书》即是她作为“桥梁书”课题研究组主持者在文本创作上的一个美丽的收获。

我仔细地阅读了这套带有儿童阅读实验性质、针对小学中低年级而量身定做的“原创母语桥梁书”，发现它们无论在故事创意、文本创作、插画、版式编排、阅读小游戏的设计等方面，都做得十分用心、细致，而且在我当初所归纳的桥梁书的诸多特点之上，又增加了一些新的创意和设计。概括说来，这套桥梁书具有这样一些特点：

第一，文本篇幅一般都不太长，随着小学低年级到中高年级的递进，一本桥梁书的文字大约会从五千字递增到一万五千字。即使是小学高年级的桥梁书，一般也不会超过两万字。王蕾的这套桥梁书写的是一个叫“小豆包”的小主人公——一个刚刚开始上学的小学生的生活故事，显然是写给小学中低年级阅读的，所以每本书都不到一万字。这个篇幅控制得很好。

第二，每本书的文字都尽量使用小孩子能看得懂、又适合念诵的“浅语”，不轻易使用艰深和生僻的字词，一定要用时，就给这些字词加注拼音。我特别注意到了，王蕾写故事时的叙述句子，一般都是口语风格，文字非常清浅，而且句子长短适中，没有非常长的句子。比如这样的叙述：“小豆包沿着松软的新路走呀走，走呀走。他看见路右边的树林里，好像贴满了各种彩色的画。……”“正在这时，一只小麻雀，突然从树上掉了下来。这只小麻雀，看上去像刚刚出生没几天，他还不会飞呢。……”为了避免大面积的文字给小孩子的阅读带来“沉重感”和“压迫感”，书中的文字都排成了故事诗的形式，给小读者带来了视觉上的流动、疏朗和放松的感觉。

第三，每一个故事都不复杂，但是很完整，有头有尾，间或有一点转折和往复的情节，但并不复杂，叙述清丽而流畅，具备了一篇短小的童话故事和儿童小说的完整性，但又没有那样的复杂。而且，无论是“小豆包奇遇记”、“小豆包在学校”，还是“小豆包养宠物”、“小豆包的好朋友”，写的都是小孩子自己身边的生活，也是中低年级小孩子最感兴趣的一些主题，例如冒险奇遇、校园里有趣的生活、小伙伴之间的交往与友谊、饲养小动物的趣事、简单的侦探推理，等等。桥梁书的故事，一般都是以小孩子的日常生活故事、校园故事、家庭亲情故事、幻想和魔法故事为主。当然，也有专门的科普故事桥梁书。

第四，桥梁书的章节不多，但也不可缺少。通常，高年级的桥梁书，故事里面就分成四五个章节了。比较长的故事，如果不分章节，让小孩子一口气看下来，也是有压力的，小读者一般缺少这样的阅读忍耐力。因此，把这个故事分成几个小章节，这样就会有一个比较舒缓的节奏，阅读过程中有透一口气的感觉。王蕾的这套桥梁书，每个故事都不长，又是排成故事诗体的，对小读者的压力不会很大，但是，在每本书中，她仍然细心地安排了三个故事（相当于三个小章节），每个故事之间，又安排了稍作停顿和休息的空间。

第五，所谓“停顿和休息的空间”，就是王蕾的桥梁书中一种新的创意设计，其中包括“故事地图”，即理清楚前面的故事情节的叙述顺序；“阅读游戏”，即找出故事里的一些关键字词，对一些细节做出正确判断；还有“我来写一写”，即吸引小孩子参与故事“接龙”，或续写类似的经历。

第六，桥梁书的主题一般都不会过于艰深，但也并非漫无目的、随意为之。通常，桥梁书会针对小孩子生活中可能遇到的一些问题来设计主题。比方说第一次上学，书包怎么样来保持整洁、干净、有条理；如何跟陌生的小伙伴交往；小孩子好奇心很重，同学之间会有各自的小秘密，一旦发现了这种小秘密，应该怎样做才好，等等。王蕾的这套桥梁书里的主题，也是紧贴小孩子的日常生活与交际范围来设置，如饲养宠物可能遇到的麻烦事，日常生活中的奇遇，在学校里担任老师的小助手时可能经历的事情，和小伙伴相处时吵架了怎么办，小孩子如何克服胆怯的心理，等等。

第七，桥梁书十分讲究文字和图画的比例关系。通常，一本图画书的图与文的比例是二比一，桥梁书的图文比例则是反过来的，是一比二。更形象一点的说法是：图画书是图+图+文，桥梁书则是文+图+文。王蕾这套桥梁书的图文比例，安排得很适当，凸显了文字的比重。而且，这套书的插图色彩淡雅、清新，真正起着辅助文字阅读的功能，没有喧宾夺主而“抢了文字的戏”。

第八，一本桥梁书，通常只需要一至两个印张就够了，可以有一个薄薄的、印着书名的书脊，能够立在孩子的小书架上，但不需要太厚。小孩子拿着这本书在手上，不会觉得有什么负担，在自己的耐力和专注力所承受的时间内，可以读完全书，不至于半途而废。这也是桥梁书能够为孩子架起一道通往阅读的小木桥，能够帮助小孩子建立起阅读信心，让他们渐渐获得“我又独立读完了一本书”的“成就感”。王蕾的这套桥梁书，在这方面也做得十分“符合标准”。

“桥梁书”，顾名思义，就是为孩子们架起一道从“亲子阅读”和以图画为主的图画书阅读通往“自主阅读”和以文字为主的“故事书阅读”的小木桥，帮助孩子建立起一种独立阅读和爱上阅读的信心。也因此，在台湾地区、香港地区，我们会看到一些桥梁书的丛书名本身，就有鼓励孩子独立阅读的意思，例如“我会读”、“我能读”、“好书自己读”。“我爱阅读”、“爱悦读”，所表达的也是同样的期待。

2016 年春，东湖梨园

原载《文学报》2016 年 7 月 20 日

《小熊学校》：温暖明亮的图画书杰作

小熊学校一共有一、二、三、四……十二只小熊。小熊们每天都过得很开心。十二只小熊里，前面的十一只都是男孩，只有第十二只，也就是最后一只小熊是女孩，她叫杰琪。杰琪最小，最淘气，最不听话，但也是一个最可爱的小公主，而且最能干……

《小熊学校》每一个故事，都是这样开头的。

可是，杰琪为什么会有十一个哥哥呢？我在给小家伙们讲小熊们的故事时，不少小孩子首先又会这样问道。

是呀，我怎么就没有想到这个问题呢？

好在我读过安徒生童话，我告诉小家伙们：哥哥应该是越多越好吧？你们知道吗，安徒生童话《野天鹅》里，小爱尔莎不是也有十一个哥哥吗？

虽然算是支吾过去了，不过，为什么会有十一个哥哥的问题，还是值得童书作家去仔细研究一下的，这里暂且放下这个问题不谈。

《小熊学校》不愧为一套图画书杰作和名作，无论是图画还是文字（故事），都可爱得不得了，浅浅的，缓缓的，淡淡的，却又是那么澄澈、明亮，富有一种难以言说的、美好的韵味。十四册故事书，每册一个小主题，涉及了小小幼童日常生活能力培养、心理成长、情绪管理等方方面面，比如拥有一个美好的梦想、最好的生日愿望、如何珍惜好朋友之间的友谊、怎样锻炼自我动手能力、如何养成自我纠错能力、节日里应该与大家分享幸福、踊跃参与团队活动，等等。

最智慧的幼儿成长故事书，一定会做到故事性、认知性、想象力和儿童趣味性的完美融合，而且，儿童趣味性，简单说就是“童趣”，往往还会放在第一位。《小熊学校》是一套温馨的、极富幼儿教育智慧、又富含童趣的幼儿图画书，每一个故事都充分照顾到了小孩子的生活特点、成长环境、交际范围、心理接受程度等因素，通过十二只小熊日常生活中的一些小故事、小细节，甚至小差错，潜移默化，寓教于乐，引导小孩子迈开成长的第一小步。

例如《杰琪的妹妹》这一册里，杰琪虽然自己就是一个娇滴滴的小妹妹，但是她内心里也有独立的渴望，甚至期盼着能够像大人一样去照顾他人。于是，当露露和罗罗这两个双胞胎的小妹妹突然出现在杰琪面前时，杰琪内心里像当一个姐姐、照顾他人的渴望，一下子就被激发出来了。虽然照顾两个小家伙把她累得够呛，但是她的独立愿望得到了发挥和满足。当两个小家伙离开杰琪之后，杰琪竟“哇”地大哭起来。这与其说是因为辛苦而感到了委屈的哭声，不如说是一种幸福的哭声。故事结尾写道：“这天晚上，天空出现了许多明亮的星星。杰琪对着星星许了一个愿。她许了一个什么愿呢？这是秘密。”简单而又完整的故事，清晰而又真挚的心理脉络，加上澄澈而有趣的浅语叙述，使整个故事滋味悠长，让人回味无穷。

同样的韵味，也散发在《杰琪的梦想》《杰琪的生日》《杰琪的运动会》等故事里。小熊杰琪在快乐的参与、表现和接纳中，心智得到了一点点的成长。每一个孩子来到世界上都无法单独生活，必须互相交往，互相帮助。最快乐的人际关系，就是能够真心倾听对方的诉求，真诚地表达自己的想法，彼此关爱和信任。所有的小孩子在成长过程中也都会自然而然地向往一种“独立”，对任何事物都想自己动手试试。小熊学校生活里的每一天，也都是这样的生活。再如《杰琪的面包店》《杰琪洗衣服》《杰琪去月球》这些故事，不仅告诉小孩子如何自己管理好自己的日常生活，其实也可以让所有的父母亲明白一个道理：对于一个正在学习成长的小孩子来说，周围的大人们最应该做的一件事，是懂得慢慢地等待，静静地守候孩子的成长，而不是越俎代庖，或横加阻止。再如，没有一个孩子是不喜欢大自然和户外运动的，这些以憨憨的小熊为主角的故事，自有一种无声的魅力，吸引着孩子去爱上大自然，爱上小动物，爱上户外的花花草草，并且透过小熊们良好的生活习惯和天性中的美德，去唤醒小孩子的爱心和快乐之心，唤醒他们热爱世界、热爱大自然的天性。例如《杰琪种西红柿》《杰琪的自行车旅行》等。

《杰琪的知心朋友》这一册，写的也是常常发生在很多小朋友身上的故事：只要拥有了新的礼物、新的玩具、新的小伙伴，那么，很可能就会把曾经陪伴过自己的好朋友或最心爱的玩具忘记在一旁的，就像故事里被杰琪忘记在一旁的小黑熊玩具查克一样。当然，最重要的是，如何引导小孩子去珍惜那些亲密的、美好的友谊，去把被自己忘记、忽略和丢失了的友谊寻找回来。《小熊学校》里的不少故事，就有一种潜移默化、润物无声的感染力，或者说是一种有效的“幼儿教育功能”：让小孩子在日常生活中学会“自我纠错”，从一些常见的生活细节中明白什么是对的，什么是不对的和应该纠正的。

这套图画书的图画由日本著名童书画家足立奈实创作，文字故事由著名童书作家相原博之创作。这套书的图画色彩淡雅清新，每一幅画面都散发着极其温馨的气息，画面简洁，却也富有装饰性，非常符合小孩子的欣赏趣味。文字也浅显有味，对话生动有趣，把幼儿文学的“浅语艺术”发挥到了极致。从这些简单有味的小故事里，我们也不难看到作者剪裁故事、化繁为简、深入浅出的创作技巧。这其实是创作幼儿文学所必需的一种大智慧和大手笔。

2016 年初春，武昌

帕丁顿书信集：献给童年的教育诗

世界上最有名的小熊之一

小熊帕丁顿这个童话形象诞生后不久，英国《教师》杂志就盛赞说："小熊帕丁顿与小熊维尼一起，成为了英国儿童文学有史以来最令人难忘的小熊。"如今，人们甚至把小熊帕丁顿誉为"伦敦的文化名片"、英国的友好使者以及纯真童年、快乐冒险的代名词。

我们先来看看小熊帕丁顿的非凡的履历：他曾经陪伴撒切尔夫人出席过保守党会议；他曾经在日本担任联合国儿童基金会友好大使，并且作为日本航空公司滑雪旅游推广代言人达十二年之久；他曾经在英吉利海峡隧道开通时，当选为第一件通过隧道到达法国的礼物；他曾被选为英国皇家邮政特别邮票册中；谷歌曾在全世界范围内以首页贴图的形式隆重地为他庆祝生日；伦敦火车站为他建立了永久的纪念铜像；二○一四年，根据儿童小说《小熊帕丁顿》

改编的电影《帕丁顿熊》在上海博物馆举行首映式时，英国的威廉王子不远万里，风尘仆仆赶来中国为他站台……

作为享誉全球的儿童小说名著《小熊帕丁顿系列》，迄今已翻译成四十多种不同语言在世界各地出版，相继入选英国“你长大之前必读的一千零一本童书”、《英国图书贸易》“最佳儿童小说”、美国《纽约时报家长指南》“最佳童书”、日本《儿童文学的魅力：现在阅读的一百本（外国篇）》以及《英美儿童文学畅销书四十本：留在心中的名作》、《世界少男少女文学：幻想文学五十本》等各种推荐榜单。根据小熊帕丁顿的故事改编的电视连续剧，也成为英国广播公司（BBC）最受欢迎英国家庭和孩子们欢迎的节目之一。与此同时，作为“小熊帕丁顿之父”的作家迈克尔·邦德，也因其创造了小熊帕丁顿这个杰出的儿童文学形象以及在儿童文学领域的卓越贡献，曾荣获英国女王颁发的 OBE 奖章（不列颠帝国勋章）。

小熊帕丁顿的十五封信

“如果你是第一次接触帕丁顿小熊，这些新鲜的故事会让你着迷。即使你曾经接触过帕丁顿的趣闻逸事，那我相信这本书里的故事依然会让你感觉趣味盎然。因为在帕丁顿这么多的冒险经历中，发生了太多值得津津乐道的事，每一桩每一件都独特而新奇。”

这是作家迈克尔·邦德在小熊帕丁顿书信集《来自帕丁顿的爱》的开头，写给小读者们的话。

很久以前的一个晚上，远洋客轮“卡列尼娜号”载着小熊帕丁顿驶离秘鲁利马的港口，启程前往欧洲旅行。“记得来信！”露西婶婶在客轮的汽笛声中叮嘱帕丁顿说。

小熊帕丁顿没有辜负露西婶婶的期待。这本《来自帕丁顿的爱》收入了小熊从远方写给婶婶的十五封书信。按照时间顺序，他向婶婶讲述了自己来到伦敦后亲身经历的各种故事。例如到伦敦后，他被布朗一家收留，开始了一种全新的生活；他和伦敦一家古董店的老板成了好朋友；还有，他和喜欢管闲事的邻居柯里先生产生了一些小摩擦，等等。这些书信写得十分细致，文字清澈而温暖，字里行间闪耀着一种明亮的童真之美，散发着来自童心的爱的芳馨，也让我们看到了小熊帕丁顿在伦敦度过的一段快乐、新奇和灿烂、恣意的成长时光。

现代社会里，每个人的生活节奏都变得那么匆忙而急促，书信这种曾经流传了数千年的表达形式，更是几乎变成了一种“奢侈品”。把自己最想说的话悄悄地写在几页素净的信笺上，然后装进信封，贴上邮票，投进绿色的邮筒，过了些日子，“绿衣天使”就会把这封信送到收信人手中……这样的表达形式，曾经带给人们多少想象、好奇和期盼。智慧的作家采用了书信体的形式，通过小熊帕丁顿的亲历和自述的口吻来讲述故事，不仅完美地契合了一种天真烂漫的儿童视角、儿童心理，同时也呈现了一种生动活泼、清浅明亮的儿童叙事式。

所以，阅读这本书信集，除了每一篇书信里所讲述的故事本身，小读者还可以领略到一种《寄小读者》那样的书信之美，感受到书信体里特有的那种“诗与真”。

温馨的儿童教育诗

最美好的儿童文学，一定能给孩子们带来光明、快乐和幸福，一定会展现出通达、善良、美丽的人性，传递着高尚、健康、明亮和清晰的价值观。《来自帕丁顿的爱》就是这样一本清澈和明亮的心灵成长书，一阕温馨的儿童教育诗。

小熊在布朗先生家所度过的一任天真、无拘无束的每一天；格鲁伯先生带着好奇的小熊参加拍卖会，邻居柯里先生与小熊的秘密约定，让一个小孩子的好奇心、参与欲和创造之心得到了充分的尊重、满足与施展；小熊在参观白金汉宫时，所独创的那个进出迷宫的方法：沿路在树枝上抹点橘子酱，然后再沿着这些记号原路返回……透过小熊帕丁顿经历的一个个真实的故事和细节，我们不仅看到了小熊所拥有的一颗好奇、乐观、公平的心，看到了他清澈、真诚和充满善意的目光，更重要的是，我们看到了一种健康、健全和灿烂、恣肆的儿童生活状态，看到了一个童心蓬勃、生机盎然的小童年。

毫无疑问，作家通过一封封书信，同时也在传递着一种正确和美好的儿童教育观，只不过，他写得非常机智，像咖啡的香气完全溶解在咖啡杯里一样，他的“教育性”也不露痕迹地隐藏在文学性和趣味性之中，没有给读者留下任何说教的感觉。正所谓好雨知时节，润物细无声，只要描述得当，观点也就在其中了。

一本美好的童书就应该是这样：可以暖心，可以润身，更能够启智，能够养德。可以说，《来自帕丁顿的爱》里的故事，是诗人惠特曼的那首儿童教育诗的最好的注解：那个每天向前走路的孩子，他只要看到某一个东西，他也许就会变成那个东西。看到的是杂草和阴影，长大了，他的心里就会有杂草和阴影；看到的是玫瑰和光明，长大了，他的心里就会有玫瑰和光明。总有某一天或某个时候，他所看到的一切，都将成为他生命的一部分。

我们应该感谢书中的那位住在秘鲁的“退休熊之家”的露西婶婶（其实是应该感谢这本书的作者迈克尔·邦德），她依凭着自己的阅历与智慧，“似乎预感到了随着时间的流逝，这些信件将会变得多么宝贵，因此她完整地保存了所有的信件”。当然，还有值得特别肯定的是，小熊帕丁顿这十五封书信，是由著名儿童教育专家尹建莉女士翻译的。尹建莉的译文清丽温婉，纯真的童趣与母性的柔情水乳交融，给读者完美地呈现了一个童趣盎然、亲情怡怡的童年世界，让我们看到一种明亮、灿烂、健全和恣意的童年之美。

2016 年 11 月 15 日，武昌梨园

辑　五

秋空爽朗

怀念敬爱的柯岩老师

尊敬的贺敬之先生：

惊悉柯岩老师仙逝，不胜悲痛！前不久在参加全国作代会期间，本想去看看柯老师，却听说医院对探视有所限制，最终错过拜见柯老师最后一面的时机，真是痛悔交加。

柯岩老师是我心目中光明磊落、高风亮节的革命作家、人民的诗人和艺术家，也是伟大的儿童文学家和青少年教育家。在柯老师生前，我虽然没有更多的机缘见到她，但是短短的几次交往，却给了我永难磨灭的、深刻而美好的记忆。柯老师的崇高品格，正直和大度的胸襟，平易近人的温暖情怀，以及对文学创作艺术上孜孜不倦的追求精神，都是我辈永远学习的目标。柯老师留下的每一篇、每一部作品，都闪烁着她美丽和崇高的人格的光华，是我们应该永远珍视的最宝贵的文化遗产和精神财富。

尊敬的贺老，陪伴了您一生的、最亲爱的战友和伴侣离去，您的哀伤和悲痛是不难想象的。唯望您务必节制悲痛，保重尊体，这也是对逝者最大的安慰。

柯老师永远和我们在一起！愿她美丽的灵魂，在她毕生所眷恋和讴歌的、并且为之付出了一生的奋斗和挚爱的大地上得以安息！

徐鲁　敬上

2011年12月12日

原载《永远的柯岩——悼念柯岩文集》(上、下卷)，贺小风、贺小雷编，作家出版社2012年11月第1版

马良永远活在人间

洪画千先生并转上海市作家协会：

欣闻“纪念洪汛涛先生逝世十周年暨《中国最美童话》新书发布会”在上海召开，“洪汛涛纪念馆”也将在他的家乡浙江省浦江县隆重揭幕，谨致最衷心的祝贺！

洪汛涛先生是为中国几代读者所热爱的儿童文学家，也是我从少年时代就十分敬仰的童话大师。他所塑造的童话形象“神笔马良”，给一代代中国孩子留下了快乐和美好的童年记忆。“神笔马良”也和詹姆斯·巴里笔下的“小飞侠彼得·潘”，林格伦笔下的“长袜子皮皮”、“小飞人卡尔松”，怀特笔下的“精灵鼠小弟”等形象一样，已经成为了属于全世界孩子共同拥有的童话朋友。

童话大师虽已远去，但是神笔马良永远活在人间。童话家留给我们的文学遗产和童话精神，将是不朽和永恒的。

2011 年 9 月 22 日于武汉

"童话使我爱这个世界"

——在葛翠琳八十寿辰庆祝会上的发言

尊敬的葛老师，尊敬的各位前辈、各位来宾、朋友们，大家下午好！今天，我们满怀着喜悦和敬仰之心，聚集在这里，庆贺一位慈祥的老人、一位为孩子们写了一辈子童话的老作家的八十寿诞。我们聚集在一起，分享这位老作家的生命中晚秋般的爽朗、华美与幸福。我感到，这是一个友情怡怡、其乐融融的生日聚会，是十分符合我们这些从事儿童文学的人的特点的，带着儿童诗一般的单纯和童话般的绚丽的一个聚会。在这里，首先要恭祝今天的老寿星葛老师生日快乐！真诚地祝愿葛老师身体安康，晚年幸福。用中国传统的吉祥祝寿用语来说，就是"寿比南山，福如东海！"

今年是葛老师的八十寿诞之年，也是葛老师从事文学创作六十周年。从刚才葛老师的简短讲话中我们知道，她几乎是从新中国成立之日起，就开始了为孩子们写作的漫长的创作之路。我们从她的生平经历中看到，她在二十世纪五十年代后期、六十年代直至七十年代，曾经受到过那么多不公正的待遇，经历过那么多的风雨艰辛，遭受过那么多的苦难。可以说，我们今天在座的每一个人，都不曾像她那样承受过那么沉重的委屈、痛苦与艰辛。然而，“亦余心之所善兮，虽九死其犹未悔”。世界对她的不公平，并没有动摇她对世界、对祖国、对自己所热爱的儿童文学事业的信念。她的作品里始终充满了对世界的宽容，对人的钟爱，对真善美的追求。她内心里有深深的创伤，但她的作品里却充满了善良与宽容，仁慈与悲悯；她有眼泪，但不是为自己哭。

我平时在阅读葛老师的作品时，注意到了，她写过这样一些创作自白的文字。她说，“我在童话中也表现丑恶和卑劣，那是为了使人们更热爱美好的一切，而不是展览丑恶。童话使我爱这个世界。尽管人生之路坎坷艰难，我对世界充满了爱。”在另一篇文字里，她还说过：“我之所以几十年坚持为孩子们写作并获得一些成绩，只有一个原因，那就是：孩子们需要我，我需要孩子们！孩子们给予我的爱，注入我心灵的力量，是世上任何珍贵的东西所不能代替的。孩子一无所有，但有一颗纯真的心。”

她在一篇怀念自己青年时代的一位好朋友、一位钢琴家程娜的散文里，写过这么一段话：“我像一匹筋疲力尽的老马，拉着沉重的车在艰难的征途中跋涉，随时都会躺倒在路上不再起来。我多么想能有一天，让你坐在车上，我们轻松愉快地游玩休息，如今，这已是永远不会实现的梦幻了。”我感觉，这同样是葛老师最真实的心声。

八十年的生命，六十年的创作生涯，还有二十年来为了冰心奖的事业而默默付出的心血与劳动……所有这一切，都是具有重量的。在这里，我想对葛老师说的是：因为您爱着更多的人，所以，您才赢得了更多的人对您的爱戴与尊敬；因为您爱孩子，爱儿童文学，所以您的心才永远不老，才总是这么纯净、善良和宽容。我感到，今天，葛老师是我们在座的最美丽、最幸福的一位女性。能够赢得更多的人的深深的爱戴与尊敬，相信那要比赢得财富、权势、地位和名誉，更加值得！

余生也晚，得以认识葛老师，也只是最近这些年的事。此前只是读过她的很多作品。认识了这位善良的长者和前辈，我感到真是我生命中的荣幸。她真正是像关心自己的孩子一样在关心我的工作、创作和生活。她经常会在电话里叮嘱我，既然选择了儿童文学，就要耐得住寂寞。她有时生怕我把太多的时间用在交际等琐事上，叮嘱我无论怎样都要把创作放在第一位；在我们一起合作《冰心奖获奖作家书系》的过程中，我更感到了一位长者的宽容、仁爱、周到，还有为了扶持年轻人而默默奉献自己的心血与精力的那样一种无私的情怀，以及对于儿童文学事业的呕心沥血的关注与爱护。为了冰心奖能沿着一种严肃的、健康的、纯正的文学轨迹来运行，她真是操碎了心！当然，冰心奖二十年来取得的成果，以及那么多的青年作家能以获得这个奖为荣，也算是对葛老师二十年的努力的最好的回报。葛老师在生活上也非常关心我，当得知小女参加完高考后，还亲自去邮局汇我一笔钱，让我给女儿买礼物。有时发现了一个新作者，就让我关注他。可以说，认识葛老师这些年来，她不仅是我的良师益友，而且是一种人格上、精神上的引我向上、向善的标杆和力量。我为能和这样一位老人共同生活在一个时代而感到自豪！

因为时间关系，我要说的话再说多久也是说不完的，纸短而情长，最后，请允许我再一次向葛老师表达我心中的感激和敬意！再次祝愿葛老师安康长寿，像冰心老人一样，成为儿童文学界的第二代的百岁老人的代表。从事儿童文学的人，心永远是不老的！

借这么一个喜庆和吉利的时刻，也祝在座的各位前辈、来宾和朋友身体健康，合家幸福，万事如意。谢谢大家！

2009 年 6 月 6 日，北京前马场胡同

她为孩子们写了六十年

——记葛翠琳文学创作六十年座谈会

这一天，儿童文学界、出版界的新朋老友们聚集在一起，庆贺老作家葛翠琳从事文学创作六十周年和八十岁生日。鲜艳的花朵，欢快的笑脸，插满了蜡烛的生日蛋糕和一篇篇诞生在不同年代里的童话作品的朗诵，一本本散发着油墨清香的新书……大家聚集在一起，分享了这位老作家生命中晚秋般的爽朗、华美与幸福。聚会自始至终洋溢着温馨和轻松的欢声笑语。这是一个带着儿童诗一般的单纯和童话般的绚丽的儿童文学的盛会。

葛翠琳老师用一番简短的发言，回顾了自己当初做出的从事儿童文学的选择："记得一九四九年十月一日，在天安门城楼下御河桥畔参加新中国成立庆典后，我带领中共北京市委大院的秧歌队从天安门广场出发，经西城、北城、东城。环城游行后回到台基厂市委院子里，市委宣传部第一任宣传部长李乐光同志（李大钊同志的侄子）对我说：看了你在报纸上发表的短诗和散文，你为孩子们写书吧，过四十年，回头看看，会有多少成绩？我惊讶地说：四十年？太遥远了。新中国今天才成立，还有三个月我才满二十周岁呢……回头看，六十年已经过去了，我已是八十岁的老人。时间真快！……”

葛老师还回忆到当年冰心老人对她的影响：“一九四九年第一次全国文代会后，中国作家协会成立，设立了儿童文学组，冰心、张天翼任组长，带领我们十几名青年作者学习文学创作，活动多安排在晚上，有时大家谈得高兴，散会时已是深夜。我送冰心回家，我们踏着月光边走边谈，我说：我不是中文系的学生，学习文学创作是从头儿开始。冰心很认真地说：我从海外回来，文学创作要写新的人物，新的生活，也是从头儿开始。停了一下，她又说，作家要不断地寻找新的起点。”想起这些美好的往事，葛翠琳老人无限感慨地说，“冰心老人这句话，铭刻在我内心深处，一生不曾忘”。

八十年的生命，六十年的创作生涯，还有二十年来为了“冰心奖”的事业而默默付出的心血与劳动……所有这一切，都是具有重量的。她的儿童文学创作生涯是与新中国同步开始的。六十多年来，她在不同的年代里为孩子们创作了《野葡萄》《金花路》《翻跟头的小木偶》《蓝翅鸟》《最丑的美男儿》《一片白羽毛》《会唱歌的画像》《山林童话》等童话名篇和儿童小说杰作，以及《十八个美梦》等散文集。她的许多作品被译介成外文在国外出版，有的在国际上获奖。

葛翠琳的不少童话名篇，在共和国几代小读者的心头留下了美好的记忆。如今，这些作品已经成为中国儿童文学宝库中的珍品。它们是从中国古老的大地上和中华民族民间文化土壤上开出的绚丽的花朵，同时也是中国当代“抒情派童话”创作领域里的经典篇目和一座座高峰。有评论家认为，这些作品的“中国风格”，源于作家深厚的中国传统文化根底，这种“中国风格”和“民族性”，不仅表现在她这些童话的故事、人物和主题里，也体现在她的结构、语言和意蕴中。这种风格也绝非一个简单的和表面的标签，而是融合在每一个作品文本深处和作家骨子里的品质与情调。

“一个作品在孩子心灵中留下什么？是很重要的。为孩子写书，写什么？怎样写？这是需要我用一生努力完成的功课。”在座谈会上，葛老师由衷地说道。

葛翠琳老师晚年把主要精力和心血默默投入到了“冰心奖”的工作上。今年也适逢“冰心奖”创办二十周年。“为什么创办冰心奖？就是希望鼓励更多的人为孩子写好书、编好书、出版好书。冰心老人嘱咐：‘冰心奖要做铺路架桥的工作，让更多的人从这里走向成功。’我们牢记冰心老人的话，并希望每一位获冰心奖的作者和编辑，能把荣获冰心奖做为新的起点。”在谈到冰心奖时，葛翠琳老人也感慨良多，她说：“殷切期望更多的儿童文学作者涌现出来，因为儿童文学事业，是需要集体培育的事业。”

儿童文学界的朋友们还分享了童话家在国庆六十周年前夕，她为孩子们捧出的十种新书。“这是作为对祖国母亲的献礼，也作为一名八十岁的普通作者，送给孩子们的礼物，”她说，“祖国的未来是美好的，孩子们的未来是美好的，为了这，我们甘愿奉献全部心血。”

中国作家协会副主席、中国现代文学馆馆长、著名作家陈建功出席座谈会并致辞。儿童文学作家及儿童文学出版界、影视动漫界的朋友们一百多人出席了座谈会，共同见证了一段快乐和温馨的浪漫时光。

2009 年 6 月 12 日，记于武汉

“小布头”今年四十岁

“有一个小朋友，名字叫苹苹。苹苹得到了一个小布娃娃，名字叫小布头。小布娃娃干吗要叫‘小布头’呢？这……你看了就知道啦！……小布头想做一个勇敢的孩子。有一回，他从酱油瓶上跳下来……干吗要从酱油瓶上跳下来呢？这……你看了也会知道的。”

二十世纪六十年代以后出生的人，不知道“小布头”的几乎很少。现在，我们这一代人都已经进入中年了，可是当我们回忆起童年和少年时代读过的童话书时，也许会不约而同地说，我们看过一本有趣的童话书，书名叫《小布头奇遇记》。

《小布头奇遇记》是童话家孙幼军为孩子们写的第一本童话书，自从一九六一年十二月出版后，至今已经整整四十年了。四十多年来，正直、勇敢、虚心、机灵和乐于助人的小布头，一直生活在一代代小读者的心中。就像外国的樱桃小丸子、史努比、皮卡丘、小熊维尼一样，小布头也拥有自己无数的“粉丝”。我曾听到孙幼军先生给我们讲过好几个“小布头迷”的故事。

有一次，孙幼军到一个饭店去会见一位日本翻译家，不小心把外套丢在大厅里了。他在寻找外套的时候，一位保安员问他来饭店做什么，孙幼军便告诉他说，是因为一本书的事。保安好奇地打听是什么书，孙幼军就如实告诉了他。本来是一脸严肃的保安一听，顿时高兴得手舞足蹈起来，说：“呀！原来是《小布头奇遇记》！这本书我小时候看过的！”接着，他就兴高采烈地告诉童话家，他当初是怎样买这本书的，被同学借走了不归还，他又是多么着急。童话家说：“我要找我的外套。”保安说：“怎么能让您亲自找呢！您给我们写出了小布头，我怎么着也得替您找到呀！”于是，他把童话家安排在一个房间的沙发上休息，自己楼上楼下地找开了……

还有一次，孙幼军去儿童电影制片厂开会，有个电影学院的女学生听说“小布头”的作者在场，激动得不得了，当晚就赶回家，连夜缝制了一个“小布头”的布偶，第二天送给了孙幼军。她缝制的小布头的口袋里，还装着一个小本子，她说那是小布头的“户口簿”，上面写着小布头出生的年月、地址、籍贯等。另有一次，孙幼军在一家医院里看护生病的母亲，有位平时不喜欢言笑的女医生得知他就是《小布头奇遇记》的作者，立刻一反常态，快活得像个小姑娘似的，对着童话家说个不停：“天哪！那本书是您写的呀！我十岁时就看了，可好玩儿啦！”仿佛一下子又回到了天真烂漫的童年时代。

说到《小布头奇遇记》这本书的问世，这中间也有一段美丽的故事。当时孙幼军还只是一个业余作者，一个真正的儿童文学新人。他的《小布头奇遇记》初稿，被一家出版社退回了，在他几乎失去信心的时候，他又惴惴不安地把书稿寄给了中国少年儿童出版社。他只想请求编辑们给看一看，提点儿意见，对于出版不再抱多大希望。幸运的是，书稿转到了当时担任副社长的著名科普作家叶至善先生手上。叶先生是一位有名的编辑家和出版家，他慧眼识珠，一下子就看出了小布头身上的奇光异彩。为了验证一下自己的眼光，他把稿子带回家，让正在读五年级的女儿叶小沫先看了一遍。结果小女孩拿起稿子就放不下了，厚厚的一本童话书稿，她几乎是一口气就看完了。还有什么比小孩子的着迷更有说服力的呢？于是，这位编辑家开始对书稿的文字进行必要的加工，经过仔细考虑，又选定了一位优秀的儿童读物插画家、著名连环画《小虎子》的作者沈培先生，来为小布头做插图，甚至还让小学生叶小沫参与进来，挑选出她认为最好看的插图来。不久，这本童话书漂漂亮亮地出版了，深受当时的小孩子和家长们欢迎，连幼儿园的小娃娃，一到时间也喜欢坐在当时家家都能收听到的中央人民广播电台“小喇叭”节目旁边，收听这个有趣的童话故事。

叶至善先生对《小布头奇遇记》这本书十分喜欢，他还请出自己的老父亲、儿童文学家和教育家叶圣陶先生，为《小布头奇遇记》写了一篇评介文章，分析了这本童话好在哪儿，为什么小孩子会喜欢。叶至善先生后来回忆说，“小布头”的问世，也是他编辑出版生涯中的一次“奇遇”，为了《小布头奇遇记》这本童话书，他们一家三代人都尽了力，这在中外出版史上不知有没有类似的例子。

在小布头之后，童话家孙幼军又为孩子们写了几十本新的童话故事书，如《铁头飞侠传》《怪老头儿》《唏哩呼噜历险记》《贝贝流浪记》等。

“小布头”问世已经四十年了，小布头的“老爸”也已经六十多岁。时光虽然流逝得飞快，可是，书比人长寿，一本好书留给人们的记忆是美丽和久远的。现在，每当我重读《小布头奇遇记》这本书的时候，我好像看到，童年时代的那个孩子——小时候的“我”，正背着妈妈做的蓝布书包，沿着村边的小路向我走来……

2001 年冬天，武汉

原载《中国图书评论》2001 年第 12 期

附记：《小布头奇遇记》的作者、一代童话名家孙幼军先生，于二〇一五年八月六日在北京仙逝，享年八十二岁。大师远去，星宿归位。作为当代最具影响力的童话作家之一，孙幼军先生也是中国首位被推荐参加“国际安徒生奖”评选的童话作家。

追求人生与文学的“诗与真”

在我的心目中和印象里，束沛德先生既是一位沉静而明智的、文艺修养极其深厚的评论家，又是一位谦谦而恂恂的儒雅长者。他待人谦和真诚，无论你的地位是高是低；他说话犹带温软的吴音，评判作品却中肯而精准，但又从不锋芒毕露，总是呈现出一种信、达、雅的气度；他长期担任中国作家协会的领导职务，但你很难从他身上看到半点官员的架势；他在中学时代就发表过作品，并且从那时起就立志当一个记者或作家，然而在以后几十年的文学生涯中，他却默默地甘为人梯、宁做绿叶，把自己的大半生都奉献给了作家协会的文件起草和行政事务——就像英国的那位同样谦谦而恂恂的散文家查尔斯·兰姆，把大半生光阴奉献给了南印度洋公司的记账簿一样。也因此，束先生总是半带自谦、半带自嘲地称自己大半生所扮演的是“打杂”、“跑龙套”、“拾遗补阙”与“文件作家”的角色。的确，中国作协由他参与起草的诸如开幕词、祝词、演讲稿、文件批语、会务纪要、工作报告、评奖总结等“应用文”，实在是难计其数，远比兰姆留在南印度洋公司记账簿上的文字要多得多。

英国还有一位有着类似气质与风格的散文家吉辛，他在自己的散文集《四季随笔》里说过一段话：“能拯救人类免受破坏的大多数好事，都产生于沉思的恬静生活。这个世界一天天变得愈加嘈杂喧嚣，拿我来说，我是不会加入到这日益严重的喧嚣中去的。只要保持沉静，我就为大家的福利做出了贡献。”在我看来，束沛德先生正是一位吉辛式的作家，或者说是吉辛笔下所赞美的这类人物。束先生自称这是“本性难移”，他自我分析说，“从小铸就的内向而多思、文静而执著的性格，至今在我身上依然烙有深刻的印记。也许正是这种性格特征，才使我既长期安于平凡的工作，又勤于在事业上、文字上有所追求、探索的吧。”

这段话见于散文集《岁月风铃》的第一篇《又安静又好动——童年琐忆》。《岁月风铃》是束先生继《束沛德文学评论集》(一九九一)、《儿童文苑漫步》(一九九五)、《龙套情缘》(二〇〇一)、《守望与期待》(二〇〇三)之后出版的第五本书。书中收入散文近七十篇，分为四辑：“学子脚印”、“秘书琐忆”、“师友剪影”和“异域采风”。这些文章大致是按照写作年月顺序——亦即作家自己的人生履历过程来编排，不仅清晰地呈现了作者毕生矢志不渝地追求理想、无怨无悔地爱恋着文学的人生足迹和心路历程，同时也是新中国的“这一代”知识分子与自己的国家和人民同患难、共命运的赤子情怀的缩影。它们是关于个人的生命、童年、成长、青春和成年之后的坎坷经历的回望、追忆与反思，是一种充分地展示个人生活走向、内心感受和人生经验的回忆与书写。个人童年、少年和青年生活中的种种忧愁与欢娱，借助真实可靠的细节和故事，并以一种删繁就简、朴素和温暖的“忆语体”传达出来。在个人的成长史、心灵史、写作史乃至文学活动史的背后，是对一代人的精神历程的深度揭示；是对不同年代、不同环境下的真、善、美的重新发现与修复；是对被时间的尘埃所遮蔽的、被生活的风雨所侵蚀的人性本原的寻找、呼唤和擦拭；也是对一个个渐渐远去的时代背景和时代真相的描画与再现。

二十世纪的中国，使束沛德这一代知识分子有着极其曲折和坎坷的命运遭际：童年和少年时代的战乱与艰难，青年时代的热血、激情和理想主义，中年时代灵魂的救赎与自救的煎熬，直到进入晚年之后，才呈现出一片爽朗秋空。现在，回过头来重新检视这一代人走过的足迹和留下的作品，我们会发现，在一些作家和评论家那里，也还保存着许多超越了简单的政治化图解和即时性需求，而做到了忠实于心灵感受、忠实于文学本质，具有恒久价值和意义的文字。在我看来，束先生在五六十年代所写的关于柯岩儿童诗歌的评论，关于在长春的几位老作家的访问记，等等，都是做到了忠实于心灵感受和文学本质的文字。前不久我还看到，有人在研究废名的文章中，仍然在引述束先生于一九五七年写下的关于废名（冯文炳）的访谈文字。

束先生从二十世纪五十年代初就进入中国作协（当时

称“全国文协”）做秘书和组联工作，后来又一直担任领导职务，一干就是半个多世纪。他直接参与和亲眼见证了新中国成立后、直到新时期以来的中国作家协会的风雨历程和风云变幻。作者在“秘书琐忆”一辑里，讲述了自己所亲历和见证的许多文学事件的细节与真相，例如五次作代会有关文件起草的不为人知的内幕；反胡风运动中，作者在无意中向胡风集团“泄密”，因此只当了五十多天周扬秘书就中途夭折的真相；“反右”中作者如何当过“炮手”，又如何侥幸过关；“文革”中作者又如何沦为“文艺黑线”上的“小爬虫”；还有，本来与儿童文学无缘的作者，如何又阴差阳错地进入儿童文学领域，致使自己的后半生竟与儿童文学难解难分……这些回忆与讲述，忠实于历史的本来面目，忠实于作者最真实的见证、感受与理解，不仅是一篇篇充满历史的真实性和个人真诚情感的文学散文，也是一些鲜为人知和真实可信的文坛掌故与文学史料。如果把束先生的这部分回忆，和诸如韦君宜、黄秋耘、张光年、黎辛、张僖等人的关于同一些事件的回忆录对照阅读，正可以帮助我们明辨其中的某些是非曲直，证实一些人物与事件的细枝末节。当然也可夸大一点说，沿着束先生个人的心灵地图所指示的方向，我们也不难找到一个时代的源头，挖掘出它深层的精神宝藏，就像思想家爱默生所说的，“破译每个时代的谜语，总会发现它自己的谜底”。

而在经历着这些大大小小事件的同时，作者也与中国当代文坛上的许多重要作家有过密切的交往。“师友剪影”一辑，就是对这些文坛人物如严文井、沙汀、李季、菡子、张光年、冯牧、葛洛、唐达成、冰心、陈伯吹、金近、柯岩等的追忆与怀念。作者以朴素的语言、白描的手法，描述了一个个作家生动可感的音容笑貌，写出了自己对这些文坛前辈和同辈的最深挚的爱与知。作者以自己与他们相识的先后顺序为线索，以亲眼目睹和亲身经历为根据，有一说一，绝不辗转引述，因此这些人物剪影也充满了曲折的亲历性，具有坚实的可靠性。或者说，这些散文仍然是一篇篇以人物为线索的当代文坛史料。

尽管束先生一再谦称，自己长期以来一直做着“文件作家”的工作，饱尝了起草报告、祝词和开幕词、闭幕词的甘苦，因此写起散文来必定是“纪实性强，文学性弱”，但在我看来，“文学性弱”对于这些具有真实的史料意义的回忆文章而言，未尝不是一件幸事。见过了许多文过饰非、华而不实和惯于标新立异的文章之后，再看这些素面朝天、结结实实和不枝不蔓的文章，我感到，我们从作者真实的亲历性的讲述里所获得的东西，要比从他的所谓“文学性”里获得的东西更多、更有价值。

其实，归真返璞、洗尽铅华，又何尝不是“文学性”的另一种境界，而且是更高和更难达到的境界，正所谓“删繁就简三春树”。如果一定要说“文学性”，一定要用我们习惯上的“散文”的概念去看待这本《岁月风铃》，那么，我建议读者不妨去读读集子中的另一些篇什，如《父子一夕谈》《难得大团聚》《绿色的德宏》《花不完的六十万》以及“异域采风”一辑里的纪游散文。从这些讲述怡怡亲情、青春记忆和描绘自然风光的散文里，我们将看到一个文学评论家、一个习惯在文章中偏重理性阐述的学者型作家，所具有的斐然文采。从这些文章里我们将看到，原来，束沛德先生的书中并非真的缺乏“文学性”，只是他懂得怎样节制和删繁就简而已。

2006 年冬天

原载《文学报》2007 年 2 月 9 日；《2006 中国年度儿童文学》，中国作协儿童文学委员会编选，漓江出版社 2007 年 1 月第 1 版

“冰心奖”二十年纪念

——一个简短的发言

非常高兴来到美丽的杭州和西子湖畔，参加“冰心诞辰一一〇周年、‘冰心奖’创办二十周年暨国际华文儿童文学研讨会”。德高望重的葛翠琳老师，因为年事已迈，很多年没有出来开会了，这次也亲临杭州参加这个盛会。在此，首先要向葛老师致以深深的敬意。

“冰心奖”已经走过了二十多年的历程，这是很不容易的。二十多年来，许多目前在儿童文学界从事创作的人，在儿童读物出版界从事编辑出版的人，都接受过冰心奖的鼓励，许多青年作家可以说是深受其惠。我感觉，冰心奖已经不仅仅是一个文学奖和图书奖，而是一种精神、一种理想和信念的象征——是来自冰心老人的生命和作品中的那种热爱孩子、热爱儿童文学事业、热爱真善美的精神与信念。冰心奖带着冰心老人的慈辉，带着冰心老人的纯洁与真诚，也带着一种向爱、向善、向美的感召力、自省力和凝聚力。桃李不言，下自成蹊。而那些对孩子、对儿童文学、乃至对生活怀有怠慢和游戏之心，缺少真诚、善良和爱心的人，与冰心奖是无缘的。冰心奖能够坚持二十年，我们真的应该感谢葛翠琳老师，她为冰心奖付出的心血和艰辛是我们难以想象的。我们从冰心奖二十年来留下的照片影像里就可看到，葛老师从当年的风华奕奕，渐渐变成了今天的白发苍苍。这二十年本来也应该是她创作上最好的一个时期。我们看到了，她在这期间写出的童话和散文作品，有着十分饱满的创造力。但是为了冰心奖，她几乎付出和牺牲了自己全部的创作时间。她也把自己对冰心老人的敬仰和爱戴，把冰心老人的精神，把那种热爱孩子、热爱儿童文学事业、热爱真善美的理想的光辉与传统，融合进了冰心奖。我个人感觉，我们当代儿童文学能够拥有“一南”（陈伯吹先生）“一北”（葛翠琳老师）两位儿童文学前辈所创立的两个儿童文学奖——陈伯吹儿童文学奖和冰心奖，真是一件值得庆幸、功莫大焉的事！幸运的是，这两个儿童文学奖都曲曲折折地坚持了下来。

冰心奖这么多年来也很幸运地找到了一个很好的合作伙伴。浙少社的领导们，身为著名评论家、编辑出版家的建江兄，还有他手下的编辑团队，为每年的冰心奖付出了辛勤的劳作。这次又请来了这么多德高望重的文学前辈以及这么多儿童文学名家和朋友。这本身也说明了浙少社的号召力和凝聚力。浙少社是一个有文学理想的出版社，她和冰心奖所散发的理想的光辉互相映照。

2010 年深冬时节，杭州西子湖畔

把心交给下一代

陈模先生是一位著名的儿童文学作家。他喜欢孩子，不仅在繁忙的文艺领导工作之余，不放过一点点休息的时间，为孩子们写下了大量的小说、童话、故事和散文，他还凭着自己的一颗博大的爱心，与许多孩子结下了深厚的友谊。

一九七八年秋天，陈模应邀参加在旅大举办的全国少先队辅导员夏令营活动。在夏令营里，他听到了上海虹口区第三中心小学辅导员沈功玲老师介绍的自己怎样做后进生教育工作的经验，其中讲到了一个外号叫“皮大王”的三年级学生翁源伟如何从“皮大王”转变为一个好学生的故事。陈模听了大为感动。他想道：全社会都在关心孩子的健康成长，我们几代人的全部的努力为了什么？不都是为了孩子，为了他们能够拥有一个美好的明天么？……在旅大的海滩上，年老的陈模，亲自拣拾了许多美丽的石子和贝壳，他选了又选，作为自己的心意托沈老师带回上海，交给翁源伟小朋友，同时他还写了一封信给他，祝贺他的进步，希望他继续努力……

沈老师回到上海不久，陈模就收到了翁源伟小朋友的来信。他告诉陈模爷爷，他再也不做“皮大王”了，他一定不辜负作家爷爷的殷切期望，好好学习，团结同学……陈模看了他的信后，很高兴，第二天又给他写了回信，并寄去了自己新出版的书……第二年的秋天，陈模到上海开会，特意到第三中心小学去看望了翁源伟小朋友。两个人谈得很亲切，老作家又送了一些书给他，小朋友感动得流下了眼泪，依依不舍地送陈模爷爷走出校门口……

一九八一年春天，陈模出于一种作家的良心和责任，他到北京市少年管教所住了很长的日子，他找来二十多位失足少年谈心，亲切地询问了他们的家庭情况、个人学历、失足原因等。他用一些由失足少年转变为对社会的有用之材的生动的例子鼓励这些失足的孩子，重新做人。许多孩子把他当成了知心人，坦诚地吐露自己的心声。其中有位十二岁就因失足而被送来管教的女孩子，因为学习用功又被保送到了一所中学去学习了。陈模亲自到该校去了解她近来的情况，送给她许多书，勉励她甩掉包袱，争取做一个三好学生。女孩子很受鼓舞，她把作家爷爷的话当成自己的座右铭，一天天地努力争取上进，受到了老师和同学们的尊重和称赞……

陈模常说：“要写好孩子，必先了解孩子；只有爱孩子，才能为孩子写有益有趣的作品。”如今他不仅是一位专业作家，而且还担任着北京市委宣传部副部长、市文联党组书记等职务。但是他对于孩子们的满腔热忱并不因此减弱一分。这位一生献身儿童事业的老战士和老作家的心中，珍藏着这样一个坚定的信念:谁获得了孩子,谁就掌握了未来!

1993 年早春

原载《湖北教育报》1993 年 2 月 8 日

秋空爽朗

——老作家佟希仁作品印象

佟希仁教授是满族人，生于一九三五年。他从二十世纪五十年代起，就开始为孩子们写作品，直到今天，已过古稀之年了，仍然不断有新书出版。近几年来，蒙佟先生不弃，我年年都能收到他惠赠的新著，如散文集《花之影》、诗集《美丽的大自然》《佟希仁寓言诗》、散文诗集《桃花雨》等。最近收到的厚厚一巨册《佟希仁儿童文学选集》，可视为他到目前为止所创作的儿童文学作品精华。

因为各自生活在天南地北，虽然也曾有过那么一两次可能相见的机会，但最终都错过了，因此我与佟先生一直不曾谋面，只从书上见过他的照片。那是一位极其和蔼可亲的长者的形象：洁净而透着红润的面容，满头的银丝，仁慈和柔和的目光，再加上雪白的衬衣、漂亮的领带和黑色的西服……使我觉得，这位长者，实在就如他笔下的那么一篇信、达、雅的文章。

佟先生首先是一位桃李满天下的教育家。他青年时代起就在中学任教达二十年，后来又调至高等学校中文系，讲授他喜欢的儿童文学和外国文学，先后任讲师、副教授、教授，直至退休。他在青年时代就开始创作和发表儿童文学作品，一九六〇年出版了第一本儿童诗集《柳树枝挂月亮》。“文革”中他因为文学而受难，遭遇了没完没了的批判斗争、严刑拷打和人格侮辱，甚至折断了肋骨，被打伤了眼睛，险些丧了性命，而且祸及家人。我们从他后来写的一些诗里，约略可以想象和感受到这场浩劫在他的记忆里留下的永久的痛。他在一首《北方的春天》里写道：“北方的春天，来得很晚很晚。……寒冬实在是太暴虐了，看，它将狼牙挂满了屋檐，好似在恫吓：谁欢迎春天，就把谁的喉咙咬断！”

好在他还是活着迎来了自己的命运和创作的春天。新时期以来，他的儿童文学创作竟奇迹般地出现了“第二个高峰期”，而且这个高峰期一直持续到他从繁忙的教学岗位退休后的今天。这二十多年来，他为孩子们写作、出版的各类作品集近三十种，涉及了儿童诗、童话剧、小说、故事、童话、散文、科学诗、寓言等多个门类。

“为了追回往日丢失的时光，我恨不得将昼夜焊接起来，恨不得将一天二十四小时都变成早晨。”他在《我和儿童文学》一文里说，“我常想，生命是什么？每个人的生命不都是用一生的拼搏铺就的各自不同的行程吗？……只要尽力顽强去拼搏铺就，每个人都会显现出各自不同的亮色。”

作为一位创作严谨、作品丰厚的儿童文学作家，佟希仁的作品里处处闪耀着一种真、善、美的“亮色”。那也是他的生命和灵魂的亮色。他受过那么多的苦，却还那么执著地去发现和发掘生活的美好，去歌唱人世间的最真诚的善与爱。他写过一棵历尽风霜、伤痕累累的老榆树，“它的每一片叶子都是一只明亮的眼睛，一只敏锐的耳朵，把它的所见所闻，都深深地铭刻在年轮之中……”他的作品，就是风雨岁月留给他的年轮。

我们可以看到，在他的各类作品中，美丽、丰富和神奇的大自然，是他的一个永不满足的“复合声”，他写了那么多的花、树、报春雁和四季景色的变幻，他用细腻的文字描绘了大自然自身所蕴藏的美丽、丰富、神秘和神奇，表达了他对大自然的一草一木和飞鸟走兽的独特的观察与真切的感受，展现了人类和大自然之间的和谐关系，以及生命与生命之间互相尊重、互相关爱的生存法则和和谐相处的秘密。这也使我想到了利奥波德的那个“土地道德”的命题。利奥波德认为，“土地道德就是要把人类在共同体中以征服者的面目出现的角色，变成这个共同体的平等的一员和公民。它暗含着对每个成员的尊敬，也包括对这个共同体本身的尊敬。”进而他向那些不思悔改的人发出了这样的警告：“征服者最终都将祸及自身。”我想，这也是几十年的风雨人生所带给佟希仁的深刻体验。他的大自然题材里,也交织着他对人间冷暖和世态炎凉的感受、思索与判断。

一位哲学家说过，一个有思想的人，当他进入中年尤其是晚年之后，他面临的任务之一，就是要从支配着整个前半生的实用主义的理性中突破出来，把自己从沉重的社会惯例中解放出来，返璞归真——重返纯真的童年记忆之乡，重返童年的自然境界。

在佟希仁的作品里，童年乡村生活回忆，也是一个重要组成部分。在他的书中，个人童年生活中的种种忧愁与欢娱，依靠无处不在的细节传达出来。它们是一种带着童贞和强烈的感情色彩的追忆和念想，而不是简单的和无趣的记忆。这也是他对过去的年代里存活下来的记忆、经验与感受的重新检索、审视，甚至修复。他的《祖母》《泥火盆》《苦果》《蝈蝈声声》等一系列回忆性质的散文和散文诗，都是“重返纯真的童年记忆之乡”的结果。在我看来，这类题材作品也是最能体现出他的内心历程和个人风格,因此也最为感人和具有永恒意味的作品。

为孩子们写作，从来就不仅仅是个职业问题，而且是个心灵问题。更何况，佟希仁先生原本就是一位教育家。从他的作品里能够强烈地感受到，他的使命感、道德感和社会责任心，比一些对儿童文学本身所蕴涵的“教育意义”常常采取不屑的、甚至嘲笑的态度的人，更为自觉和清醒。然而，这也正是一个严肃的儿童文学作家毕生的“宿命”。为儿童们写作，只要你一开始就从无数条林中小路中果断地选择了这一条，那么，你其实已经做好了准备，那就是，从一开始，直到白发苍苍，你都要忍受想象世界与现实世界之间的落差所带给你的折磨与痛苦——在你的开始里有你的结局。

2006 年初夏

原载《文学报》2006 年 6 月 22 日

李凤杰：黄土高原的儿子

西起乌稍岭，东至太行山，北抵鄂尔多斯，南接关东大地的这片黄土高原，数千年来，苍凉与仁慈同在，贫穷与富足并存。这是供养我们死死生生、爱爱仇仇、悲悲欢欢的伟大的高原母亲，一切幸与不幸的命运的渊薮与归宿——灵肉之初，也将是最终的乐土啊！她以远远的、凝固成一片的茫茫山塬为怀，以珍贵的一点一滴的晶莹甘露为乳，滋育着我们，使我们生存与强壮，让我们一如创世纪的先民，经受天地之间的雷、电、风、雨……在空旷的黄土层之上，让我们耕种、相爱、歌舞，创建自己的文化和史诗；让我们拥抱音乐，尽情地腾踏于自己的家土，踏起烟尘，荡起腰鼓，展开双臂如大鹏迎风，让狂热的鼓点如震天动地、不可一世的旱天之雷，夸耀着我们的节日与丰收的狂欢，倾吐着我们的灾难与饥荒的悲苦。没有错，贫瘠而昏黄的天空，破碎而干燥的土地，养育了炎黄子孙勇敢、强壮、行侠尚义的一群子嗣：米脂李自成的肝胆，宜川罗汝才的诡秘，延安张献忠的骁勇，安定谢子长的耿直，还有保安刘志丹的深明大义……正是他们，如一支支大笔，似一阙阙浩歌，撰写着和贯穿着黄土高原奔突喧嚣、惊天地而泣鬼神的历史；金戈铁马，凤旌龙旗，或仰天长啸，或唏嘘不已，或抗争，或叛逆，多少英雄舍生取义，多少帝王零落成泥……我们这个黄皮肤，黑眼睛的民族全部的发生之谜、生存之谜、发展之谜以及腾飞之谜，正是隐藏在这深深的川道和层层的褶皱之中！

作家李凤杰，就是从这样一片风沙汹涌的山塬上成长起来的一位高原汉子。渭水的一条支流流经过他的家乡，那正是《诗经》里描述过的“堇荼如饴”的厚重的周原，是以农耕文明的周族发祥之地。那是李凤杰生命的摇篮，也是李凤杰一切的痛苦、欢乐、忧患和梦想的渊薮。

李凤杰，曾用笔名艾歌、默然等，一九四一年二月出生于陕西岐山县马江乡解刀村的一个贫苦农家。整个童年和少年生活正如他自己所言：“留在我的记忆里的，是一个悲惨的生活。”一九六四年元月，他在家乡的《陕西日报》的《秦岭》副刊上，发表了小说处女作《背死牛》，时年二十三岁，已在一座乡村古庙里做了三年的民办教师。与此同时，他着手收集整理起家乡的民歌和民间故事传说，身心濡染着黄土高原特有的丰厚朴实的乡土文化。不久，这株刚刚绽开的文学幼芽便遭到了突如其来的大风雪的摧残，“文化大革命”的疾风骤雨也毫不例外地扫荡了他的文学之梦。他被迫沉默。但沉默的只是他的口，他的笔，而在那“没有声音的世界里”，如同地火般运行和奔突的，则是他渐趋成熟的心灵和思想。“亦余心之所善兮，虽九死其犹未悔！”这颗狂热地迷恋着文学和人生的心，这个在苦难和屈辱的血泪的浇灌下而成长起来的农民的儿子，有如谷雨时节的清茶，你越掐，它越长得丰盛。

二十世纪八十年代之后，大地已经复苏，万马齐喑的文坛重新升起了希望的星辰。那些被压抑在山野角落里的小人物，虽处“江湖之远”，却也如惊蛰之后的生灵，渐渐苏醒和复活。李凤杰也应运“归队”。之后的创作便一发不可收拾。新时期十年，是他的创作最活跃的春天。短篇小说集《在那美丽的乡村》、中篇小说《铁道小卫士》、中篇小说《针眼里逃出的生命》、小说散文合集《宝槐》、长篇小说《水祥和他的三只耳朵》等作品相继问世。连同散见于全国多种报刊的未能结集的其他作品，总字数已有两百万字之多。

这些文字不仅受到了文学前辈如冰心、王汶石以及评论家李星、韩望愈等人的高度评价，而且也受到了全国少年儿童读者极大的欢迎。其中有多篇作品先后在全国、全省以及一些有影响的文学杂志的评奖活动中获奖。作家用艰辛而又硕果累累的创作道路，实践了他所信奉的高尔基的一段话：“生活条件越是困难，我就觉得自己越是坚强，甚至越发聪明了。我很小的时候就已经懂得，人是在不断反抗周围的环境中成长起来的。”

现在，作家已进入不惑之年，但一颗老而弥坚的文心却有如黄昏的霞光，光华四射。在一篇回忆自己与文学的渊源的文章中，他这样写道：“处女作《背死牛》三字，竟成了自己从文的精神信条。小说发表、集子出版，作品获奖，也不再兴奋和激动。只有没完没了的吸收学习，创新突破，自我超越的苦苦追求，伴随着岁月年华……”

1991 年冬天，武昌

附记：此篇系我在九十年代初写的关于李凤杰先生的一篇评论文章中的开头部分，后面的有关他的作品分析的文字已经佚失，没有找到，只能暂付阙如。

儿童文学的测绘人

卡尔维诺一生兼有作家、文论家、编辑出版人等多重身份，他这么看待自己所从事的职业："因为在出版社工作，我花在别人的书上的时间比自己的书多得多，我并不介意。任何消耗在有益于以文明的方式生活在一起的事务上的精力，都是适得其所的。"

孙建江的身份和卡尔维诺相似，既是作家、文论家，同时又是一位职业编辑出版人。"有很长一段时间，我把自己的写作和所从事的编辑工作是区分开来的。写作是写作，编辑是编辑，彼此井水不犯河水，界限很分明。写作的时候，我一般不会去想编辑工作；而做编辑工作的时候，我会完全抛开写作。"他说，"然而，近年来我越来越难将两者截然分开了。既然难分开，不如顺其自然。何况编辑本身也是一门高深的学问。倘能游走于两者之间，又何乐而不为呢？"

他的新著《童年的文化坐标》，即是他"游走于两者之间”的成果。这部著作大致由四组文章构成。其中的主体，是对儿童文学创作和理论上的一些重大命题与新生现象的深度思考与细微研究，如《中国当代儿童文学观的两次重要转变》《“儿童本位”的当代意义》《哈利·波特现象思考》《安徒生的当代意义》《中国大陆儿童文学研究的媒体空间、研究现状、学术心态及两安对谈描述与思考》《新浪在线：儿童文学的写作与市场》等。

这是他自二十世纪八九十年代以来未曾间断的学术“余绪”。在这些文章中，作者一再强调，自九十年代以降，经过文化的转型，儿童文学也越来越注重儿童本身的需求，越来越关注儿童的“本位”；只有“本位”的儿童文学，才使得我们的作品更接近现代意义上的儿童文学。通过许多中外儿童文学作品和创作、阅读现象的比较研究之后，他得出一个结论：“本位”的儿童文学是我们融入世界儿童文学的前提。他还认为，一部作品要想赢得今天的少年儿童读者的拥戴，至少必须具备一个条件，那就是，真正意义上的“童年精神”，必须始终在场。他以畅销全球的《哈利·波特》为例分析说，这部作品之所以创造了一个销售神话，有一点是毋庸置疑的，那就是，“它所创造的艺术世界与儿童的精神需求彼此吻合，为儿童的玩、宣泄和释放创造了艺术的空间”；同时，它也“让成年人重温了童年的快乐，进而开始捍卫童年”。

四组文章，也正好呈示着这位曾经在新时期儿童文学理论领域里以新锐的姿态执学术之牛耳者近些年来的思考与研究方向，以及他作为一名职业编辑人，在创意策划、编辑执行力、市场实务与反思等方面的经验与收获。

在谈论台湾诗人林焕彰的那篇《童年的守望者》里，孙建江写过这样一段话："诗人放低成人的态度和思想，俯身细致地观察身边的小小生命，尊重每一种生灵存在的理由，重视每一种生命形态的意义。他苦于自己内心的不能完满，时时追寻美的价值和涵义，回归心中的宁静之美、平和之美。他是一个以真来分辨，以爱来关怀的诗人。他是一个内心纯粹的诗人。"借用这段文字来评价孙建江自己的这本书，以及描述他目前的所思所虑，我觉得倒是既省事又准确的。

2007 年秋，武昌梨园

原载《中华读书报》2007 年 9 月 26 日（题为"孙建江：儿童文学的测绘人"）；《中国新闻出版报》2007 年 7 月 6 日（题为"以真来分辨，以爱来关怀"）

流动的飨宴

中国出版工作者协会“少读工委”领导的儿童文学读物研究会，每年都会举办“儿童文学读物年会”。在我看来，这个年会有如海明威为他在巴黎那段生活的回忆录所起的书名一样，是一席“流动的飨宴”。想起来，真令人怀念。

在我的印象里，每一届要举办时，年会的负责人、老朋友海栖兄和孙建江兄，都会事先联系一下，希望能够到会，朋友们可以“聚一聚”。但实际上我只参加过很少的几次。现在回忆起来，印象比较深的有两次。一次是在武夷山，是福建少儿社做东道主；一次是在九寨沟，四川少儿社做东道主。

在武夷山那次，我记得有一批从事儿童文学出版的前辈编辑参加了，如刘海栖、庄之明、郑开慧、颜煦之、温航、何群英、陈效东、余茝芳、孙建江、刘健屏等，大家玩得十分开心。

印象深刻的是，颜煦之先生向大家推介了他的一个“旅行小经验”：把宾馆里那些最容易提断带子或漏底的免费手提袋一个一个地套在一起，形成一个多层的提袋，这样开完会后无论去哪里游玩，无论里面装着多沉的东西，都不用再担心会提断和漏底的。果然，我观察到，无论走到哪里，颜先生都提着那么一个套得厚厚的、少说也有三四层的手提袋。有意思的是，多半时候，这个多层提袋里面并没有什么沉重的东西可装。

海栖兄和颜先生是老熟人了，所以一路上总是开颜先生玩笑。那次老颜好像正犯腰疼，他自嘲说“腰杆不硬了”。海栖话里有话地说：“都这把年纪了，还老不退火，干吗要使那么大劲！”老颜个子比较矮，有一次大家谈论各自喜欢什么运动，最喜欢打什么球时，海栖说：“老颜打不了篮球，只能打地滚球。”

温航身材比较富态，有点像俄罗斯贵夫人的样子。那次竟然也加入了攀爬一座什么峰的行列。记得走到半山腰时，她满脸通红，大汗淋漓，真是上也不是，下也为难。海栖身材魁梧健壮，我们都怂恿海栖背着温航往上爬。

那时候，温航是中少社文艺编辑室主任。现任中少总社副总编辑的张楠，当时还是文学室的一位年轻的文学编辑。她们策划了一套名为“太阳丛书·中国新成长小说系列”的原创小说，也约我写了一本。记得在武夷山上，我跟温航谈了我的构思，她鼓励我说，你好好写，写好了我和晓楠好好给你“单炒”。这个词给我留下了很深的印象。我第一次知道，图书“炒作”还可以分“单炒”和“群炒”。这是我创作的第一部长篇小说，后来如期出版了。我很感谢温航和晓楠的鼓励，使我有了创作长篇小说的尝试。十几年过去了，我的这部《为了地久天长》已经出版了四个版本，累计印刷了八次，使我对长篇小说写作增加了一些信心。不见温航已经有十来年了，非常想念她。祝愿她生活得健康、幸福、快乐！

武夷山年会期间，照例有场唱歌跳舞的联欢晚会。那次给我留下深刻印象的是，明天出版社孟凡明兄唱的《我的太阳》。我以为这首歌只有胸腔阔大的帕瓦罗蒂唱得好，没有想到身体看上去比较瘦弱的凡明兄唱起来，爆发力也是那么强，真有点响遏流云的气势。而且，这位老兄还手拿黑色的烟斗，很有文艺青年的个性和样子。这次年会上，刘健屏先生带来了江苏少儿社的两位“新人”，一位叫祁智，一位叫郁敬湘（和“郁金香”谐音）。没过几年，祁智就成了苏少的掌门人。“郁金香”如今也是资深和优秀的儿童文学编辑了。

到了九寨沟那次年会时，原先的许多从事儿童文学出版的前辈编辑，已经退休或相继离开了少儿出版系统，所以，那次见到的“老人”就没有几位了。湖南少儿社的刘杰英老师那次去了。记得有一天大家都去爬什么山去了，我和刘老师，好像还有建江兄，三人一起坐在一个大厅里聊天，聊得非常愉快。

我本来是很喜欢爬山的，可是那段时间正在生病，身体状况和精神状况都非常低迷。这种低落的情绪影响了我那次整个的旅程。记得有天晚上，坐夜行的大客车从九寨沟回成都的路上，我和二十一世纪出版社的美女作家、编辑彭学军坐在一起。窗外夜色茫茫，大客车里正播放着一张亚东、腾格尔等几位西部歌手的歌碟，歌声一遍又一遍，听上去都是那么苍凉和恍惚。

亚东在唱："……应召而来天的神鹰啊，请你打开我阳光的天路……"；"在每一天太阳升起的地方，银色的神鹰来到了古老村庄。雪域之外的人们，来自四面八方……噢，遥遥远远的路，噢，是谁在天地间自由飞翔，啊，神鹰啊，你把我的思念带向远方的远方。……"

腾格尔在唱："是你创造了这个家，然后又创造了我。是你拖着我的手，从昨天走到现在。……当你拖着疲惫的身躯，结束了一天的劳动，当你走进这属于你的家，关心的还是我回来没回来……在你的眼里常出现，我被人打倒在地。在那长长的黑夜里，我被人欺骗上当。没有的事亲爱的爸爸,这只是你心痛的梦幻,因为我不是不幸的人……"

这些歌写得那么深情和忧伤，两位歌手唱得也那么苍凉和沉郁。听着听着，我联想到了自己的过去和未来的命运，想到了自己目前的身体和精神状态，甚至感到了一种身处异乡的宿命感和沉重的乡愁……结果不知不觉的，我竟然伤感到极点,再也止不住自己的眼泪,竟然泪流满面了！

当时，我真担心坐在身边的彭学军看到我泪流满面的样子，会感到害怕。因为那确实不只是眼睛湿润，而真有点泪水滂沱的状态了。我只好尽量把脸朝向黑夜里的窗外，不让彭学军看见我的样子。庆幸的是她好像也真没有看见。因为车上的灯关了，许多人都沉睡了……

这是那次九寨沟之行留给我的难忘的记忆。从那以后，我再也不敢去听亚东和腾格尔的歌了。后来又有机会去九寨沟，但我同样也不敢再去那里了。因为那是我的“伤心之地”。

孙建江兄是我将近二十年的好朋友了。每次参加年会，他都非常照顾我，给我拍下一些照片作为纪念。他几乎是这一席“流动的飨宴”的每一届的策划者、组织者和记录者之一。

将近二十年来，他协助海栖兄，默默地做了大量的工作。在这二十年来的儿童文学编辑、出版、创作、理论、批评等领域，我们都能看到他不急不躁的身影和总是眯眯微笑着的表情。

我曾经在一篇关于建江兄的文章里，用意大利著名作家和学者卡尔维诺来和他做比。卡尔维诺一生兼有作家、文学批评家、编辑出版人等多重身份，许多作家同行觉得他把那么多精力与才华用在文学批评和编辑出版上，以致影响了他个人的创作，未免有些可惜。卡尔维诺自己却很坦然，他说：“因为做的是出版工作，我花在别人的书上的时间比自己的书多得多，我并不介意。任何消耗在有益于以文明的方式生活在一起的事务上的精力，都是适得其所的。”

这是一种十分大度的、让人肃然起敬的敬业精神和奉献的美德。这种精神和美德不仅非常适合用在建江、海栖诸位身上。甚至也可以用在所有从事儿童文学读物编辑和出版的同行身上。我们也许不是儿童文学阅读的“点灯人”。但是我们也许是在那些街道和路口竖立起街灯架，并且去安装好街灯的人。

街灯架竖立起来了。街灯安装好了。这时候，我们就可以发出邀请了：儿童文学阅读推广者们，请来点灯吧。儿童文学阅读者们，请来阅读吧。

2011年暮春时节，写于武昌东湖之畔

原载《风云际会·一群热爱出版、热爱儿童文学的人》（中国儿童文学读物年会纪念文集），刘海栖、王建平主编，明天出版社2011年5月第1版

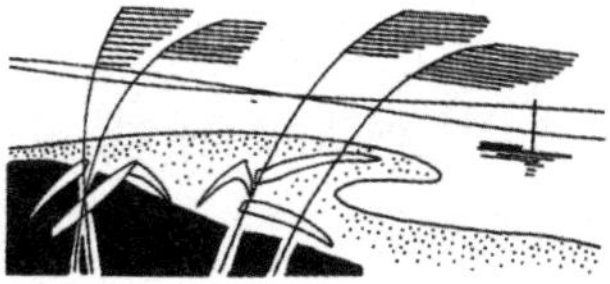

寻找独立书评的空间

书有自己的命运，书评又何尝没有自己的“十字架”。诗人奥登是这样看待书评家的：“一般说来，当我们阅读一个有学问的批评家的书评时，我们从他的引文里所获得的教益，要比从他的评论中获得的教益为多。”这个说法虽然不免有点刻薄，但也确实道出了书评写作的某种真相。

奥登还曾有言，一个书评家刻意去攻击一本劣书，不但是浪费时间，而且对书评人自身的品格也可能造成伤害。因此，大多数时候，他对劣书都会保持沉默和不屑的姿态。如果一定要对劣书发言，“那么，诱发我写一篇文章抨击它的那种冲动，只能是源于我自身，源于那种挖空心思的卖弄，卖弄学识、才智和戏谑的念头。”他认为，一个人无法在评论一本劣书的时候不去炫技和卖弄才智。

奥登的说法难免使我对书评写作感到“英雄气短”。也许因为自己是搞创作出身的，所以书评文字写得再多，甚至自以为对书评文字所投入的感情和精力超过了创作，但是，最终距离做一个“独立书评人”的梦想，还是那么遥远。友人黄艾艾在一篇谈论我的书评写作与文学创作、尤其是散文创作的“印象比较”时，引用过我的一句牢骚话：“我本来期待你们能欣赏我的领带，可是你们却只盯着我的衬衣。”这说的也是实情。

事实正是如此，在目前我们所面对的媒体环境下，做一个真正的“独立书评人”的可能性，其实是非常小的。布尔迪厄在他那本可敬的小书《关于电视》里说道，追求所谓的“收视率”，是电视受制于商业利益操纵后的必然结果。他认为，随着电视的影响力不断扩大，以及商业因素对电视的控制不断加强，迅速地造成了另外一个“更加难以控制”的后果，那就是电视从它所采取的一种文化行动策略，转向了某种自发主义的“蛊惑术”，这也就是所谓“通俗化的力量”。在他看来，二十世纪九十年代以来的电视，为了尽可能地招徕、取悦、迎合，甚至利用公众趣味，而全然放弃了自己的立场与责任感。这一点，也正好与著名媒体文化研究学者和批评家尼尔·波兹曼对当下文化生态所作的“娱乐至死”的判断相吻合。在这里，我们只要把“收视率”替换成“畅销榜”，把电视替换成出版，把观众置换成读者，那么布尔迪厄和波兹曼所描述的状况，也同样是当下每一位书评人所面临的最真实的阅读环境与媒体环境。

那么，要想从这样的环境下突围出来，保持住自己的一点立场，保持住自己的一点独立、冷静与体面，至少在我看来，暂时是非常不容易的，空间极其狭小。什么样的社会背景和读书环境，就产生什么样的出版界和畅销书；同样，有什么样的出版界和畅销书，就造就什么样的读者和书评人。这就是我的“悲观论”。

如此说来，在这样的环境下，书评何为？就我个人而言，我感到只有一种比较省事的和“独善其身”的方式可供我选择，那就是奥登所指引的：我只愿意向自己心仪的好书致敬，而一般不肯为一本劣书浪费时间。我希望，在我的书评文字里，熠熠闪耀的都是好书的光芒，而不是堂·吉诃德孤独的长矛的舞动。在劣书和平庸书面前，我宁愿选择缺席或者保持沉默。沉默与拒绝，即是我唯一的批评态度。

关于批评方式，我希望自己的书评能介于蒂博代在《批评生理学》里所说的“自发的批评”和“职业的批评”之间。那就是，尽力讲究阅读的趣味，具备比较准确和深邃的洞察力与鉴赏力，却决不故作高深，更不刻意追求所谓宏观和深刻，同时也不要让自己陷入一种繁琐的趣味主义。我希望在自己的书评中，首先要有“阅读”，进而有阅读与阅世的感悟，有知人论世的抒发与呈现，然后能够做到用准确、平实和雅洁的文字，让隐藏在好书里的那些光亮放射出来，使读者眼前一亮。

发现并揭示书评对象潜藏的美质，提醒读者并使他承认，由于自己的错失或者没有很好地阅读，而忽略和低估了某一本书或某一个作家，应该是一个优秀的书评人的职责之一。我希望，在我的书评里能看到自己对这一职责的遵循与履行——直到有一天，也许我将发现，有一些好书，竟然被自己冤枉地遗漏和失敬过，但是所幸的是，没有哪本劣书，被自己无原则地奉承过。

一篇好的书评，还应该不乏学理和逻辑的力量。但我更倾向于散文化和感性化的表述。我希望自己的书评文风能尽量平实和晓畅一些，具有知性散文的品质，既能摇曳多姿，而又根蒂牢固。据说，追求文字漂亮的人通常会有这样的危险：要么自恋，要么滥情。我希望，自己在这两方面都能有清醒的警惕和节制。

很有可能，在茫茫书海中我得首先越过一千本劣书，才能抵达一本好书跟前。但是我相信，好书总归还是存在的。它们需要付出精力和时间去寻找。那么这样一来，你花在别人书上的时间会比花在自己书上的时间多得多。但是，正如卡尔维诺所说，“我并不介意，任何消耗在有益于以文明的方式生活在一起的事务上的精力，都是适得其所的”。在寻找好书的同时，我其实也在寻找做一个“独立书评人”的空间。那是我的梦想。

2007年早春，武昌梨园

原载《中华读书报》“书评周刊”2007年3月26日